김대산 新무협 판타지 소설

FANTASTIC ORIENTAL HEROES

잡조행 雜組行

잡조행 2

김대산 新무협 판타지 소설

초판 1쇄 찍은 날 § 2009년 2월 12일
초판 1쇄 펴낸 날 § 2009년 2월 19일

지은이 § 김대산
펴낸이 § 서경석

편집장 § 문혜영
편집책임 § 이재권
편집 § 서지현

펴낸곳 § 도서출판 청어람
등록번호 § 제1081-1-89호
등록일자 § 1999. 5. 31
어람번호 § 제2-1678호

주소 § 경기도 부천시 원미구 심곡2동 163-2 서경B/D 3F (우) 420-822
전화 § 032-656-4452 팩스 § 032-656-4453
http://www.chungeoram.com
E-mail § eoram99@chollian.net

ISBN 978-89-251-1683-9 04810
ISBN 978-89-251-1681-5 (세트)

잡조행

2

관통(關通)

김대산 新무협 판타지 소설

FANTASTIC ORIENTAL HEROES

雜組行

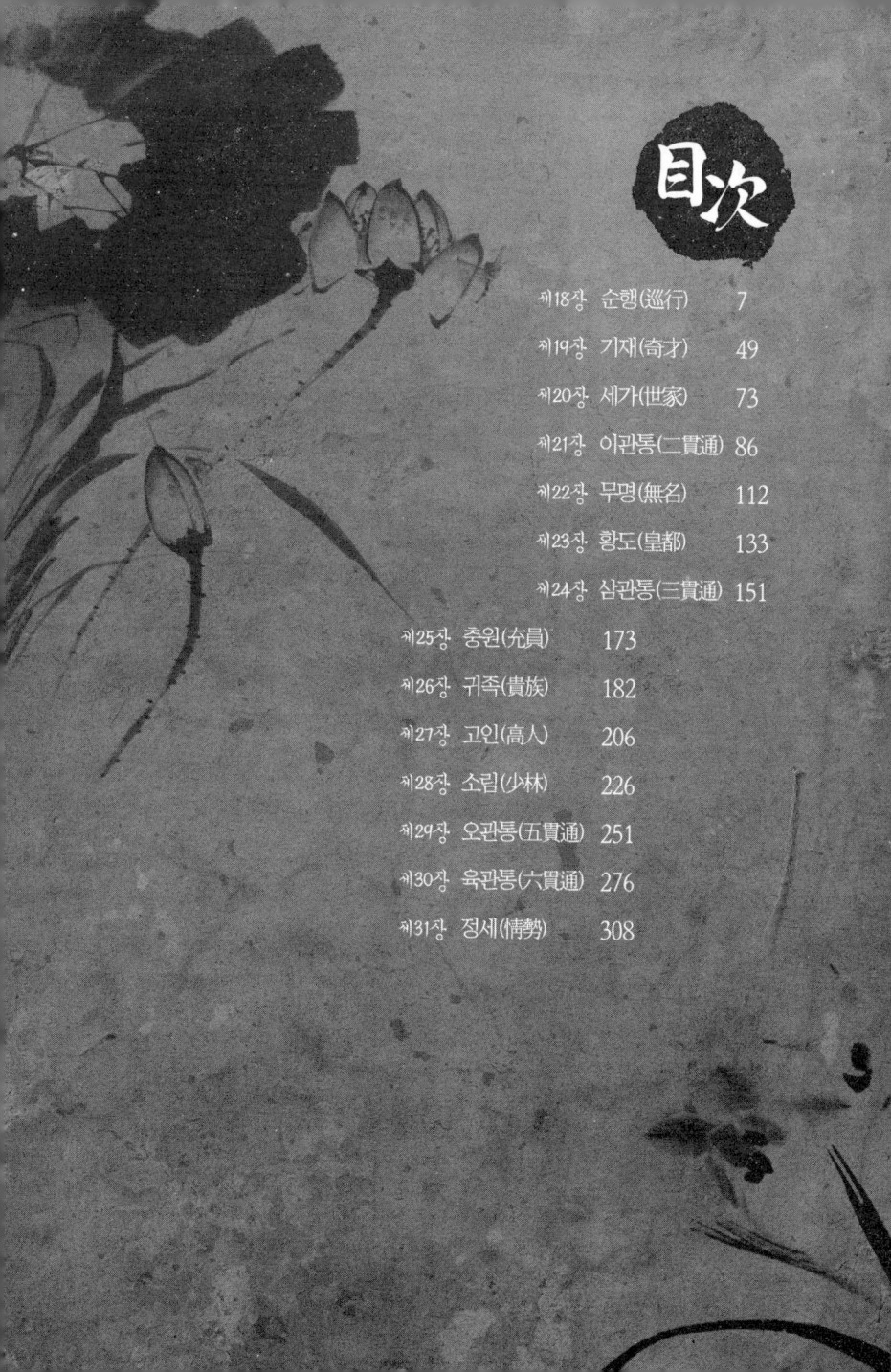

目次

十八
순행(巡行)

1

유정이 조부인 유직에게 잡조의 일을 조사한 결과에 대해 최종 보고를 하였으나 역시 정작 핵심이 되는 내용들은 언급하지 않았다.

그러던 중 이윽고 사부인 청련 신니가 도착하였기에 유정이 눈물로써 저간의 상세한 사정들을 말씀드렸다.

청련 신니가 침울한 심정으로 다 듣고 또 한동안 고민한 끝에,

"그간 너의 고초가 많았다. 그러나 이제 그만하였으면 너로서는 할 만큼 하였거니와 더는 마땅히 할 수 있는 일도 없을 것이다. 그러니 이제는 이 사부에게 모든 것을 맡기고 관

여하지 말도록 하여라!'

하고 단정(斷定)하듯이 말하였다. 그에 유정이 놀라고 서운하여,

"그리할 수는 없습니다. 사저가 저를 위해 동행했다가 그같은 참변을 당한 것만으로도 평생 크나큰 죄책감을 벗어내지 못할 것인데, 이제 그 흉수에 관한 단서를 확보한 마당에 어찌 저더러 관여하지 말라고 하시는 것입니까?'

하며 울먹였다. 신니가 측은한 눈길로 제자를 바라보다가,

"너는 이 일에 대해 너무 단순하게 생각해서는 아니 된다. 무슨 말인고 하니, 이제 네가 그간 애쓴 결과를 가지고 다음 단계의 일을 해나감에 있어 그 일은 어떤 형태로든 반드시 무벌과 관련되지 않을 수 없을 것이다. 네가 알다시피 무벌은 명실공이 당금 무림천하에서 제일의 세(勢)이다. 그러니 앞으로 벌어질 여파와 파장은 우리가 상상할 수 있는 이상일 것이며, 어쩌면 우리는 전혀 의외의 곤란과 고초를 당하게 될 수도 있을 것이다. 곧 흉수를 밝혀내고 그 흉수가 무벌과 연관이 있음을 여하히 입증하지 못하였을 때는 역으로 무벌에서 우리에게 무고(誣告)의 죄를 물을 수도 있을 것이란 말이다.'

하고 무겁게 말하였다. 유정이 황망히 여쭈었다.

"무고라니요?'

"냉정히 생각해 본다면 우리가 가진 단초는 상당히 허술하

고도 위험한 것이다. 그 단초라는 것이 모두 항주의 일개 흑도 방파에 불과한 흑사방으로부터 나왔으니 그것이 모두 어김없는 사실이라고 하더라도 우리 이외의 다른 사람들에게는 그 신뢰성이 상당히 떨어질 것이기 때문이다. 더욱이 무벌에서 순순히 자신들과 연관된 사실을 시인하지 않을 것임은 물론이고, 나아가 사실을 은폐하기 위해 갖은 수단을 취하리라는 것 또한 미리 염두에 두어야만 한다."

그에 유정이,

"아!"

하고 짧은 탄식을 내뱉는데 신니가 또한 가늘게 한숨을 쉬고 나서,

"이 사부의 입장이야 풀어내야 할 악연의 한 끝을 붙잡고 있는데다 어차피 무림에 한 발을 담그고 있는 처지이니 당연히 어떠한 상황이라도 받아들이고 감내할 것이다. 그러나 네가 관여한다면 곧 사해상단이 관여하는 것이나 마찬가지가 되어버릴 것인데, 그 결과가 어찌 될지 너는 짐작하지 못하겠느냐? 네가 무림과 인연을 맺지 않고 온전히 사해상단의 장래를 이어주기를 간절히 바라는 네 조부님의 소원을 진정 모른다 하겠느냐?"

하고 이윽고는 타이르는 투가 되었다. 그러자 유정이,

"아아!"

하고 힘겹게 탄식하는데 그 표정이 창백하였다. 유정이 입

술을 한번 깨물고 나서,

"아무리 그렇다 하더라도 저는 결코 사부님의 그러한 명을
따를 수 없습니다. 제가 지금 이대로 물러선다면 저와 가문의
당장의 안위는 구할 수 있을지 몰라도 평생 씻지 못할 한을
가지게 될 것입니다. 하니 사부님께서는 부디 명을 거두어주
십시오."

하고 결연히 말하였다. 신니가,

"휴~!"

하고 다시금 길게 한숨을 내쉬고 나서 한동안 제자의 눈을
들여다보고 있다가 이윽고는 어쩔 수 없다는 듯이,

"허허! 네 고집이 참으로 가당찮구나."

하고는 이내 애틋한 빛이 되며,

"그렇구나. 네가 갓난아기 때부터 친동기 간이나 진배없이
우애 각별히 지내던 정혜(淨慧)였으니 네 심정이 그렇지 않을
수는 또 없으리라."

하고 대견한 듯이 말하였다.

2

유직이 청련 신니를 만나 자신의 간절한 심정과 소원을 몇
번이나 하소연하였다. 유정의 절맥증을 완치시키고 이날 이
때까지 훌륭히 키워주신 은혜에 비하면 만분지 일의 공도 되

지 않겠으나 자신이 이번 사건에서 정말로 성심으로 진력을 다했음과 이참에 감히 간절히 간청하옵건대 제발 더 이상은 손녀 유정을 거칠고 험한 무림의 일에 끌어들이지 말아달라고, 유정을 그저 상단의 후계자로만 삼을 수 있도록 해달라고 숫제 눈물바람으로 읍소(泣訴)하였다.

그런데 신니가 의외로 선선히,

"그래야지요."

할 뿐 아니라, 손녀의 눈치를 보니 그녀 또한 전과는 달리 사부가 그리 말하는데 대해 별다른 이의를 가지지 않는 기색이었다.

유직으로서는 언뜻 이상하다는 생각이 들 만하였으나 어쨌거나 재삼재사 감사를 표시하였다. 그러는 중인데 유정이 문득 말하기를,

"저에게 한 가지 간청이 있습니다."

하는 것이었다. 유직이 흔쾌한 심정으로,

"허허! 네가 내게 굳이 간청이라고 할 것이 무엇이더냐?"

하고 물었다.

"할아버지께서는 격년에 한 번씩 정기적으로 하북 지단(河北枝團)과 사천 지단(四川枝團)을 순행하신다고 들었습니다. 마침 이제 얼마 안 있어 그 정기 순행이 있을 것이고, 비서조에서는 벌써부터 그 계획을 수립하고 있다고 들었습니다."

"흠! 과연 그러하다. 그런데 네가 지금 그것을 말하는 연유

가 무엇일꼬?"

"제게 상단의 일을 배우라 하셨지요. 그러자면 무엇보다
상단의 전체적인 규모와 구성을 파악하는 것이 우선이라 여
겨지는데, 가만 생각해 보니 그것을 위해서는 저도 이번 순행
에 참여하여 제 눈으로 직접 보고 배우며, 또한 현장의 의문
점에 대해서는 할아버지께 하나하나 가르침을 받는 이상의
방법이 또 없을 듯합니다."

유직이 듣고 보니 대견한 한편, 손녀의 마음이 그처럼 갑자
기 돌아선 것에 대해 아무래도 이상한 마음이 문득 생기는 것
이었다. 그리하여,

"네 진정으로 하는 소리냐?"

하고 손녀의 심중을 가늠해 보려는데 유정이 곧바로,

"그리하고자 하는 데는 사실 작은 까닭 하나가 더 있습니
다."

하고 대답하기에 유직이 재촉하여 물었다.

"그것이 무엇이더냐?"

"제가 그래도 이십여 년이나 무공을 수련한 처지로 한번
밖으로 나가 강호의 산천을 둘러보기라도 해야 나중에 후회
하지 않을 만한 작은 보람이나마 얻을 수 있을 것 같아서입니
다."

유직이,

"허!"

하고 탄식을 흘리면서도 여전히 찜찜함이 남아 유정의 기색을 새삼 유심히 살피는데, 유정이 문득 얼굴 가득 슬픈 빛을 떠올리며,

"사실은 순행길에 이름 높은 도관(道館)이나 대찰(大刹)에 들러 비명(非命)에 돌아가신 사저의 혼백을 위로하고 명복을 빌어드리려 합니다. 그래야 제 마음이 조금이라도 편해질 것 같아서입니다."

하고 호소하였다. 유직이 그제야 가만히 고개를 끄덕였다. 물론 그가 여전히 손녀의 말을 곧이곧대로 다 믿는 것은 아니어서, 분명 다른 꿍꿍이속이 약간은 더 있겠거니 하는 내심이 아주 없지는 않았다. 그런데 마침 그때에 청련 신니가,

"두 아이가 친자매처럼 정이 각별하였지요. 그러니 정아가 받은 마음의 상처는 지금 드러내 보이는 것이 다는 아닐 것입니다. 제가 옆에서 듣자니 총수께서 크게 저어하실 사정은 없어 보이니 그리하라 하시는 것도 무방할 듯합니다만……."

하고 슬며시 유정의 청(請)을 거들었다. 그에 유직이 더는 생각할 여유 없이 유정에게 일단은,

"오냐. 그리하도록 하자꾸나."

하고 간단히 수락의 말을 하고는 다시,

"대신 네 지금부터는 마음을 가다듬고 오로지 상단의 일을 배우는 데만 충심을 다하여야 한다?"

하고 확실한 다짐을 두었다. 그에 유정이,

"예!"

하고 주저함없이 대답하였다. 손녀가 제 사부까지 있는 자리에서 그처럼 선선히 대답하는 것에 유직이 다시금 설핏 의아한 마음이 생겼으나 곧,

'기껏 순행에 함께 데리고 가는 일로 무슨 사단이 생길 것이며, 혹 무슨 일이 생기다 해도 그것이 무에 그리 대단할 것이 있겠는가?'

내심 생각하고는 의아한 생각을 간단히 지워 버렸다.

유정도, 또 청련 신니도 유직에게 약간의 심기를 쓴 것에 대하여는 마음이 좋지 않았다. 물론 유직더러 직접 사건의 전면에 나서라는 것은 아니었다. 그러나 어쨌든 그러한 자신들의 심기가 어떤 형태로든 유직의 위험을 담보로 하여야 할 것은 사실인 까닭이었다.

유정이 그나마 위안을 삼는 것은 그녀가 상상할 수 있는 데까지의 위험이 조부를 아주 위험한 지경으로까지 빠뜨리는 정도는 되지 않는다는 점이었다. 그것은 그녀가 그만큼 조부의 힘을 믿고 있다는 의미도 될 것이다.

청련 신니 또한 유직에게는 안되었지만, 막상 유직의 간접적인 도움이라도 받지 못한다고 생각할 때에는 참혹한 죽임을 당한 제자의 한을 풀어줄 마땅한 방도가 막상 없는 형편이었으니 달리 어찌할 바가 없는 노릇이었다.

청련 신니는 일단 유정과 작별을 하였다. 정혜의 시신을 보
타암으로 운구하여 장례부터 치른 다음 다시 육지로 건너와
유정의 뒤를 따르기로 한 것이다. 물론 그때에도 곧장 사해상
단의 순행단과 합류하지는 않고 거리를 두고서 주변 정세를
살피기로 했다.

그러나 청련 신니는 다른 제자에게 책임을 맡겨 보타암으
로 보내고, 막상 자신은 배를 타지 않았다. 그리고 신니 자신
은 해염(海鹽)의 포구(浦口) 인근에서 구걸하던 거지에게 신패
하나를 보이고 한 사람을 급히 수소문해 달라고 부탁했다.

사흘째 되던 날, 신니가 기다리던 사람이 이윽고 찾아왔다.
그는 바로 소요개(逍遙丐)라는 사람으로 개방 칠대장로(七大
長老)의 한 사람이며 신니와는 속가 때부터의 인연이 있는 사
람이었다.

신니가 찬찬히 제자가 참변당한 사실과 사해상단의 순행
과 관련된 모종의 계획을 말하며, 그 계획의 성사를 위해 소
요개의 도움이 필요한 바를 말하였다.

신니의 말을 다 듣도록 소요개는 별다른 표정이 없더니 문
득 덤덤한 투로 입을 열었다.

"실체가 명확하지 않으니 오히려 그쪽에서 움직이도록 하

겠다? 말하자면 타초경사(打草驚蛇)라 이건데……."

"그렇다네."

"흠! 그러나 이 늙은 거지 또한 사문에 속한 입장인데, 상황의 진전에 따라서는 그 일이 사문에 미치는 여파가 상상외로 커질 수도 있을 것임은 명약관화하다고 할 일. 허허허! 그렇지 않은가? 홍수가 과연 무벌의 인물이라면 그 여파가 어떻게 확대될지는 감히 상상하기 어려운 일이고, 더욱이 상대가 설혹 염라대왕이라 해도 그냥 넘어가지는 않을 당신 늙은 비구니의 성품을 내 모르는 바가 아닌데, 자칫 개방과 무림맹, 나아가 강호 무림 전체가 한바탕 광풍에 휘말릴 수도 있는 일이 아니던가? 대강의 사정이 그러해 보이니 배포가 좁쌀보다 작은 이 늙은 거지가 어찌 몸부터 사려지지 않겠는가?"

소요개의 몸 사리고 떠보는 듯한 말이 그쯤에 이르자, 신니는 짐짓 차갑게 코웃음을 치며 말했다.

"홍! 인정머리없는 늙은 거지야! 너무 빡빡하게 그럴 것 없어! 안 그래도 지나치리만치 크게 일을 벌일 작정은 하고 있지 않으니 개방이 어쩌고 무림맹이 어쩌고 하며 미리 앞서나 갈 것 없이 그저 당신 늙은 거지가 적당히 알아서 처리해 주기를 부탁하는 것뿐이야!"

소요개가 털털하니 소리 내어 웃으며,

"허허허! 늙은 비구니가 외진 섬 절간 안에 틀어박혀 공염불이나 외는 줄 알았더니 이제 보니 강호의 웬만한 능구렁이쯤은 쩜 쪄 먹고도 남을 궁리를 가졌구나."

하고 농치듯이 말을 받았고, 다시 신니가,

"늙은 비렁뱅이야말로 그동안에 쓸데없는 잔소리만 늘었구나! 그따위 잡설일랑 아껴두었다가 비렁질할 때나 요긴히 쓰고 지금은 올바른 대답이나 하게!"

하고 짐짓 재촉하였다. 그에 소요개가,

"허! 알았네, 알았어! 그토록 긴하게 부탁하니 내 일단은 한 번 해보도록 함세. 그러나 너무 큰 기대는 하지 말게. 또한 막상 한다고 하더라도 시간이 얼마나 걸릴지 장담하기 어려울 걸세."

하고는 슬며시 핑계대고 빠져나가듯이 말을 하였다.

신니가 짐짓 노려보듯이 눈총을 주었으나, 막상 그 눈빛에는 엷은 온기가 서려 있었다. 그것은 아마도 자신이 부탁한 일에 대해 소요개가 반드시 최선을 다할 것임을 믿는 때문이리라.

4

유정이 유직에게 청하기를, 자신이 상단에 아는 사람이라곤 없던 터에 금번 흑사방의 일로 인재육성원의 사람들을 좀 알게 되었는데, 그 사람들이 기존에 평가된 사실보다는 쓸모가 있어 보이고, 또 그다지 쓸모가 없다 하더라도 기왕에 친

분을 쌓았으니 긴 여행 중에 동무라도 될 것 같으니 이번 순
행단에 포함시켜 함께 데리고 갔으면 좋겠다고 하였다.

그에 대해 유직의 표정은 언뜻 좋아 보이지 않았다. 그러나
막상은 선선한 투로 순행 준비 부서에다 말해보마 하였다.

그리고 유직은 곧장 비서조장 도순학을 따로 불러 유정이
인재육성원의 사람들과 어울렸던 전반에 대해 은밀히 살펴보
라 명을 하였다.

사실 유직은 저어하는 마음이 생긴 것이었다. 유정이 일전
에 흑사방 사건에 대해 대강의 보고를 하는 중에도 인재육성
원의 사람들에 대해 여러 얘기를 한 바가 있었다. 평생 사람
을 대하고 꿰뚫어 보는 일에 이골이 나다시피 한 유직이라 그
런 중에 유정에게 뭔가 나름으로 속내를 남기는 기색이 보였
던 것이다.

당시에는 그럴 수도 있겠다 싶어 굳이 마음에 두지는 않았
었다. 그러나 이제 다시 유정이 굳이 순행에까지 그들을 데려
가려 하자 새삼 마음에 걸리는 점이 생긴 것이었다.

도순학이 이런저런 경로를 통하여 알아보던 중에, 유정이
업무를 처리하는 과정에서의 몇 가지 의문점을 발견하긴 하
였다. 그러나 업무 처리가 이미 완결된 상황에서 굳이 다시
거슬러서 조사를 할 필요까지는 없겠다 싶었다.

다만 업무와 직접 연관이 없는 사항에서 한 가지 특이점이

있었는데, 그것은 유정과 잡조 조원들과의 관계였다.

즉, 유정이 총수의 유일 혈육이라는 사실에 대해서 잡조의 조원들이 이미 다 아는 눈치였는데, 그러한 사실을 알았으면 아무리 개념이 부족한 자들이라도 어쨌든 상단의 녹을 먹는 처지에서는 유정을 대하는 태도에 분명 어떤 어려움 내지는 껄끄러움이 있어야만 하는 것이다.

그러나 수집된 증언들에 따르면 잡조의 조원들이 유정을 대하는 태도는 지나치리만큼 편하고 태연한 데가 있어 보였고, 유정 또한 잡조의 조원들에 대해 드러나지 않게 마음 쓰고 배려하려는 태가 있어 보이는 것이었다.

도순학은 알아본 결과를 가감없이 그대로 유직에게 보고하였다.

유직은 직감적으로 영 마뜩하지 않은 어떤 느낌을 가지게 되었다. 그것은 무언지 모르게 불쾌한 느낌이었고, 더하여 모호한 불안감마저 생기게 하는 것이었다.

물론 유직이 자신의 그러한 느낌에 대해 당장에 무슨 근거가 있는 것은 아니었다. 그것은 다만 그의 직감과 같은 것이었다. 그러나 지금과 같은 직감에 대해 유직이 생각하는 바는 보통 사람들과는 확연히 달랐다.

사실 유직이 거대 상단의 총수로서 평상시에는 명확한 근거와 사실에 철저하리만큼 충실한 사람이었으며, 예상이나

직감 따위로 함부로 판단하는 것을 지극히 경계하는 사람이었다.

그런 그가 전적으로 직감에 기대어 판단을 내렸던 경우는 평생에 단 세 번 정도였는데, 그 세 번 모두가 그의 모든 것을 다 걸어야만 하는 백척간두의 기로에 서 있을 때였다.

그 기로들에서 그는 다만 스스로의 직감밖에는 믿고 기댈 것이 아무것도 없었는데, 세 번 모두에서 그의 직감이 적중한 덕분으로 지금의 그와 사해상단이 있게 되었다고 해도 과언이 아닌 것이다.

물론 지금 유직이 당장에 어떤 새로운 기로에 서 있다고는 할 수 없었다. 그러나 유직은 지금이야말로 지나온 그 세 번의 기로만큼이나 중대하다고 생각하는 것이었다.

바로 손녀 유정이 그의 평생 과업을 이어받는 첫 단추를 꿰는 때이기 때문이었다. 만약 그 첫 단추가 잘못 꿰어진다면, 그 이후의 결과가 어찌 될지는 불 보듯 확연하지 않겠는가.

'아아! 노부가 너무 경솔했었다. 순백의 백지 같은 그 아이에게 생각없이 덥석 그런 일부터 맡기는 것이 아니었다. 게다가 하필이면 인재육성원이라니…….'

하고 유직이 자책하여 탄식하는 한편으로,

'노부의 생각이 괜한 것일 수도 있으리라. 그러나 잘못 꿰어질 가능성이 조금이라도 있는 것이라면, 더욱이 그것이 첫 단추라면 차라리……. 어차피 현직에서 불요불급(不要不急)

하다 평가되어 사석(死石)으로 내어놓은 자들이 아닌가?

하고 비장한 생각을 가져보기도 했다.

유직이 한참이나 이런저런 생각을 굴리고 나서는 이윽고 눈빛을 깊숙이 침잠시켰다. 가라앉은 그의 눈빛에 정제된 차가움이 잔잔히 일렁거렸다

5

어느 날 오전. 잡조로 명령 하나가 떨어졌다. 인재육성원장으로부터 발령된 그 명령의 요점은 조만간 총수가 지단순행에 나서는데, 잡조가 그 순행단에 포함되었다는 것이었다. 그 말을 듣자마자 선변이,

"우리가요? 왜요? 언제부터요? 어떻게요?"

하고 의문들을 쏟아냈다. 그러나 강산은,

"말한 게 다야. 더 자세한 건 나도 몰라."

하고 아주 간단히 대답해 버리고 말았다. 선변의 목소리가 대번에 확 커지더니,

"아니, 원장에게 명령을 받을 때 그밖에는 아무런 언급도 없었단 말입니까? 아니, 그렇다고 해도 그렇지, 그럼 조장님은 한마디도 묻지 않고 그냥 듣고만 와서 우리에게 전달하시는 겁니까?"

하며 눈으로는 노달과 윤파를 돌아보았다. 그러나 노달과

윤파가 선변의 말에 동조할 틈도 없이 강산이 이번에는 더욱 간단명료하게,

"응."

대답하고는 휘적휘적 걸어 한쪽 구석으로 가버리는 것이었다. 선변이 그만 머쓱한 얼굴이 되고 마는데, 윤파가 재미있다는 듯이 빙글거리며,

"뭘 그깐 일에 열까지 받고 그래?"

하고 뒤늦은 참견을 하였다. 선변이 대뜸,

"예?"

하고 곱지 않게 눈을 치뜨자 윤파가 여전히 빙글거리며 말했다.

"총수의 동향에 관한 사항이란 게 원래 그렇잖아? 보안이니 비밀 엄수니 하는 거 말야. 그러니 아마 원장도 아는 게 별로 없을 텐데, 조장이 뭔 용빼는 재주가 있겠어? 그리고 자네가 늘 말했잖아? 우린 그저 잡조일 뿐이라고. 웃전에서 까라면 까는 시늉이나 하면 되는 거지, 시시콜콜 따져서 뭐 할 거야? 우리가 왜 포함되었냐고? 뭐, 뻔하잖아? 이런저런 자질구레한 잡일들이나 하라는 것 아니겠어? 그리고 좋게 생각하자면 나쁠 일만도 아니잖아? 하는 일 없이 허구한 날 구석에 찌그러져 있느니 공짜로 주유천하를 하게 생겼으니 그야말로 팔자에 없는 호사를 하는 셈이잖아? 안 그래?"

세상만사 생각하기 나름이라 하더니 윤파의 '주유천하' 론
은 잡조의 분위기를 제법 반전시켜 놓는 데가 있어서 오후 무
렵 잡조의 분위기는 오전과는 사뭇 딴판으로 바뀌었다.

더욱이 선변이 발 빠르게 알아온 바에 따르면, 총수의 지단
순행 경로는 먼저 하북 지단을 거쳐 사천 지단을 돌고 다시
항주본단으로 돌아오는 것이었다. 그러니 정말로 주유천하
의 흉내 정도는 낸다고 할 수 있을 정도의 원행(遠行)이었다.

이강은 왠지 심란해하는 기색이었다. 선변은 그런 이강의
마음을 들띄워 보려는지 당금 천하의 판도가 어떻고 정세가
어쩌고 해가며 하는 슬슬 분위기를 거창하게 잡아볼 태세였
다. 보고 있던 윤파가,

"적당히 좀 해라! 산천경계(山川境界) 구경이야 눈치껏 하
겠지만, 그래도 기껏 잡일이나 하게 될 처지에 구박이나 안
받을 궁리를 해야지, 천하 정세 따위가 우리하고 무슨 상관이
냐?"

하고 심드렁하니 핀잔을 줬다. 그러나 선변은,

"아! 상관없다는 사람은 안 들으면 될 것 아닙니까? 저는
우리 이강이 식견을 좀 넓혀서 나중에 어디 내놓아도 촌놈 소
리는 안 듣게 해주려는 겁니다!"

하고 제법 당차게 능청을 부렸다. 윤파가 설핏하니 눈을 부
라렸으나, 더 이상 관계치 않겠다는 듯이 벽에다 등을 기대고
는 눈을 감아버렸다. 그에 선변이 아예 이강의 바로 곁으로

자리를 옮겨 앉더니 본격적으로 강론(?)을 설파하기 시작했다.

그런데 선변의 덕분에 이강 외에 또 한 사람이 귓속의 묵은 때를 벗고 있었다. 바로 강산이었다.

선변은 과연 아는 것이 많았다. 천하가 얼마나 넓고 거대한지, 기인이사 협성괴걸이 얼마나 많은지를 유수처럼 유창한 언변으로 얘기했다.

당금 천하의 세력 판도가 크게 보아 동서 분할의 형세로, 섬서, 호북, 호남, 광동을 포함하여 천하의 동쪽은 구파일방이 주축이 되는 무림맹에서 관할하고 있다는 것. 또 감숙, 사천, 귀주, 광서를 포함해 천하의 서쪽은 무벌의 관할하에 있다는 것. 당금의 무림 천하에서 가장 크고 강대한 세력이 바로 무벌이라는 것. 그 무벌이 창천무종(蒼天武宗)이라는 신화적 인물이 기존 강호 정사 양맥의 최강 문파들이던 창천신문(蒼天神門)과 마교(魔敎)를 통합하여 만든 조직이라는 것. 그리고 각 개인의 능력으로 당금 무림을 좌지우지하는 인물들이 있는데, 그들이 바로 신주십삼존(神州十三尊)이라는 등등을 조금의 막힘도 없이 구구절절이 주워섬겼다.

그러나 강산에게 선변의 얘기는 대부분 생소하여서 그것이 옳은 얘기인지, 혹은 틀린 얘기인지조차 구분할 수가 없었다. 삼십 몇 년 그가 살아온 세상과는 사뭇 다른 세상의 얘기이니 그럴 수밖에는 없는 것이었다. 사실 그런 쪽에 있어서 정말로 '촌놈' 소리를 들어야 할 사람은 이강이 아니라 바로 강산 자신인 것이다.

6

순행단의 출발이 임박해 그 막바지 준비에 가장 바쁜 곳은 역시 비서조였다. 그러나 그런 중에 비서조장 도순학에게는 근심 한 가지가 생겼다.

바로 한 가지의 첩보 때문이었다. 총수가 수족이라 할 수 있는 그에게조차 비밀로 하고 은밀히 그 이전의 비서조장이 었던 이를 만났다는 첩보였다. 그것은 도순학 자신이 모르게 무언가가 진행되고 있다는 것을 의미했다.

도순학이 비서조장을 맡은 지는 벌써 십 년 가까이 되었다. 그간 그는 총수에 대해 진정으로 충심을 다해왔고, 그에 대한 총수의 신뢰 또한 굳건하였다. 그는 딱히 실수나 과오를 범한 일이 없었고, 상단의 각 요로에서 총수에게 보고되는 주요 업무 사항을 포함해 총수의 개인 신변 사항까지 그가 모르는 일이란 있을 수 없었다.

적어도 그는 그렇게 믿어왔고 자신해 왔다. 물론 첩보와 관련되었을 그 무언가는 총수가 그에게조차 알리고 싶지 않는 지극히 개인적인 사항일 수도 있고 다분히 사소한 일일 수도 있었다. 그러나 어쨌든 그것은 그에 대한 총수의 신뢰가 흔들리고 있음을 의미하는 것이기 쉬웠다.

'어찌하랴?'

도순학은 착잡하고도 무거운 심정이되, 그러나 굳이 그 첩보의 상세한 내막을 조사해 볼 생각은 없었다.

측근의 말로랄까? 이전의 비서조장들이 그래 왔듯이 총수에 대해 너무 많은 것을 알고 있는 그 또한 언젠가는 맞이해야 할 말로를 예상보다 조금 더 일찍 맞이한다고 여기면 그만이었다.

7

순행 출발 일자를 하루 앞둔 날. 순행단에 대한 최종 점검이 실시되었다.

대연무장에 말 오십여 필과 사두마차가 십여 대, 그리고 백여 명의 인원이 열 지어 서니 그 규모가 제법 거창하였다. 그럼에도 말들이 이따금씩 '푸르륵!' 대는 소리 외에는 조용한 까닭에, 일대의 분위기는 숙연하기까지 했다. 역시 총수가 직접 점검하기로 되어 있다는 데서 오는 무거운 긴장감 때문이리라.

대열 중에서 기껏 다섯 명뿐인 잡조는 굳이 두 줄을 만들어 섰다. 조장인 강산이 제일 앞으로 서고, 그 뒤 양쪽으로 두 명씩 두 열을 만든 것이다. 그것은 잡조의 유치한 자존심을 세우기 위한 선변의 얄팍한 잔머리였다.

"과연 사해상단이다. 괜히 천하제일이 아니야. 이번 순행단의 규모만으로도 웬만한 다른 상단의 전체 규모와 맞먹지 않겠어? 안 그래?"

이강을 보고 하는 선변의 말은 사뭇 감탄조였다. 그러나 선변 역시도 주변의 긴장된 분위기에 전혀 무관하지는 못하는 듯 그의 목소리는 속삭이듯 나직했다. 이강이 별 반응을 보이지 않자 선변은 다시,

"저쪽 왼편에 있는 다섯 명 있잖아? 저 양반들이 대개는 행장 급들인데 사해상단의 차기 실세들이야. 실무분야별로 최고의 인재들이라고 할 수 있지. 총수가 저들을 대동하는 것은 순행 중이라도 상단에 발생하는 중요 사항들에 대해 지체없이 챙기고 처리하겠다는 의지인 거지."

하고 말하더니 금세 또 대열의 오른쪽을 가리키며,

"저쪽으로 늘어선 이십여 명은 비서진이야. 의전과 숙식, 그리고 전반적인 총무를 책임지게 되지. 그리고 저쪽 말들 옆에 도열한 사십여 명은 경호 인력이야. 총수의 경호를 전담하는 경호조 열 명과 이번 순행을 위해 차출된 호부(護部)의 정예들이지."

하고 누가 묻지도 않은 설명들을 줄줄이 이어냈다. 그때 윤파가 선변을 돌아보며,

"어이! 그러지 말고 아예 앞으로 나가! 그리고 전체적으로 쭉 한번 사열을 받지 그래?"

하고 핀잔을 주었다. 선변이 짐짓 머쓱해하는 표정을 짓는데, 윤파가 슬쩍 말투를 바꾸며 물었다.

"그런데 어째 좀 허술한 거 아닌가?"

"뭐가 말입니까?"

"아니, 그래도 사해상단의 총수 정도 되면, 더욱이 이런 형태의 외유라면 온전히 자신을 노출시킬 수밖에 없을 텐데, 그렇다면 당연히 이런저런 종류의 위험을 가정해야 할 것이 아닌가 말이야? 그런데 기껏 사십여 명의 호위인력에다, 그것도 경호조 열 명을 제외하고 나면 나머지 삼십여 명이야 비록 호부 내에서는 엄선했다고 하지만 막상 강호에 내놓으면 이류 축에도 끼기 힘들 것같이 보인단 말이지."

선변이 설핏 경호 인력들 쪽으로 눈길을 주었다가는 마치 이번에는 자신의 차례라는 듯 핀잔조로 말을 뱉었다.

"한눈에 일류, 이류를 척척 갈라놓는 걸 보니 형님의 안목이야말로 가히 절정고수의 반열에 오른 것 같습니다?"

"자넨 꼭 말이 옆으로 새더라?"

그러면서 윤파는 슬쩍 노달을 끌어들였다.

"영감님은 그렇게 생각 안 하십니까?"

"글쎄, 모자란다면 모자라고 넘친다면 넘치겠지."

노달의 덤덤한 대꾸에 윤파 대신 선변이 짐짓 투덜거렸다.

"에이! 영감님은 어째 늘 구렁이 담 넘어가는 식입니까?"

그러나 선변은 이내 움찔하는 기색이 되어서는 슬그머니 노달을 향해 고개를 숙여 보였다. 그때 이강이 그를 향해 도끼눈을 부릅뜨고 있었기 때문이다.

평소에는 선변이 이강에게 함부로 대하기 일쑤였고, 이강 또한 웬만하면 웃으며 받아넘기고 져주었다.

그러나 가끔씩 이강이 정말로 정색을 하거나, 지금처럼 성난 기색을 보이면 선변은 감히 뻗대지 못하고 조심스러운 태도가 되는 것이었다.

그리고 그런 방식이야말로 사뭇 성격 다른 그들 두 동갑내기가 나름으로 서로의 균형을 잡아가는 방법이기도 했다.

노달은 빙그레 눈으로만 웃고 있었다. 두 젊은이 사이의 사뭇 어색한 분위기가 어쨌든 자신과 관련이 있다는 것을 아는 때문이었다.

노달이 이윽고 입가로까지 웃음기를 옮겨놓으며,

"사해상단 총수의 영향력은 상계에서 독보적일 뿐만 아니라, 강호에서 또한 대단하여 당금 무림 천하의 그 어떤 거물에 비해서도 결코 못하지 않을 것이네. 곧 천하제일의 재력에다 관계(官界)와 강호를 넘나드는 막강한 인맥을 바탕으로 하는 영향력이지. 그러니만큼 다양한 이해관계에서 총수의 신변 사항에 관심을 가지는 자들이 많을 것은 자연스러운 일이고, 그런 측면에서 총수의 신변이 완전히 노출되는 이번의 순행에서 총수의 안전이 그 어느 때보다 크게 위협받을 것은 윤파가 직시한 그대로라고 해야 할 것인데……."

하고 슬며시 말끝을 흐리더니, 이어 시선을 선변을 향하며,

"그러나 어찌 되었든 그런 위협의 가능성에도 불구하고 어전히 그 어떤 인물도, 혹은 세력도 적어도 공공연히는 총수의 신변을 위협하려 들지는 못할 것이야. 만약 군이 돌발적인 위험을 예상한다면, 기껏 전후 사정 모르는 녹림도상의 잡패들 정도일 것이고, 그들을 상대하는 데는 지금 정도의 경호 인력 정도면 오히려 넘친다고 해야 하겠지. 반대로 만약 치밀하게 계획된 어떤 암중의 위협을 가정한다면 단순히 경호 인력의 규모를 늘리는 것만으로는 막기가 힘들 테고…….'

하고 다시금 말끝을 흐렸다. 그에 선변이 잔뜩 흥미가 돋은 표정이 되어,

"그 암중의 위협이라는 것 말입니다. 만약 그런 것이 있다고 한다면 과연 무엇을 노리는 걸까요?"

하고 물었다. 노달이 이마에다 몇 가닥의 주름을 만들었다.

"글쎄, 노부 정도로 어찌 그런 데까지 짐작해 볼 수야 있을까?"

"이미 짐작해 보신 건 아니고요?"

"허허! 글쎄… 아마도… 직접적인 이해보다는 간접적이거나 파생적인 이해관계가 결부된다고 봐야겠지?"

"간접적이거나 파생적 이해관계라면……?"

"만약에 정말로 총수의 신변에 무슨 변고가 생긴다고 가정한다면 어떻게 되겠는가?"

"당장에 한바탕 난리가 나겠지요?"

하고 쉽게 말을 받던 선변이 문득,

"아!"

하고 짧은 탄성을 흘리고는 다시,

"그렇군요. 그럼으로써 천하의 여러 계통에서 제법 복잡한 이해관계가 얽힐 수 있겠군요."

하고 말했다. 노달이 가볍게 미소를 떠올리며,

"역시 자네의 심기는 누구도 따르지 못하겠어."

하고 고개까지 주억거려 보이자 선변이 씩 웃으며 짐짓 포권해 보이며 답례했다.

"영감님의 탁견에 비하면 저야 그저 잔머리나 굴리는 정도에 불과합죠."

"탁견이라……."

하고 노달이 선변에 장단을 맞추려 하다가는 슬쩍 이강 쪽을 돌아보며,

"자네의 그런 칭찬에 대해서 노부는 아무래도 이강에게 고맙다고 해야겠는걸."

하고 말했다. 그러자 선변이 머쓱해하며 이강을 향해 어깨를 으쓱해 보였다. 그때였다. 대연무장의 저쪽 귀퉁이에서 두

사람이 불쑥 모습을 보이더니 재빠른 걸음으로 순행단이 도열한 쪽으로 오는 것이었다.

"어?"

그들 중 하나를 쉽게 알아보고 선변이 놀란 소리를 냈다. 둥글둥글한 체형에 굵고 두꺼운 몸통과 사지(四肢), 털이라곤 없는 민둥산이 머리. 바로 순동이었다.

그리고 순동 옆의 사람은 간단한 경장 차림에다 머리를 질끈 묶어 등 뒤로 늘어뜨린 여인이었다. 그런데 그 여인이 어느 정도 가깝게 다가왔을 때 도열한 순행단원들의 시선은 일제히 여인에게로 집중되었다. 그야말로 절세의 미녀였다. 보는 순간 눈이 환해질 정도로.

잡조에게 여인은 낯선 얼굴이었다. 그러나 잡조의 누구라도 그녀가 누구라는 사실을 짐작 못하지는 않았다. 그녀가 순동의 호위를 받는다는 것만으로도, 그리고 그녀가 곧바로 잡조로 와서 슬쩍 대열 속으로 끼어들었다는 점에서도. 그리고 보니 그녀와 순동은 칙칙한 회색의 경장 차림이었다. 잡조와 똑같은.

그녀는 유정이었다. 그 창백하고 무표정하고 차갑기만 하던 인피면구 속에다 유정은 그처럼 절세의 미모를 감춰두고 있었던 것이다.

유정에게로 쏟아지던 주변의 시선들은 잠시가 더 지난 후에야, 그리고도 여전히 감탄과 아쉬움을 품은 채로 겨우 본래

대로 돌아갔다.

　유정과 순동이 자신의 바로 뒤에 와서 섰다는 것을 알았지만, 강산은 한 번 힐끗 돌아보았을 뿐 이내 고개를 돌려 정면만 향하고 있었다. 그때 선변이 유정과 순동의 등에다 대고 짐짓 불퉁거렸다.

　"우리가 아무리 어중이떠중이들이 대충대충 모인 잡조라고 하지만, 그래도 온다 간다 말도 없이 맘대로 나갔다가 또 다시 슬쩍 들어오는 건 뭡니까?"

　그에 유정이 작은 목소리로,

　"미안해요."

　하고 말했다. 그 단번의 사과에 선변은 그만 머쓱해지고만 듯이,

　"아니, 뭐, 그렇다고 미안할 일까지는 아니고요… 사실 우리야 어차피 사해상단 소속이고 소저는 고귀한 상단의 후계자 신분인데… 뭐… 맘대로 하셔도 누가 뭐라고 할 건 아니지만, 제 말은 그러니까……."

　하고 주절거리는데 유정이 슬쩍 뒤돌아보며,

　"대신 제가 나중에 멋진 곳에서 한턱낼게요."

　하고 말했다. 그러자 선변의 얼굴이 대번에 확 퍼졌다. 그리고는 선변이 강산 쪽을 향해 손나발을 만들며,

　"예? 정말입니까? 그거 좋지요!"

하고 외치는 시늉을 하였다. 그러나 강산은 여전히 모르는
체 묵묵히 앞쪽만 향하고 있었다.

강산이 상단 경력 이십 년차에 총수를 이처럼 가까이에서
보는 것은 오늘이 처음이었다. 그만큼 상단의 사람들에게 총
수는 멀고도 절대적인 존재였고, 강산과 같은 말단에게는 더
더욱 그러했다.

총수는 은은한 옥색이 비치는 장포를 입었고, 반백의 머리
를 단정히 틀어 올렸다. 그다지 길지 않은 백염은 정결하게
다듬어진 태가 났다. 그러나 그저 보통의 체구였고, 강산이
그동안 멀리서 보던 모습으로만 상상했던 인상보다는 훨씬
평범했다.

천하제일의 부를 지닌 인물치고는 그리 대단한 풍채도 아
니었고, 사람 속을 훤히 꿰뚫어 볼 듯한 예리한 인상도 아니
었다. 세상 모든 것들을 다 거느린 듯한 위엄이나 오만 같은
건 더더욱 보이지 않았다.

그러나 총수의 모습은 이내 대단해 보였다. 아니, 총수를
둘러싼 모든 것들이 그를 대단하게 보이도록 만드는 것이리
라.

총수가 나타나는 순간 사람들은 일제히 부동자세가 되었
고, 심지어는 좀 전까지 간간이 '푸르륵!' 소리를 내던 말들
조차 이 순간만큼은 조용히 숨을 고르고 있었다.

이윽고 총수가 대열 쪽으로 다가오자 누구의 구령 없이도 백여 명의 순행단이 일제히 허리를 숙여 예를 표했다. 그리고 그 순간 총수는 감히 마주대하기 어려운 대단한 권위를 가진 인물로 화했다.

총수가 환하게 웃는 얼굴로 손을 들어 답례하며 천천히 대열의 앞쪽으로 걸어올 때, 선변은 총수보다는 오히려 그 한 걸음 뒤쪽에서 나란히 따르고 있는 세 사람을 유심히 보았다.

발 넓다고 자타가 공인하는 선변으로서도 직접 보기는 오늘이 처음인 인물들이었다. 그러나 그중 두 사람에 대해서는 슬쩍 인상을 살펴보는 것만으로도 그들이 누구인지 대번에 알아볼 수 있었다. 그들은 바로 비서조장(秘書組長) 도순학(度純學)과 경호조장(警護組長) 고이강(高易綱)이었다.

그들 두 사람을 단순히 직급으로만 따진다면, 다만 행장 급일 뿐이니 상단 전체의 서열로 볼 때 그 서열이 오십위권 바깥쪽이었다.

그러나 그들은 소위 상단의 실세들이었다. 실세 중에서도 다시 진짜 실세. 총수의 수족과도 같은 최측근이라는 점에서 상단의 최고 서열인 세 명의 대행수조차도 감히 함부로 무시하지 못하는 존재들인 것이다.

왼쪽의 깔끔하고 세련되었다는 인상을 팍팍 풍기는 인물. 그가 바로 비서조장 도순학이었다.

도순학에 대한 평가로는 상단에서 일어나는 모든 일이 그의 머릿속에 다 들어 있다는 정도로도 충분할 것이다. 그러나 그가 가진 최대의 능력은 바로 총수의 절대적 신임일 것이다. 달리 말해, 총수에 대한 그의 절대적 충성일 것이다.

가운데에 선 경호조장 고이강은 사각으로 각진 얼굴이 다소간 엄격해 보이는 인상이었다. 그러나 전체적 인상은 결코 거칠지는 않고 오히려 차분하고 단정하였다. 사실 상단 총수의 경호를 책임지는 만큼, 인상이 지나치게 강하거나 더욱이 거칠어서는 안 될 일이었다.

고이강은 그의 부친에 이어 사해상단의 경호 책임을 맡고 있어 총수의 가신이라고 할 만했다. 그러니 비서조장 도순학에 못지않게 그 또한 총수에 대해 절대적인 충성심을 지닌 인물이었다.

고이강에 관해 선변이 주워들은 말 중에는, 그가 무림의 기준으로 따져서도 능히 절정 급에 속하는 고수인데, 특이하게도 두 자루의 판관필을 병기로 쓴다고 했다.

그러나 고이강은 아직까지 한 번도 제대로 자신의 무공을 펼친 일이 없다고 하였으니, 강호에 이름을 알리기는커녕 상단 내에서도 그의 판관필이 어떻게 생겼는지조차 보았다는 사람이 없었다.

나머지 한 인물. 그 노인은 총수의 오른쪽 뒤에서 따르고 있었는데, 그저 평범하기만 해서 총수를 근접 수행하고 있다는 점만 빼면 옷차림이나 분위기에서 그저 그런 노인으

로 보일 뿐이었다. 도순학이나 고이강에 비하자면 상대적
으로 그 존재감이 약해서, 이를테면 있는 듯 없는 듯하다고
할까?

선변은 잠시 두 눈을 가느다랗게 뜨고서 노인을 살피다가
이내 고개를 갸웃거렸다. 노인의 신분에 대해 도무지 짐작해
볼 수가 없는 까닭이었다. 어쨌든 도순학이나 고이강과 함께
총수를 지근(至近)에서 수행할 정도라면 결코 평범한 신분은
아닐 텐데 말이다.

그러고 보니 그런 짐작을 하기 어려운 자체가 평범해 보이
기만 하는 노인이 지닌 유일한 특이점이지 싶기도 했다.

대열들을 쭉 사열해 가던 총수가 잡조의 열 앞에 이르러 문
득 멈춰 섰다. 그의 눈길이 우선 머문 곳은 유정 쪽이었다. 순
간 총수의 얼굴로 마뜩해하지 않는 기색이 스쳐 갔다. 아니,
선변은 그렇게 느꼈다. 사실 총수의 얼굴은 웃는 표정 그대로
였다.

그런데 총수는 막 다시 걸음을 떼려다 말고 문득 생각났다
는 듯이 바로 앞에 선 강산에게,

"갑조(甲組)라고 했나?"

하고 물었다. 순간 강산은 곧바로 대답을 하지 못하고 흠칫
어깨를 떨고 말았다. 순간적으로 머리가 하얗게 비는 듯한 긴
장 때문이었다. 하긴 최말단 직급이 하늘같이 까마득히 높은

상단 총수에게 갑작스레 질문을 받았으니 그럴 만도 하였다.

강산이 얼어붙어 있는데, 총수가 문득 빙그레 웃으며,

"아아, 참! 자네들 스스로가 이름 붙이기를 갑조가 아니라 잡조(雜組)라고 했다지?"

하고 다시 물었다. 그때서야 강산이 겨우 목소리를 쥐어짜내,

"예, 그렇습니다."

하고 사뭇 떨리는 목소리로 대답했다. 총수가 가볍게 눈웃음을 지으며,

"자네가 조장인가?"

다시금 묻는데, 이번에도 강산은 흠칫하고 말았다. 이번에는 긴장이라기보다는 곤란함이었다.

사실 그의 조장 직위는 아래로부터 받은 것이지, 결코 위로부터 임명을 받은 것은 아닌 것이다. 그러니 참으로 곤란한 질문이 아닐 수 없었다. 강산이 짧은 숨을 들이쉬고 나서,

"예."

하고 겨우 대답했다. 그리고 나서야 강산은 경직이 조금 풀리는 느낌이었다. 잔뜩 굳었던 어깨와 허리가 그나마 조금 풀렸고, 남의 얼굴인 듯 아예 느낌이 없던 얼굴의 감각 또한 조금은 되살아났다. 그리고 이내,

'나는 예전의 강산이 아니다. 그러기에 이미 너무 많은 것들을 잃어버렸고, 혹은 포기해 버렸다.'

하고 내심 결연히 상기했다.

총수는 문득 한 가닥의 이채를 떠올렸다. 그의 앞에서, 더욱이 그의 잇따른 질문을 받고서 이처럼 금세 긴장과 압박에서 벗어나는 자를 보는 것이 실로 오랜만인 때문이었다. 총수가 고개를 돌리지 않은 채 뒤쪽의 고이강을 불렀다.

"고 조장!"

"예, 총수 대인!"

"순행 기간 동안에 정아(靜兒)가 이들과 거취를 함께하겠다고 하던데, 혹시 경호에 문제는 없겠는가?"

고이강은 순간적으로 당황한 기색이 되었다. 들은 바가 없는 내용인데다, 지금 그런 것을 묻는 총수의 의도를 언뜻 짐작하기 어려웠기 때문이다. 그러나 고이강은 힐끗 유정을 한번 바라본 후에,

"아가씨께는 별도로 경호조가 배치됩니다."

하고 조심스럽게 대답했다. 그러자 총수는 가볍게 고개를 갸웃하며,

"흠! 그래?"

하는데 아무래도 마뜩한 기색이 아니었다. 이어 총수는 언뜻 안색을 굳히더니,

"어쨌든 이들이 자네의 소속 관할인 것은 맞는가?"

하고 물었다. 사실 그런 것에 대해서도 뚜렷이 정해진 바는 없었다. 그러나 더 이상 말을 보태는 것은 곧 구차스러운 변

명으로 들릴 뿐이겠기에 고이강이 더욱 조심스럽게,

"그렇습니다."

하고 대답하였다. 총수가 이어서,

"그렇다면 자네는 필시 이들에 대해 잘 파악하고 있겠군?"

하는데 그 말에는 이미 은근히 질책하는 빛이 있었다. 더욱이 고이강이 무어라고 대답할 말이 있을 리 없어 부동자세로 묵묵히 있기만 했다. 총수가 미간을 찌푸리며,

"자네의 소임 중 가장 중요한 것은 바로 나와 정아의 경호가 아니겠는가? 한데 순행 기간 동안 정아가 이들과 거취를 함께하겠다고 하였으면 거기에 어떤 문제가 없을지 사전 검토가 당연히 있었어야 할 것이 아닌가?"

하고 완연히 꾸짖는 빛이었다. 고이강이 여전히 묵묵부답으로 있을 수밖에 없는데, 총수가 다시 근엄한 어조로 말을 이었다.

"정아가 여태껏 세상에 나가본 경험이 없기에 사실 이번에 강호로 데리고 나가는 자체가 불안한 터일세. 하면 자네는 경호 조직을 총괄하는 만큼 정아의 경호에 대해서는 철저에 다시 철저를 기하는 대비가 있어야 할 것이 아니겠는가? 다시 한 번 점검해 보도록 하게. 꼭 내가 방금 지적한 것에 대해서뿐만이 아니라, 전반적으로 다시 점검해서 조금이라도 미흡하거나 혹은 확신이 안 선다 하는 부분이 있다면 출발 일자를 늦춰서라도 합당한 조치부터 취하도록 하게."

고이강이 부동자세를 풀며 무겁게 복명했다.

"즉시 조치하겠습니다, 총수 대인!"

총수는 고이강에게 다시금 지긋한 눈길을 한 번 주고 나서야 걸음을 옮겨 앞으로 나아갔다.

그리고 순행단에 대한 최종 점검은 그렇게 끝이 났다.

8

"이번 순행이 끝날 때까지 저와 순동 아저씨는 잡조의 조원이에요!"

유정은 순동과 함께 이제부터 잡조에 합류하여 일체의 행동을 함께하겠다고 했다.

그에 대해 강산은 싫다 좋다 일언반구가 없었으나, 그녀의 합류로 인해 손해 볼 일은 별로 없을 것이라는 계산이 있었던지 다른 조원들은 대강(?) 환영한다는 분위기였다. 특히나 일전에 유정과 순동이 슬그머니(?) 잡조를 떠난 데 대해 가장 많이 씹은 바 있던 선변이 오히려 가장 반가운 태를 냈다.

경호조장 고이강이 한 명의 청년을 대동하고 잡조로 온 것은 조원들이 유정과 그동안 서로의 근황에 대해 이런저런 얘기를 나누고 있을 때였다. 고이강이 대뜸 강산을 향해,

"자네도 총수 대인의 말씀을 함께 들었으니 다시 부언할

필요는 없겠지만, 어쨌거나 자네들이 내 휘하인 것으로 되어
버린 이상 나로서는 자네들의 역량을 평가해 두지 않을 수 없
게 되었네. 그리고 내 휘하가 지녀야 할 역량이 무엇인지는
다시 말할 필요가 없을 것일세."

하고는 데리고 온 이십대 후반쯤의 청년을 가리켰다.

"여기 이 친구는 내 휘하의 경호조원일세. 일단은 조장인
자네부터 이 친구와 간단한 비무를 해보도록 하게."

그 말에 선변과 이강 등은 대번에 당황한 기색이 되고 말았
다. 경호조는 총수의 경호를 담당하는 조직이니 그 조원들은
당연히 정식으로 무공을 익힌 무인들이며, 그것도 능히 일류
고수 급에 근접하는 실력이라고 알려져 있었다.

그런데 강산이 비록 맷집이 조금 있다지만, 그것이 무슨 철
포삼(鐵袍衫)이니 육신갑(肉身甲)이니 하는 외문 기공을 정식
으로 익힌 것이 아닌 다음에야 무공을 지닌 경호조원에게 들
이댈 맷집이 아닌 것이다.

선변이 흘깃 유정 쪽을 돌아보았다. 그런데 그녀는 찌푸린
얼굴을 하면서도 정작 적극적으로 고이강을 말려볼 작정은
아닌 듯 보였다. 오히려 지금의 상황에 대해 약간의 호기심을
가지고 있는 듯도 보였다.

선변이 무슨 생각에 얼른 강산 쪽을 보았다. 역시나(?) 강
산은 별로 고민을 하는 기색이 아니었고, 눈빛은 차라리 담담
해 보였다. 선변이,

'하여간에 대책이 안 서는 양반이라니까?

하고 내심 투덜거리면서도 여전히 빠르게 염두를 굴렸다.

윤파는 가볍게 눈을 치켜떴다. 힐끗 자신을 돌아보며 엷은 미소를 짓는 선변에 대해 불현듯이 한 가닥의 불안감이 생긴 때문이었다. 윤파가 곱지 않은 눈빛으로,

'뭐?

하고 묻는데, 선변은 정작 윤파가 아닌 고이강을 향해 말을 꺼냈다.

"어느 조직이나 조직의 장은 함부로 움직이지 않는 법이 아니겠습니까? 뭐, 같은 조장끼리 붙는 거라면 또 몰라도 경호조의 일개 조원과 우리 조장님을 한 묶음으로 취급하는 것은 사리에 맞지 않다고 생각합니다."

선변의 그 말 몇 마디로 졸지에 '같은 조장'이 되어버린 고이강과 강산은 동시에 어이없고 황당한 기색이 되고 말았다. 뿐만 아니라, 다른 모든 이들이 다 비슷하게 황당한 얼굴들이 되었다.

조장이라고 다 같은 조장일까? 명목상의 직급을 몇 단계나 뛰어넘는 직, 간접적인 실권과 영향력을 가진 고이강이었다. 그리고 그 명목상의 직급만도 행장(行長) 급이었다.

그에 비해 강산은 낙오자들을 위한 임시 조직인 인재육성원 산하의 족보도 없는 잡조의 조장일 뿐이었다. 더욱이 강산의 직전 직급은 말단 행원으로 만년 서기였지 않은가. 감히

어떻게 '같은 조장끼리'가 되겠는가?

그때 태연히 이어지는 선변의 말이 있었다.

"안 그렇습니까, 윤파 형님?"

순간 윤파의 얼굴이 확 일그러지고 말았다. 그러나 윤파의 낭패스러운 기색은 잠깐뿐이었다. 고이강이 상황을 정리할 틈을 미처 가져 보기도 전에 윤파는 성큼성큼 앞으로 걸어나 갔다. 그런 중에도 왠지 어슬렁거리는 듯한 그 특유의 걸음걸 이였다.

고이강은 슬며시 눈살을 찌푸렸다. 그러나 굳이 조장이라 는 자의 재주를 확인할 의미는 없었다. 아마도 지금 나서는 자가 잡조원 중에서는 그나마 가장 강한 자일 터였다. 가볍게 고개를 끄덕여 보이며 고이강이,

"목검으로 할 텐가?"

하고 묻자 윤파가 무덤덤하게 대답했다.

"좋을 대로 하십시오."

"무슨 뜻인가?"

"지금 제 손에 들린 것이 검이라는 뜻입니다."

순간 고이강은 설핏 미간을 찌푸리고 말았다. 서른 초반쯤 의 이 까칠해 보이는 자는 자신이 무슨 대단한 고수쯤이나 되 는 듯이 행세하고 있지 않은가.

9

두 사람의 비무 장소는 멀리 갈 것도 없이 집무실 밖 후원의 작은 공터로 정했다.

두 사람이 마주 서고, 경호조원은 기수식을 취했다. 그리고 바로 다음 순간 윤파는 목검을 떨쳤다.

그것은 종으로 가르고, 횡으로 베고, 전방으로 찌르는 지극히 단순한 천지인(天地人) 삼재(三才)의 변화였다. 그러나 폭풍우 같은 기세로 휘몰아치는 검세였기에, 상대의 경호조원은 승부가 시작되자마자 제대로 한 번 부딪쳐 보지도 못하고 허겁지겁 물러서기에 급급했다.

승부는 얼마 되지도 않아 갈렸다.

챙!

한순간 경호조원의 손아귀에서 벗어난 검이 허공 높이 튕겨 올랐다. 그리고 몇 종류의 다급한 소리가 동시이다시피 터져 나왔다.

"멈춰!"

하는 외침은 고이강의 것이었다. 그리고,

딱!

하는 묵직한 타격 음이 있었고, 동시에,

"윽!"

하는 고통스러운 비명과 함께 경호조의 청년이 어깨를 부여잡은 채 비틀거리며 물러섰다. 윤파가 목검을 곧추세운 채

청년을 쫓아 들어갔다. 윤파의 전신에서는 지독히도 날카로운 예기가 뿜어지고 있었다. 그것은 바로 살기였다. 그때였다.

번뜩!

고이강의 신형이 환상처럼 쏘아졌고, 어느새 윤파의 앞을 가로막았다. 고이강이 노한 목소리로,

"다만 비무일 뿐인데 자네의 손속이 너무 지나치지 않는가?"

하고 외쳤다. 그때 그의 양손은 소매 안으로 들어가 있었다.

"후우~!"

윤파가 머금고 있던 한 호흡의 숨을 천천히 뱉어냈다. 그리고는 가만히 목검을 좌 중단으로 늘어뜨리며 차분히 대답했다.

"난 비무 같은 건 잘 모릅니다. 다만 일단 검을 뽑은 이상, 적을 죽이지 않으면 내가 죽는다는 단순한 사실만을 알 뿐입니다. 마찬가지로 지금 당신이 소매 속에 감추고 있는 물건을 꺼내는 순간 당신 또한 나의 적일 뿐입니다."

"이자가 감히?"

그 주고받음으로 두 사람 사이에 촉발의 긴장이 서릴 때, 누군가 뾰족하게 외쳤다.

"그만들 둬요!"

유정이었다. 그런데 그녀의 맑은 목소리는 기이한 울림을 담고 있어서 잠시간 주변 일대를 찌르르 울리는 데가 있었다. 윤파가 가볍게 한 걸음을 뒤로 물러서며 나직이 중얼거렸다.

"불문사자후(佛門獅子吼)!"

고이강 또한 뒤로 한 걸음을 물러섰다. 이어 그는 유정을 향해 가볍게 고개를 숙여 보인 후, 다시 윤파를 향해 무거운 목소리로 물었다.

"자네는 누구인가?"

윤파의 이마에 설핏 주름이 잡혔다. 그때였다. 그의 옆에서 누군가 나서며 대신 답하였다.

"그는 잡조의 조원 중 한 사람입니다. 더 상세한 사항을 원하신다면 내사부 총국(總局)의 인사 정보를 보시면 될 일입니다. 그보다는 이제 어찌하시겠습니까?"

바로 선변이었다. 고이강이 한 가닥 의문을 담고 바라보자 선변이,

"다시 조장들끼리 해결을 보시겠습니까?"

하고 덧붙였다. 아주 정색을 하고서 하는 소리였다.

그러나 이번에 잡조원들은 황당해하는 대신에 저마다 슬그머니 웃음을 떠올리고 있었다. 그것은 아마도 방금 전 윤파가 보여준 뜻밖의 무위(武威)가 그들에게 부여해 준 여유일 것이다.

고이강은 유심한 눈빛으로 윤파와 이어 강산과 다른 조원들의 면면을 다시 한 번 쭉 살폈다. 그리고는 수하의 부러진 어깨뼈를 대충 맞춘 다음 부축하여 그곳을 떠났다.

十九
기재(奇才)

1

순행단은 드디어 항주를 출발했다. 날씨는 화창하였고 산천은 푸르렀다.

잡조에도 한 대의 사두마차가 배정되었다. 그러나 그것을 굳이 유정을 조원으로(?) 둔 덕분이라고 지레짐작할 필요는 없을 듯했다. 그렇지 않더라도 말이 오십여 필에 사두마차가 열두 대나 되었으니 말이다.

하루 종일 마차 안에 처박혀 있는 일이 결코 편하거나 쉬운 일이 아니란 것을 조원들이 깨달은 것은 항주의 경계를 넘어선 지 한나절도 채 지나기 전이었다.

이런저런 잡담으로 무료함을 달래던 끝에 이윽고는 선변의 소위 '천하 정세 분석'에 대한 강론이 다시 시작되었다.

솔직히는 별 재미없는 얘기였다. 특히나 강산으로서는 여전히 무슨 소린지 잘 알 수 없는 얘기들이었고.

그러나 의외로 다들 잘 들어주었다. 이강과 윤파, 노달, 그리고 유정까지도. 그나마 아무 얘기도 없이 내내 잠이나 청하는 것보다는 나은 때문이리라.

다만 순동만은 마차의 창밖으로 스쳐 가는 풍광에 멍한 시선을 놓아두고 있었다. 어쩌면 다른 사람들 또한 선변의 얘기를 다만 듣는 척만 하고, 기실은 각자의 생각과 상상에 빠져 있는지도 몰랐다. 벌써 일각이 넘도록 오로지 선변 혼자만 줄곧 얘기를 하고 있는 것을 보면 말이다.

2

순행단은 절강(浙江)의 경계를 막 벗어나 강소(江蘇) 땅으로 접어들고 있었는데, 마차의 창밖으로 멀리 태호(太湖)의 정경이 보였다.

마치 바다와 같이 끝없이 펼쳐진 푸른 수면 위로 솟아 있는 수십여 개의 섬과 산. 그 방대한 규모는 항주에서 친근하게 봐왔던 서호(西湖)와는 또 비교를 할 수 없는 정도였다.

그러나 바로 가까이에 있다고 해서 막상 가볼 수는 없는 처

지였다. 이번 순행에 대해 잡조의 조원들이 공짜로 하는 천하
주유라고 위안을 삼은 바가 있기는 하나 어디까지나 위안은
위안일 뿐이니까.

"지난밤 꿈자리가 어수선하더니 아무래도 느낌이 좋지 않
군."

하고 지나가는 것처럼 하는 총수의 한마디에 고이강은 곧
바로 행렬을 멈추게 했다.

도순학은 곧 뭔가 이상하다는 생각을 해보지 않을 수 없었
다. 전방으로 정찰조를 내보내는 것이야 경호조장으로서 고
이강이 당연히 취할 법한 조치이겠으나, 정찰조로 지목된 것
이 바로 잡조였기 때문이다.

그러나 어쨌든 이번 순행에서 잡조는 고이강의 휘하였다.
그러므로 잡조에게 정찰의 임무가 적합하냐 아니냐를 놓고
도순학이 관여할 입장은 못 되었다.

더욱이 지금 그와의 시선 마주치기를 슬쩍슬쩍 피하는 듯
한 고이강의 태도에서 그의 그러한 조치에 어떤 사연이 개재
되어 있을지도 모르겠다는 짐작이 들기도 했다.

느닷없이 주어진 정찰 임무에 대해 의아해하기는 누구보
다 잡조 자신들이었다. 그러나 명령이 떨어졌으니 하지 않을
도리가 있으랴?

조원들이 저마다 좋지는 않은 얼굴들로 행렬에서 빠져 앞

으로 나아갈 때, 유정과 순동은 함께 가지 않고 뒤에 남았다. 총수가 마침 유정에게 의논할 일이 있다고 하였기 때문이다.

3

"제기! 이만 돌아갑시다. 벌써 한 오 리(五里)는 족히 왔는데, 이만쯤 했으면 생색낼 정도는 충분히 한 거 아닙니까?"

하다가 선변은 결국 쌍소리를 섞고 말았다.

"니미! 개미새끼 한 마리 없구먼! 노인네가 괜한 꿈자리를 들먹여 여러 사람 힘들게 만드나그래?"

그런데 바로 그때였다. 나지막한 산자락을 따라 굽어지는 앞쪽 관도의 모퉁이에서 흑의 일색의 한 무리가 쏟아져 나오는데, 대번 보기에도 그 기세가 몹시 사나웠다. 순간 선변이 지체없이,

"제기랄! 뛰어!"

하고 소리치고는 그 자신부터 뒤돌아서 냅다 달음질을 쳤다. 순식간에 사오십 명쯤으로 불어난 무리가 하나같이 창과 칼을 들었으니, 상황을 재고 말고 할 것이 없었던 것이다. 선변이 일단 내달리고 나서야 겨우 염두를 돌려보는데,

'녹림의 도적들인가? 그런데 어쩌자고 다짜고짜 죽이려 들어?'

하는 의문이 들지 않을 수 없었다.

그도 그럴 것이, 도적들이라면 으레 먼저 있어야 할 위협도 없고, 하다못해 기선 제압용 고함도 없이 조용한 가운데 다짜고짜 칼부터 앞세우고 살기등등하여 덤벼드니 급한 중에도 참으로 알지 못할 일이었다.

어쨌거나 창칼로 무장한 무리의 수가 오십여에 이르니 무조건 튀고 봐야 한다는 데는 선변뿐만 아니라 잡조의 누구도 이견을 가지지 않았다.

전투는 결코 그들의 임무가 아닐뿐더러, 그 어떤 경우라라도 일단 스스로의 몸부터 사리고 봐야 한다는 철저한 보신주의(保身主義)야말로 그들이 공감하는 몇 가지 안 되는 생각들 중 하나인 것이다.

그러나 강산의 느린 발걸음이 당장의 문제가 되었다. 무리에게 금방 따라잡히고 만 것이다.

급해진 선변과 이강이 각기 강산의 한쪽 팔을 잡아끌었다. 그러나 강산이 오히려 중심을 잃고 허우적거리더니 끝내는 걸음이 뒤엉켜 넘어지고 말았다.

선변과 이강이 달리던 관성으로 서너 걸음이나 더 가서 멈칫 섰다. 뒤이어 저만큼이나 앞서가고 있던 노달과 윤파 또한 주춤 걸음을 멈추었다. 찰나 그들 모두에게 공통적으로,

'어찌할까?'

하는 본능적인 갈등이 스치는 순간이었다. 그때 강산이,

"계속 가!"

하고 짧게 외치더니 돌연 바닥에 누운 채로 다급하게 몸을 굴렸다. 마침 두어 개의 칼날이 그를 찍어온 때문이었다.

강산으로서는 본능적이며 사력을 다한 몸짓이었다. 그가 형편없는 지경으로 당해본 적이 몇 차례 있다지만, 그것이야 고작 주먹질과 발길질에 불과했다. 또한 그런 과정에서 어렵게 일관통을 이루었지만 지금 그런 것들이 몸 위로 떨어져 내리고 있는 칼날에 무슨 소용이 있을 것인가.

다시 두세 개의 칼이 강산의 몸을 찍어 내려오고 있었다. 그런데 죽느냐 사느냐가 결정되는 간발의 순간이라 그런지 강산은 떨어지는 칼들이 유독 선명히 보이는 듯했다. 또한 그 것들이 결국 자신의 몸 어디를 노릴 것인지가 아주 확연하였다. 그러나 그런 선명함이나 확연함이 그로 하여금 그 칼들을 무사히 피해낼 수 있게 해준다는 것은 결코 아닐 것이다.

생사간발의 순간, 무언가 강산의 뇌리를 스치는 것이 있었다.

핏!

미미하게 바람 가르는 소리가 날 때, 막 칼을 찍어 내리던 자들 중에 앞에 선 자가 돌연 얼굴을 감싸 쥐고는 옆으로 나뒹굴었다. 탄두신공(彈豆神功)이었다.

그러나 그것으로 강산의 위기가 해소된 것은 아니었다. 돌연한 사태에 잠간 주춤하던 무리가 이번에는 좌우로 벌려 서며 다시 칼을 찍어 내리고 있었던 것이다.

그때 강산은 다시 콩알을 쟁일 틈을 미처 갖지 못하였거니와 콩알 하나를 다시 쟁였다고 하더라도 좌우에서 덮치는 자들을 동시에 어떻게 해볼 수 있는 재주가 아직까지 그에게는 없었다. 강산은 질끈 두 눈을 감고 말았다.

그러기까지의 순간들은 그야말로 찰나였다. 그리고 선변과 이강 등이 짧은 갈등을 마친 것도 바로 그때쯤이었다.

"제기랄!"

하는 짧은 내뱉음은 선변의 것이었다. 연이어 그의 양 손목이 떨쳐지자,

쉬싯!

하는 날카로운 바람 소리와 함께 막 강산을 찍어 내리던 두 놈이 제각기 머리를 감싸 안으며 뒤로 넘어갔다. 선변과 이강이 강산을 향해 달려갈 때 저만큼 있던 윤파가 또한,

"제기!"

하고 내뱉으며 빨랫줄처럼 쭉 미끄러지듯이 하는 기묘하고도 빠른 움직임으로 강산을 향해 되돌아왔다. 그들 세 사람이 강산의 앞을 막아서며 칼 든 무리와 대치할 때, 어느 틈에 다가왔는지 노달이 강산의 손을 잡아 일으키고 있었다.

목검을 뽑아 든 윤파의 눈빛에 시린 살기가 서렸다. 긴장으로 곤두선 이강의 눈빛은 더 이상 순해 보이지 않았다. 그리고 노달의 눈빛은 깊숙이 가라앉아 있었다. 그런 때문인지 무리의 선두에 선 자들은 잠시 주춤거리는 듯했다. 그러나 열

배나 되는 명백한 우위였다. 무리의 뒤쪽에서,

"쳐라!"

하는 명령이 있었고, 곧바로,

"와!"

하는 거센 함성이 일었다.

그러나 무리는 막상 앞으로 짓쳐 나오지 않았다. 놈들의 대열은 외려 갑작스러운 당황과 혼란을 보이고 있었다. 방금의 그 거센 함성이 그들 무리 중에서 인 것이 아니라 실은 그들의 뒤쪽으로부터 터져 나온 것이기 때문이었다.

뜻밖으로 잡조를 구원해 준 이들은 이십여 명의 백의검수(白衣劍手)였다. 그들 각 개인이 펼치는 검술은 신랄하고도 변화막측하여 가히 놀라울 정도였다. 백의검수들은 그야말로 가차없이 혹의 무리를 절단(?) 내기 시작했다.

두 무리가 접전한 지 얼마 되지도 않아 곳곳에서 피가 튀었고, 잘려진 사지(四肢)가 여기저기 바닥을 펄떡이며 다니는 참혹한 광경이 벌어졌다.

차마 보지 못할 참경에 강산은 두 눈을 감았다. 그러나 그는 이내 다시 눈을 떴다. 그리고 잔뜩 찡그린 채였지만, 두 눈에 담기는 광경들을 굳이 외면하지 않고서 지켜보았다.

사람으로서 또 다른 사람을 죽인다는 것. 그 잔인비정(殘忍非情)한 행위에 대해 백의검수들은 차라리 익숙해 보였다.

그러한 살육이 그들에게는 처음이 아닌 듯했다. 그리고 어찌 보자니 그들은 마치 자신들이 지금 행하고 있는 살육의 대상이 사람이 아니라 짐승을 도축하는 정도에 불과하다고 여기는 듯했다. 혹은 어떤 절대의 사명감이라도 가지는 듯이 오히려 당당해 보이기조차 하는 것이었다.

그러나 강산은 미처 보지 못하였다. 그가 그처럼 역겨움을 참아가며 겨우 보아내고 있는 그 참경에 대해 그의 뒤쪽에 선 잡조의 조원들이 그다지 낯설어하는 기색없이 차분한 눈빛으로 지켜보고 있다는 것을.

4

멀리서 들려오는 난데없는 함성 소리에 유정은 순간 뭔가 이상함을 느꼈다. 그리고 그쪽이 바로 잡조가 정찰을 나간 방향이었기에 유정은 조부에게 허락을 구할 틈도 없이 그대로 신형을 날렸다.

그녀의 뒤를 순동이 바로 뒤따랐고, 다시 경호조 중 유정의 경호를 담당하는 조원 넷이 잇달아 신형을 쏘아갔다.

획!

휘익!

휘휘획!

마치 줄줄이 쏜 화살처럼 치달려가는 그들의 신법이 참으

로 대단해서 순행단의 대열 중에서,

"아!"

"이야!"

하고 몇 마디의 감탄사가 새어 나왔다. 뒤이어 고이강이 총수에게 보고하고, 또한 곧바로 지시를 받아 행렬을 출발시켰다.

유정이 도착했을 때는 백의검사들과 흑의 무리의 접전 상황이 확연히 기울어진 즈음이었다.

오십여 흑의 무리 중 바닥에 쓰러진 자가 이미 이십여 명이었고, 나머지 삼십여 명도 이십에 불과한 백의검수들에게 오히려 포위된 채 위태롭게 버티고 있는 중이었다. 그런 중에도 무리 중에서는 속속 바닥에 쓰러지는 자가 생겨나고 있었다.

유정이 일단은 강산 등 잡조의 안전을 눈으로 확인하고 나서 그들의 앞으로 가서 섰다. 그러자 자연히 순동과 네 명의 경호조가 그녀의 옆으로 늘어서게 되어 잡조를 보호하여 막아서는 형태가 되었다.

그때였다. 뒤쪽에서 불쑥 강산이 걸어나오더니 그녀를 제치고 앞으로 한 걸음을 더 나가서는 것이었다. 유정은 잠시 의아해하다가 문득 쓰게 웃고 말았다.

사실 강산의 그런 행동이란 어이없고 유치해 보이는 것이었으나, 강산이 누구인지 알고 난 뒤로 유정은 그에 대해 동정하는 마음이 생겨 있었다.

어쨌거나 강산은 그녀가 아니었다면 겪지 않아도 좋을 극도의 고통을 겪은 터이고, 가만히 짐작해 보니 그것으로 인해 그의 인생행로가 많이 고단한 쪽으로 틀어진 것 같았다. 그러니 아무리 그녀 스스로는 그때의 일을 처음부터 없었던 일로 치고 자신에게 일어났던 일들을 인정하지 않는다고 하더라도 그녀 자신이 아닌 강산에게야 어찌 미안하고 빚진 마음이 생기지 않겠는가.

유정이 모르는 체 강산이 하는 대로 두고 보는 기색이자, 뒤에 서서 보고 있던 선변이 소리없이 피식 웃음을 지었고, 노달이 또한 빙그레 엷은 미소를 머금었다.

그러는 사이에 순찰단의 행렬이 도착했다. 그리고 곧바로 고이강의 지시하에 총수가 탄 마차를 중심으로 신속하게 방어진이 펼쳐졌다. 그러나 그런 움직임은 그다지 분주하지 않았다. 현장의 상황 자체가 특별히 긴박하달 게 없기 때문이리라.

선변이 쓱 훑어보자니, 삼십 명의 호부(護部) 무사가 순행단 행렬의 앞쪽을 일자진(一字陣)으로 가로막아 선 가운데, 총수가 탄 마차 주위는 고이강과 여섯 명의 경호조원이 다시 에워싸고 있었다.

총수가 탄 마차의 좌우 벽면 창들은 모두 닫혀 있었는데, 그 안 총수의 곁에는 특별호법이 함께하고 있을 것이다.

항주를 떠나기 전 순행단의 최종 점검 행사에서 도순학, 고이강과 함께 총수의 바로 곁을 따르던, 평범하고도 무덤덤한 인상의 노인. 나중에 유정을 통해 알게 된 바, 그는 바로 총수의 특별호법이었다.

사실은 그가 절고(絶高)의 무공을 지닌 강호의 기인이며, 이번 순행의 특별호법으로 총수가 어렵게 초빙했다는 것이다. 그러나 선변이 특별호법의 정체를 묻자 유정은 자신 또한 알지 못한다고만 하였다.

처음부터 상대가 되지 않는 싸움이었다. 그저 숫자만 많은 오합지졸과 숫자는 절반에도 못 미치지만 그 각각이 정예 검사들로 잘 짜인 검대(劍隊)와의 격돌이었으니 말이다.

백의검수들의 포위망 안에 서서 버티고 있는 흑의 무리의 숫자가 겨우 열두셋 남짓밖에 남지 않게 되었을 때 마차 안에서 총수가,

"고 조장!"

하고 고이강을 불렀다. 고이강이 즉시로 다가서며 복명했다.

"예, 총수 대인!"

"적도(賊徒)들이 이미 전의를 상실한 것 같으니 더 이상의 무의미한 살육이 벌어지지 않도록 말리는 것이 좋겠네. 고 조장이 가서 싸움을 그만 멈추도록 하고, 도움을 주신 분들께는

사례할 수 있도록 이리로 청하도록 하게."

"예!"

하고 고이강은 곧바로 말을 달려나갔다.

잠시 후, 고이강이 백의검수들의 주장(主將)으로 보이는 인물과 간단히 몇 마디를 나누는 듯하더니 그 주장이 손을 번쩍 들며,

"그만 멈춰라! 모두 물러나라!"

하고 지시하여 외치는데, 그 음성이 맑고도 우렁찼다.

백의검수들이 포위를 거두는 틈을 타 흑의 무리가 재빨리 도주하기 시작했는데, 그 숫자는 겨우 십여 명에 불과하였고, 죽고 다친 저희들의 동료들은 그대로 버려둔 채였다.

5

"그래, 공자의 나이가 어떻게 되오?"

묻는 총수의 얼굴에 굳이 숨기지 않는 관심이 서려 있었다.

"올해 스물넷입니다."

대답하는 청년은 공손하면서도 늠름하였다.

청년은 탄탄하게 다져진 체구만 제외하고 여장을 시켜놓는다면 차라리 절세의 미녀라고 해도 그리 어색하지 않을 만큼의 영준 미려한 용모를 지녔다.

사실 백의검수들은 백룡대(白龍隊)라는, 무림에서 제법 알

려진 이름을 지니고 있었고, 또한 마치 옥으로 빚은 듯한 이목구비를 지닌 청년 역시도 가히 대단하달 수 있는 내력을 지니고 있었다.

그는 바로 남궁세옥(南宮世玉)이었다. 당금 무림 천하의 판도에서 결코 무시하지 못할 한 축을 차지하고 있는 오대세가(五大世家)의 수가(首家)인 남궁세가의 소가주. 또한 당금 천하의 젊은 층 중에서 가장 뛰어나다고 공인되는 천하삼대기재(天下三大奇才) 중의 한 사람이며, 더하여 임풍옥수(臨風玉樹)와도 같이 준수한 그 용모 덕분으로 천하제일미남이라는 별도의 애칭을 가지고 있는 청년이었다.

지금 남궁세옥의 얼굴은 약간 상기되어 있었다. 긴장이라기보다는 기대였다. 그를 보는 총수의 시선에서 다분한 관심을 느낄 수 있는 때문이었다.

사해상단의 총수가 무림에서 차지하는 비중은 실로 대단하다 할 만했다. 그는 명실공이 상계를 장악한 일인자일 뿐만 아니라, 그가 하고자 마음만 먹는다면 강호 무림을 포함한 천하의 판도에 지대한 영향력을 행사할 수도 있는 일세의 거물인 것이다.

사실은 그런 것이 아니더라도 남궁세옥의 기대는 그가 유정을 본 그 순간부터 이미 시작되었다고 해야 했다. 유정의 미모와 단아한 기품은 천하제일미남으로서의 그의 자부심을 첫눈에 흔들리게 만든 바가 있었던 것이다.

총수는 남궁세옥에 대해 한바탕의 치하와 칭찬을 한 다음 다시 친히 백룡대의 대원들을 치하하겠다며 나섰다. 그때 도순학은 총수와 함께 가려던 남궁세옥을 슬쩍 붙잡았다. 남궁세옥이 의아해하는데 도순학이 빙그레 웃는 얼굴로,

"공자, 외람되나마 몇 가지 좀 물어봐도 되겠소?"

하고 말하였다. 남궁세옥이 잠시 생각한 끝에 가볍게 소리 내어 웃으며,

"하하하! 도 조장님께서 묻는 것이라면 몇 가지가 아니라 몇십 가지라도 성심성의껏 대답을 드리겠습니다."

하고 털털하게 대꾸하였다. 남궁세옥이 도순학을 보기는 오늘이 처음이나 좀 전에 총수로부터 소개를 받아 그가 바로 비서조장 도순학임을 알았고, 또 비서조장의 직책이 사해상단의 실세 중에서도 실세임은 이전부터 익히 알고 있는 바였다.

도순학이 얼굴의 웃음을 지우지 않으며,

"공자와 백룡대는 곧 향후의 남궁세가의 중심이자 정예이니 결코 가볍게는 안휘(安徽) 땅의 경계를 넘지 않았을 듯한데… 혹시 공자는 우리가 지금쯤 이곳을 지나리라는 것을 미리 예측하고 있었던 것은 아니오?"

하고 슬며시 넘겨짚듯이 말하였다. 그러자 남궁세옥은 일시 가볍게 표정을 굳히더니 이내 다소간 멋쩍게 웃는 표정을 지으며,

"과연 도 조장님께는 바늘 끝만 한 것도 숨기지 못하겠군요."

하고는 다시 정색을 하며 덧붙였다.

"사실은 그렇습니다."

도순학이 다만 담담한 얼굴로 자세한 얘기를 독촉하였기에 남궁세옥이 다시 말을 이었다.

"사해상단의 총수 대인께서 지단 순행을 나서신다는 소문은 이미 열흘여 전부터 근방에 짜하여 최소한 절강, 안휘, 강소 세 개 성(省)에서는 모르는 사람이 없을 정도입니다. 가부(家父)께서도 그러한 소식을 들으시고 소생에게 한 가지 명을 내리셨지요."

"음! 남궁장천(南宮長天) 대협께서 말이오?"

"그렇습니다. 저희 가문이 평소 사해상단과 맺고 있는 우호관계가 각별하다 할 것인데, 이번에 총수께서 직접 순행을 나서시는 만큼 적어도 저희 가문이 관할하는 지역에서만큼은 작은 변고라도 생겨서 아니 되겠다 하시면서, 특히 태호(太湖)와 홍택호(洪澤湖)를 잇는 수로들을 근거로 하는 수적들이 각 수채들 간의 연대가 강하여 그 세력이 만만치 않은데다 흉포하기까지 하니 소생과 백룡대로 하여금 산동(山東)의 경계 지역까지 먼발치를 따르며 총수 대인과 순행단을 경호해 드리라고 하셨습니다."

도순학이 고개를 끄덕이며,

"흠! 그런 사정이 있었구려. 참으로 고마운 일이 아닐 수 없소이다."

하고 먼저 사례부터 하고 나서,

"세가의 그런 배려에 대해서는 총수 대인께 자세히 말씀 올리겠지만, 이미 과분한 도움을 받은 데다 이제 또다시 산동까지 수고를 끼친다는 것은 아무래도 좀······."

하고 여지를 남겼다.

간단하나마 술과 안주를 준비하여 고이강과 경호조가 남궁세옥과 백룡대를 접대하는 사이에, 도순학은 총수에게 남궁세옥과 대화를 나누어본 일에 관해 보고하였다.

가만히 듣고 난 총수가,

"자네가 보기에는 어떻던가?"

하고 물었다. 도순학이 총수가 무엇을 묻는지에 대해 짐작이 안 가는 바는 아니었지만,

"무엇을 말씀하시는지요?"

하고 확인하여 물었다. 총수가 가만히 눈살을 찌푸리며,

"남궁세옥, 그 아이 말일세."

하고 나서야 도순학이 대답하기를,

"들리는 소문과 같이 영기(英氣) 넘치는 기재임에 틀림없어 보입니다. 다만······."

하고는 조심스럽다는 듯이 말끝을 흐렸다. 총수가 담담히

재촉했다.

"자네가 느낀 그대로를 듣고 싶으니 말해보게."

"자신의 재주를 과신하는 탓인지 다소 오만한 기가 있어 보입니다."

"흠! 오만하다?"

총수가 그렇게 도순학의 말을 음미하듯 되뇌어 보곤 문득 나직이 소리 내어 웃으며,

"허허허! 그 나이 때 그런 정도의 오만이야 곧 패기와 야망이라고 할 것이며, 젊은이의 특권이라 할 수 있는 것이 아니겠는가? 오히려 그에게 그런 정도의 오만함도 없다면 그를 두고 어찌 젊은 층 중의 영웅 기재라 할 수 있을까?"

하고 말하였다. 도순학이 그렇지 않아도 남궁세옥에 대한 총수의 호감을 짐작하고 있던 터였는데, 지금의 말로 인해 보다 확실히 단정할 수 있게 되었다. 또한 마음속에 두고 있던 몇 가지 생각을 보다 편하게 말할 수 있게 되었다. 다만 여전히 총수의 의중을 확인해야 할 부분이 있었기에 도순학이 사뭇 조심스럽게,

"사로잡힌 자들을 간단히 취조해 본 결과 인근의 태호를 근거지로 하는 수적(水賊) 패들인데 딱히 어느 수채(水寨)에 소속된 자들은 아니고, 그저 여기저기 옮겨 다니며 도적질하는 잡적(雜賊)들이었습니다."

하고 보고하는 형식으로 말을 꺼냈다. 총수가,

"허! 수적패 따위가 감히 본 상단을 공격했다는 말인가?"

하고 가벼운 탄식조로 말하였는데, 기실은 이미 끝나 버린 일로만 치는지 그다지 관심있어 하는 기색은 아니었고, 다만 건성인 듯 보이는 데가 있었다.

"저도 그것이 좀… 아무리 소규모로 난립하는 계보없는 수적패들이라고 하더라도 본 상단의 표기(標旗)를 못 알아보지는 않았을 터인데, 어떻게 감히 도발을 할 엄두를 낼 수 있었는지 납득이 되지 않습니다. 하여 혹시 단순한 도발이 아닐 가능성에 대해서도 일단은 고려해 볼 필요가 있겠다는 생각입니다."

"단순한 도발이 아니라면?"

"이를테면 누군가 우리 순행단의 경호 수준을 간단히 확인해 보고자 손쉽고도 뒤탈없이 다룰 수 있는 수적패를 이용했을 가능성 같은 것도 생각해 볼 수 있지 않겠습니까?"

"흠! 듣고 보니 그럴 수도 있겠다 싶군. 어쨌든 여러 가지 경우의 수를 생각해 두어서 나쁠 것은 없겠지."

도순학이 잠시 틈을 두었다가 보다 신중한 얼굴이 되며 다시 말했다.

"그런 연장선상에서 건의드리는 것인데, 일전에 오대세가에서 요청해 온 본 상단과의 우호협약(友好協約) 체결 건이 있지 않습니까?"

"음?"

"이번 참에 부분적으로라도 추진을 해두는 것이 좋지 않을까 싶습니다."

"그래?"

"우선 당장의 이해관계를 따져 보더라도, 앞으로의 순행 경로 중 최소한 오대세가의 영향력이 미치는 지역 내에서는 오늘과 같이 흑도나 녹림도당 따위의 무모한 망발로 인해 번거로움을 겪을 일은 없지 않겠습니까?"

"흠! 안휘(安徽)의 남궁가(南宮家), 산동(山東)의 제갈가(諸葛家)와 황보가(皇甫家), 하북(河北)의 팽가(彭家), 그리고 사천(四川)의 당가(唐家)까지라……. 과연 약간의 이득은 취할 바가 있겠군. 그러나 그들 오대세가에서 요청하는 후원의 규모에 비하자면 그 정도의 이득은 너무 작다고 해야 하지 않겠나? 그래, 당장의 이해관계가 그렇다고 했으니 나중을 보아서는 또 무슨 이득이 있는지 들어보세."

"요즘 사천 지역을 중심으로 무벌과 청성파의 국지적 분쟁이 빈번히 발생하고 있고, 그것이 점차로 무벌과 무림맹의 갈등으로 심화될 조짐이 보인다는 정세 보고는 이미 드린 바가 있습니다. 물론 본 상단에서야 그들 양대 세력 모두와 상당한 규모의 교류를 트고 있으니 당장에 어떤 문제가 생길 것을 우려할 일은 아니라고 하겠지만, 위험 관리의 측면에서 최악의 경우에 대한 한 가지쯤의 대비를 미리 강구해 둘 필요는 있을 것입니다."

"최악의 경우라…… 나쁘지 않은 생각이군."

"최악의 경우로 상정해 볼 수 있는 것은 역시 본 상단에 예기치 못한 어떤 극단의 위협이 가해지는 경우일 것입니다."

"극단의 위협이 있다면… 과연 누구로부터일까?"

"그것을 지금 시점에서 짐작해 보기는 불가능하다고 할 것입니다. 다만 지금 해두어야만 할 짐작은, 일단 무벌과 무림맹의 갈등이 심화된 상황에서 본 상단에 어떤 극단적 위협이 가해졌을 경우, 그때는 갈등의 당사자인 무벌과 무림맹 그 어느 쪽으로부터도 도움을 받지 못할 공산이 있다는 것입니다."

"계속해 보게."

"그럴 경우에 오대세가는 본 상단의 강력한 무력 수단 역할을 할 수 있을 것입니다."

"그때에 그들 오대세가가 과연 본 상단을 위해 피를 흘리려 하겠나?"

"그들은 반드시 그리할 것입니다."

"어찌 그리 확신하나?"

"지금 오대세가에서 적극적으로 우리 상단과 우호협약을 맺으려 하는 것은 우리 상단의 지원을 받아 그들 각 가문에 시급한 역량들을 확충하려는 목적입니다."

"그렇겠지."

"그리고 그 근저에는 당금의 무림 주류에서 소외된 자신들의 처지를 벗어나 무벌과 무림맹 위주의 대립 구도에서 영향력있는 균형자로서의 위치를 확보하려는 강한 의지가 녹아 있다고 보아야 할 것입니다."

"역시 그렇겠지."

"그러니 무벌과 무림맹의 갈등 심화가 오대세가의 입장에서는 절호의 기회로 받아들여질 것인데, 그 호기를 제대로 살리기 위해서는 본 상단의 후원이 절대적으로 필요합니다. 그러니 그들이 본 상단을 위해 얼마간의 피를 흘리는 일을 기꺼이 감수하지 않을 수 없는 것이지요."

총수는 잠시간 생각에 잠기는 모습이었다. 그러나 총수가 결정을 내리는 데까지는 그다지 많은 시간이 걸리지 않았다. 총수가 이윽고 가볍게 고개를 끄덕이며,

"좋아!"

하고 짧게 말하고는 마치 더 이상은 관심이 없다는 듯이 도순학에게서 시선을 거두었다.

도순학은 공손히 허리를 숙였다. 그런 도순학의 입가에 가만한 만족감이 감돌았다. 이제 총수의 결정이 내려졌으니 실무적인 부분은 그가 주관하여 하나하나 가닥을 잡아나가면 될 터였다. 도순학이 무엇보다도 만족스러워하는 것은 이 일로 해서 그에 대한 총수의 신뢰가 여전하다는 사실을 확인하였다는 데 있었다.

"총수 대인께서는 제남(齊南)쯤에서 오대세가의 대표들을 만나셨으면 하십니다."

도순학이 총수의 직인이 찍힌 서찰 한 장을 건네며 말하자 남궁세옥은 대번에 환한 빛이 되며,

"서둘러 돌아가 총수 대인의 뜻을 전하고, 그 뜻이 차질없이 이행되도록 최선을 다하겠습니다."

하고는 소중히 품속에다 서찰을 갈무리하였다.

도순학은 담담히 미소를 지으며 고개를 끄덕였다. 그러나 그때 그의 내심으로는 한 가지 촌평(寸評)이 스쳐 가고 있었다.

'과유불급(過猶不及)!'

남궁세옥은 총수와 고이강 등을 찾아다니며 두루 작별 인사를 했다. 그런 후에도 그는 곧바로 출발하지 않고서 아쉬운 듯 잠시 주위를 두리번거리다가 이윽고 한곳에서 유정을 발견하고 나서야 표정이 밝아졌다. 그러나 그는 이내 다시 묘한 표정이 되었다.

'그녀의 모습을 잘 볼 수 없었던 것은 그녀가 총수 대인 가까이에 있지 않고 바로 저자들과 함께하고 있었기 때문이로군.'

남궁세옥이 내심 중얼거리는 중의 '저자들'이란 바로 잡조였다. 그가 위기에서 구원해 주었던 나약한 자들이며, 늙은이는 늙은이대로, 또 젊은 자들은 젊은 자들 대로 누구 할 것 없이 눈여겨볼 자라곤 하나도 없는 평범, 혹은 그 이하의 인물들.

　　그런데 지금 유정은 그 수준 이하의 자들 속에 사뭇 밝은 모습으로 섞여서, 그중 두 명의 앳되어 보이는 청년들과 얘기를 나누고 있는 중이었다. 그리곤 무슨 재미난 얘기라도 오가는지 가끔씩 입을 가리고 웃었다. 그녀의 그런 모습은 먼발치에서 보기에도 더할 수 없이 고혹적이었다.

　　남궁세옥은 문득 한 가지 의문을 가져보지 않을 수 없었다.

　　'그녀는 왜 저런 자들과 함께 있기를 즐겨할까?'

二十
세가(世家)

1

　　순행단이 줄곧 북쪽으로 이동하여 강소 땅은 이미 벌써 전에 지나왔고, 산동 땅도 이미 절반 너머나 지나고 있는 중이었다.

　　태호 부근에서의 수적패 소동 이후에는 순탄하다고 할 만한 여정이 이어지고 있었다.

　　별다른 일도 없었고, 특별히 궂은 날씨도 겪지 않았으며, 도중의 주요 성시(盛市)에 소재한 각 지소(枝所)에 업무현황을 보고받을 겸 들러서는 필요한 물품들을 풍족하게 보급 받을 수 있었다.

제남(齊南)은 산동성의 성도(省都)이다. 그러나 무림인들에게 제남은 유서 깊은 무학세가(武學世家)가 바로 이곳에 자리잡고 있다는 데서 더욱 특별하였다.

바로 오대세가의 한자리를 당당히 차지하고 있는 황보세가(皇甫世家)다.

강호에 알려져 있기를, 황보세가의 인물들은 혈통적으로 체구가 크고 신력을 타고난다고 했고, 호협(豪俠)의 기상을 지닌 호걸(豪傑)들이 많다고도 하였다.

세가의 무공은 권법(拳法)을 위주로 하는데, 검법(劍法)에도 조예가 깊은 것으로 정평이 났다. 그리하여 수미천왕신공(須彌天王神功)과 벽력신권(霹靂神拳), 뇌진검법(雷震劍法) 등등의 절기들은 그 어느 것 하나 강호일절(江湖一絶)로 불리지 않는 것이 없었다.

오후 무렵 제남에 도착한 순행단은 곧장 황보세가로 향했다. 그리고 미리 예정이 되어 있었던 듯 정중한 환영을 받으며 세가 안으로 들어섰다.

과연 황보세가의 규모는 대단했다.

오십여 필의 말과 열두 대의 사두마차, 그리고 백여 명 인력의 순행단을 너끈히 수용하고도 그다지 표시가 나지 않았다. 하긴 세가의 가솔만도 근 천여 명에 이른다고 하니 그 규모는 일개 가문이라기보다는 역시 무림의 대방파에 어울릴 것이다.

순행단이 황보세가로 오게 된 저변의 사정들에 대해 잡조가 대강이나마 알게 된 것은 유정에게서가 아니라 선변을 통해서였다. 이번에 사해상단과 오대세가는 우호협약을 조인한다고 했다.

물론 그 우호협약이란 것의 자세한 내용에 대해서까지야 선변의 재주가 아무리 놀라운 것이라고 하더라도 미리 알 수 없는 일이었다.

어쨌든 그 일을 위해 오대세가 연합의 수가(首家)인 남궁세가의 가주 남궁장천(南宮長天)과 제갈세가의 가주 제갈순(諸葛恂), 그리고 부친들을 따라 두 세가의 소가주들인 남궁세옥과 제갈중(諸葛仲) 등이 이미 이곳 황보세가에 도착해 있다는 것이었다.

선변의 발 넓고 귀 큰 데 대해서는 유정도 짐짓 놀라워하는 눈치였다.

2

초저녁. 황보세가의 넓은 의사청(議事廳)에는 커다란 회의용 탁자가 놓여 있었다. 지금 그 한쪽으로는 황보세가의 주인인 황보후(皇甫厚)를 비롯해 남궁장천과 제갈순 등이 앉아 있었고, 맞은편에는 사해상단의 총수 유직과 비서조장 도순학

및 다섯 명의 실무 행장이 나란히 앉아 있었다.

남궁장천이 중후한 목소리로 유직 총수를 향해,

"하북의 팽가와 사천의 당문은 이번에 오지 못하였습니다. 그러나 그들 두 가문에서는 이번 우호협정에 대한 모든 것을 저와 여기 나머지 두 가주께 위임하겠다는 전서를 보내왔습니다."

하고 화두를 떼었다. 유 총수가 담담히 웃으며,

"본 상단의 일 처리가 촉박하고도 미흡했던 까닭에 여러모로 번거로움을 드린 것 같습니다."

하고 답했다.

양측에서 겸양의 말과 의례적인 인사말 등이 한동안 오간 다음, 다시 남궁장천이 총수를 향해 정색으로 말했다.

"양측 실무진에서는 이미 대강의 조율들이 마무리되었다고 합니다. 혹시 보다 구체적인 사항에서 추가해야 할 사항이 있다면 그것이야 향후에도 양측 실무진들의 협의를 거쳐 그때그때 보완해 나가면 될 것이니 이제 총수 대인께서 승인만 하시면 그 즉시로 저희 다섯 가문과 사해상단 간에는 상호간의 호혜를 위한 선린우호협약이 발동하게 될 것입니다."

"그렇군요."

"다만 그전에 제가 총수 대인께 사적으로 부탁을 드리고자 하는 것이 한 가지 있는데 어떠실지……?"

"부탁이라 하시면……?"

"다름이 아니라, 이번에 총수께서 황도를 거쳐 다시 사천까지를 아우르는 먼 길을 순행하신다고 하기에, 그 여정에 저희 세 가문의 못난 자식들이 함께할 수 있도록 해주십사 하는 부탁을 드리고자 합니다. 사실은… 허락을 구하기도 전에 염치불구하고 자식 놈들부터 데리고 왔습니다."

하며 남궁장천은 짐짓 두 손을 모아 보였다.

그때 옆자리의 도순학이 유 총수에게 몇 마디 나직한 귓속말을 건네자 유 총수가 다 듣고 나서 남궁장천을 향해 담담하게 웃으며,

"듣기에 이번에 함께 온 귀 자제 분들은 향후에 세가를 이끌어갈 귀하신 분들인 것 같은데… 본래 상단의 원행이라는 것이 그리 여유있고 편한 것만은 아니라서 혹 괜한 고생을 사서 하는 격이 되지 않을까 걱정부터 되는군요."

하고 말했다. 그러자 그때까지 시종 잔잔한 얼굴로 듣고만 있던 제갈순이 문득 끼어들며,

"그렇지 않아도 두루 세상 경험을 쌓아야 할 나이가 된 아이들입니다. 그러니 만약 총수 대인께서 호의를 베풀어주신다면 이번 기회야말로 그 아이들에게는 천하를 보는 안목과 경험을 쌓는 다시없는 기회가 될 것입니다. 더하여 저희 오대 세가와 사해상단 간의 신뢰를 공고히 하는 데 얼마간이나마 기여하는 바도 있을 것입니다."

하고 말을 보탰다. 그러나 유 총수는 당장에 대답하지 않고

빙그레 웃기만 했다.

그때 황보후가 입구에 서 있는 통인(通引)에게 눈짓하자 잠시 후에 세 명의 청년이 의사청 안으로 들어왔다.

남궁세옥과 함께 선 두 청년은 바로 제갈중과 황보소추였는데, 세 청년이 하나같이 훤칠하고도 헌앙(軒昻)하여 한눈에 드문 기재들임을 알 수 있었다.

그중에서도 천하제일미남의 준수한 용모와 가만히 있는데도 저절로 흘러넘치는 듯한 재기를 함께 지닌 남궁세옥의 면모가 단연 발군인 것은 다시 말할 것이 없었다.

공손히 허리 숙여 인사하는 세 청년을 보며 유 총수는 감탄과 함께 흐뭇한 심정을 감추지 못하는 기색이었다. 어쩌면 혼기가 꽉 차다 못해 넘어가고 있는 손녀를 둔 할아비로서의 당연한 심정일 터였다.

유 총수가 빙그레 웃는 얼굴로 가만히 고개를 끄덕였다. 그때 그의 시선은 남궁세옥에게로 향해 있었다.

3

그날 밤, 남궁세옥은 제갈중과 황보소추를 대동하고서 일전에 얼굴을 익혀놓았던 순행단의 사람들을 일일이 찾아다니며 인사를 차렸다. 이제부터 같은 일행이 된 데 대한 인사였다.

그들 세 사람이 마지막으로 들른 곳은 잡조의 처소였다. 그러나 기실 인사는 치례일 뿐이었고 세 사람의 관심은 처음부터 유정에게 있었다.

사실 젊은 사내들이 미인에 대해 관심을 가지는 것은 지극히 당연한 일일 것이다. 더욱이 그 미인이 천하에 다시없을 절세의 미인인 다음에야 더 말할 것이 없을 터이다.

그러나 그들의 기대와 들뜸에 비교하자면 유정은 그저 담담하기만 한 기색이었다.

남궁세옥은 솔직히 실망스럽다 못해 불쾌하기까지 한 기분이었다. 그에 대한 유정의 무관심은 그가 전혀 기대했던 바가 아니었던 것이다.

그는 세상 사람들로부터 천하영웅지재(天下英雄之材)로 인정받고 있었고, 그 자신 또한 그러한 평가에 대해 자부심을 가지고 있는 터였다.

더욱이 그와 함께 천하삼대기재로 꼽히는 나머지 두 사람이 바로 운중신룡(雲中神龍)이라는 별호로만 알려진 무벌의 소벌주와 또 당금의 무림맹주를 배출하여 천하제일파로 불리는 무당의 후기지수 원지룡(遠智龍)이라는 사실은 남궁세옥의 자부심을 한층 더해주는 데가 있었다.

객관적으로 보아 다른 두 사람에 비해 그의 배경이 훨씬 약하다고 할 수 있으니 역으로 그가 얼마나 뛰어난가를 말해주는 것이 아니겠는가.

남궁세옥이 여인에 대해 첫눈에 관심이 끌려보기는 이번이 처음이었다.

더욱이 겨우 두 번째의 만남에서 이상스러울 정도로 마음이 설레고, 조금이라도 더 가까이 다가서고 싶은 열망 같은 것이 생긴다는 데 대해서는 당황스럽기만 했다.

또한 처음으로 그의 가슴을 설레게 만들었던 여인이 막상 그에 대해 별다른 관심을 주지 않는 데 대한 불쾌감과 자존심의 상처는 결코 작지 않았다.

천하삼대기재의 명성 외에도 열대여섯 되었을 때부터 벌써 천하제일미남이라 불렸던 만큼 당연히 숱한 가인재녀(佳人才女)들과 교류할 기회가 있었고, 그런 과정에서 심심치 않을 만큼의 염문이 따라다니기도 했던 그가 아닌가.

남궁세옥은 이윽고 혼란스러워졌다.

그러나 은근한 오기가 생기는 한편으로, 유정에 대한 열망은 이상하게도 더욱 커져만 가는 것이었다.

4

남궁세옥 등이 다녀간 직후, 무엇이 뒤틀렸는지 선변이 괜히 저 혼자서 있는 대로 인상을 써대더니 이윽고는,

"사내가 얼굴만 허여멀건 해가지고… 대체 뭣에다 써?"

하고 밑없이 불뚝거렸다. 곁에 있던 윤파가 선변의 그 심정

을 능히 짐작이라도 한다는 듯이 짐짓,

"흐흐흐!"

의뭉스러운 웃음소리를 흘리고 나서,

"허여멀건 한 얼굴이라면 너나 여기 이강도 만만치 않은 것 같은데? 그렇지! 모름지기 사내의 얼굴이라고 할 것 같으면 그래도 나 정도는 돼야지! 안 그러냐?"

하고 청하지도 않은 참견을 했다.

그러고 보니 그동안 윤파도 많이 변했다. 적어도 잡조의 조원들을 대하는 데 있어서는 그 까칠했던 성격이 많이 누그러졌고, 특히 선변과는 허물없다 할 정도로 친하게 되었으니 말이다.

선변이 확 달아올라서는,

"뭐요? 아니, 어디 갖다 댈 데가 없어서 나와 이강을 그런 기생오라비에다 갖다 대요?"

하고 서슬을 세웠다. 그에 윤파가 슬며시 한 발을 빼는 시늉을 하면서도 다시금,

"기생오라비? 큭! 그렇군. 역시 그 남궁세옥이라는 친구에 대해 심사가 뒤틀린 거 맞네? 하긴 그 친구, 솔직히 잘나긴 참 잘났더라."

하고 짐짓 빈정대고는 매섭게 노려보는 선변의 눈길을 피하려는 듯,

"안 그렇소, 조장?"

하며 슬쩍 강산을 끌어들였다.

그러나 강산은 맞장구를 쳐주지 않았고 웃지도 않았다. 윤파가 흘깃 보니 강산 또한 가라앉은 기색으로 있는 중이라 괜히 머쓱해하며 눈길을 다른 데로 돌리고 말았다. 선변 또한 더는 윤파를 닦달하지 않았다.

잠시 후, 선변이 힐끗 유정 쪽을 훔쳐보더니, 이어 이강에게로 바짝 붙어 앉았다. 그리고는 마치 둘만의 비밀 얘기라도 하는 듯이 목소리를 낮추어,

"야! 이강!"

하고 불렀다. 이강이 앉은걸음으로 슬쩍 거리를 벌려놓으며,

"왜?"

대꾸하는데 짐짓 부담스럽다는 표정이었다.

"야, 우리가 누구처럼 무슨 천하 기재는 아니지만 그래도 약관 스물의 팔팔한 나이에 언제까지 이런 막장에서만 노닥거릴 수는 없지 않겠냐?"

"또 뭔 엉뚱한 얘기를 하려고 그래?"

"얘는 내가 언제 너한테 엉뚱한 얘기를 했다고 그래? 그런 게 아니라, 이참에 크게 한번 놀아보는 게 어떠냐 하는 얘기지. 혹시 아냐? 잘돼서 팔자가 확 펴질지?"

"그게 뭔 소리야?"

"뭔 소리긴, 너는 바로 가까이에 있는 봉(鳳)도 못 보냐?"

"봉? 봉황?"

"에라, 이 생각없는 청춘아!"

선변이 한 대 쥐어박을 듯이 이강을 향해 주먹을 쳐드는 시늉을 하면서 슬쩍 눈짓으로 유정 쪽을 가리켰다.

그러나 이강은 여전히 당혹스러운 표정으로 눈만 껌뻑였다. 그에 선변이 한숨을 내쉬고 나서 짐짓 목소리를 더욱 낮추며,

"아까 오대세가의 그 잘난 치들 말이다. 네 생각엔 그치들이 진짜로 한가하게 세상 경험이나 쌓자고 우리 순행단에 끼었다고 생각하냐? 만약 생각이 그것밖에 안 된다면 넌 정말로 희망이 없다."

하고 말하였다. 그에 이강이 은근히 골이 나는 모양으로 미간을 찌푸리고 마는데, 선변은 그가 골낼 틈을 주지 않았다.

"그치들의 흑심은 바로 봉을 잡는 데 있다 이런 말이다. 천하제일의 부를 덤으로 달고 있는 봉 말이다. 알겠냐, 이 숙맥아?"

그런데 선변이 짐짓 목소리를 낮춘다고 낮추었지만 기실 주위의 사람들이 다 들을 만큼은 되었던 까닭에, 당장에 유정의 얼굴로 당혹스러운 기색이 떠올랐다. 그러나 그녀는 못 들은 체 금방 담담한 기색으로 돌아갔다.

그때 선변이 문득 자리를 털고 일어서며,

"아이구! 오늘따라 유달시리 피곤하네? 우리 일찌감치 잠

자리나 봅시다."

하고 너스레를 떨었다. 이어 그는 방의 삼분지 일쯤 되는
곳으로 가서 손가락으로 방바닥에다 보이지 않는 선을 쭉 긋
더니,

"자, 유 소저! 오늘은 이쪽으로 자리를 잡으시면 되겠습니
다!"

하고 유정에게 말하되, 사실은 모두에게 공표하듯이 하는
것이었다.

선변의 그 말은 유정을 위한 특별 공간을 구획해 주는 의미
였다.

그러한 일의 발단은 바로 잡조의 일원임을 강조하며 굳이
숙식까지도 같이하겠다는 유정의 고집 때문이었다. 그런데
유정이 아무리 대범한 성정이라고 해도 남자들만 있는 잡조
에 끼어 숙식을 함께하기에는, 더욱이 같은 공간에서 잠까지
같이 잔다는 것은 그녀뿐만이 아니라 잡조의 모두에게도 참
으로 난감하지 않을 수 없는 일이었다.

그러한 난감함을 비록 임시변통이나마 해결한 것이 바로
유정을 위한 특별 공간을 구획해 주자는 선변의 궁리였던 것
이다.

그처럼 선변이 원래 얄미울 정도의 깍쟁이 기질이 있다고
할 것인데, 이번 순행을 시작하면서부터는 기특하게도 다른
사람을 위해 배려하는 모습이 간간이 보였다. 비록 아직까지

는 그 배려가 오로지 유정을 위한 것 하나뿐이기는 했지만 말이다.

어쨌든 자신에 대한 선변의 그런 특별 배려에 대해 유정은 고맙게, 그리고 사뭇 자연스럽게 받아들이는 기색이었다.

二十一
이관통(二貫通)

1

밤이 제법 이슥하여 잡조원들이 막 본격적으로 잠자리에 들려고 하는 차에 세가의 하녀 하나가 찾아왔다.

하녀는 뜻밖의 초대를 전했다. 바로 세가의 소가주인 황보 소추의 초대였다.

갑작스러운 초대에 대해 선변이 노골적으로 불쾌한 빛을 보이며,

"그래, 도대체 얼마나 걸게 대접을 하려고 이 늦은 밤에도 불구하고 사람들을 초대한다고 합디까?"

하고 날 선 말을 뱉자, 하녀가 어려워하는 기색 중에도,

"후원 연못의 정자에다 연회 준비를 해놓았습니다."

하고 공손히 대답했다. 하녀에게 화풀이할 일은 또 아닐 것이기에 선변이 일단은 알았다며 하녀에게 잠깐 밖에서 기다리라 일렀다. 그리고 방문을 닫자마자 곧바로 투덜거렸다.

"제길! 자려고 자리에 누운 사람을 초대한다니, 이게 도대체 뭐 하자는 수작이야? 오대세가쯤 되는 곳에서는 원래 이렇게들 대중없이 노나?"

그러면서도 제 선에서 결정을 내리고 끝낼 일은 아니었기에 선변은 힐끗 강산 쪽을 돌아보았다.

그러나 강산은 무덤덤한 표정으로 슬그머니 선변의 눈길을 피해 버렸다. 자신은 이렇다 저렇다 할 생각이 없으니 다른 사람들에게 물어보라는 표시였다.

선변이 이번에는 유정 쪽으로 시선을 향하였다가 이내 다시 노달 쪽을 향했다. 아무래도 진짜로 초대받은 주인공은 유정일 터인데, 그녀가 직접 뭐라고 의견을 내긴 또 곤란할 듯해서였다. 그리고 이럴 때는 역시 가장 어른인 노달의 의견을 묻는 것이 그래도 무난하리라 여긴 까닭이었다.

노달이 좌중을 쭉 한번 훑어보고 나서,

"그래도 이곳 작은 주인의 초대인데 우리가 손님의 입장으로 특별한 이유도 없이 사양하는 것은 결례가 되지 않겠나? 그리고 어차피 잠자는 것 외에는 달리 할 일도 없었으니 좋게 생각하여 가보는 것이 어떻겠나?"

하고 선선히 말했다. 유정은 살포시 미소를 떠올려 노달의 의견을 따를 뜻을 비쳤다.

그러나 다른 사람들 모두는 별로 내키지 않는다는 듯이 뚱하거나 혹은 별 반응을 보이지 않았다. 노달이 빙그레 웃으며 다시,

"혹시 아는가? 무림에서 황보세가의 명성이 대단하니 이참에 천하에 귀한 미주가효(美酒佳肴)를 맛볼 수 있을지?"

하고 덧붙였다. 그 말은 제법 효과가 있었다. 당장에 윤파의 얼굴에 반색까지는 아니더라도,

'가서 손해 볼 거야 있겠어?'

하는 정도의 반응이 떠올랐고, 웬일로 이강까지도 슬며시 고개를 주억거렸다.

이강을 흘깃 쏘아보며 선변은 짐짓 못마땅하다는 듯 입매를 비틀었다. 그러나 이어 강산 쪽을 향하는 그의 눈빛에는 이미 다분한 기대와 호기심이 자리하고 있었고, 그것은 다시 슬며시 부추기는 빛으로 변했다.

2

황보세가의 후원은 제법 넓었다. 하나의 커다란 연못을 중심으로 몇 개의 가산이 세워져 있었고, 또 각종의 바위와 수목과 풀밭들로 잘 가꾸어져 있었다.

강산 등이 연못 가운데에 아담하니 세워진 정자까지 이어

진 교각을 건너가자, 기다리고 있던 황보소추와 남궁세옥, 그리고 제갈중이 반색하며 맞았다.

연회상은 거창하지 않았지만 술과 간단한 안줏거리가 정갈하게 차려져 있었다.

먼저 초대를 한 입장에서 황보소추가,

"밤이 늦었는데 너무 저희들의 기분만 앞세워 번거롭게 해 드린 건 아닌지 모르겠습니다."

하고 인사말을 했다. 뒤이어 제갈중이,

"우리는 이제부터 앞으로 꽤나 오랫동안 동행해야 할 것이니 한식구나 마찬가지가 되었다고 할 것입니다. 그런 의미에서 이 자리를 통해 서로 간의 우의를 돈독히 할 수 있기를 바랍니다."

하고 말을 거들었다.

그런 중에 남궁세옥은 입가에 담담한 미소만을 띠어놓고 있었다. 그렇다고 하더라도 그의 풍모는 참으로 준수하여 오늘 밤 이곳 호젓한 연못 가운데의 정자에 모인 사람들 중에서 군계일학이라 할 만큼 단연 돋보이는 데가 있었다.

특히 달빛 아래이어서인지 지금 마치 한 무리의 환한 후광을 두른 듯이 빛이 나는 남궁세옥의 얼굴은 그야말로 전설의 미남이라는 송옥(宋玉)이나 반안(潘安)이 환생한다면 저렇지 않을까 싶을 정도였다. 남궁세옥에 대해서는 별로 좋지 않은 첫인상을 토로한 바 있던 선변조차도 지금은 어쩔 수 없는 감탄을 눈빛에 담고 있었다.

교교히 비치는 달빛은 휘황하게 연못 위에 반사되고 있었다. 물 위에 떠 있는 달그림자 위로 다시 정자의 그림자가 드리워졌고, 다시 그 위로 사람들의 그림자가 비쳐졌다.

그러나 정취 넘치는 풍광은 젊은 사람들의 것이었다.

노달과 강산, 그리고 윤파야 그런 것에 대해서는 처음부터 기대도 하지 않았던 바이니 간단한 인사를 차린 다음부터는 곧바로 술과 안주에만 관심을 기울였다.

노달과 윤파의 기대대로 과연 좋은 술과 안주였다. 비록 미주가효 급에 들어간다고까지 감탄할 바는 아니었으나, 그래도 강산이 생각하기에 아마도 여태껏 그가 먹어본 중에서는 가장 좋은 것일 듯하였다.

늙은이들(?)을 제쳐 놓고 젊은이들 간의 얘기가 나름대로 무르익고 있었다. 그러나 초대한 세 젊은이의 관심은 사실상 초대받은 세 젊은이 중에서 오로지 유정에게로만 집중되고 있었다.

이런저런 얘기들이 어색하게, 혹은 진지하게 이어지던 중에 제갈중이 문득 정색으로,

"사실은 유 소저께 부탁드릴 것이 하나 있습니다."

하고는 눈부신 듯이 유정을 한 번 쳐다보고 나서 다시 말을 이었다.

"저희 세 사람이 이번에 순행단과 함께하기로 하였지만,

정식으로 어떤 소속과 직무를 부여받을 수는 없을 것입니다. 그러나 이제부터 순행단의 다른 분들과 원활히 지내려면 우리끼리라도 임시의 어떤 소속을 정해두는 것이 좋을 것 같은데… 그것에 대해 저희끼리 논의를 해본 끝에 아무래도 소저가 계신 갑조(甲組)가 적당하겠다는 쪽으로 의견을 모으게 되었습니다."

제갈중은 그 정도에서 말을 끊고 유정의 반응을 살피는 기색이었다.

선변은 벌써부터 입꼬리를 비틀어 올리고 있었으나 딱히 말을 끼어들지는 않았다. 어차피 유정에게 묻는 말이고, 그 또한 유정의 대답이 궁금하기도 하였기 때문이다.

그때 유정이 문득 가볍게 소리 내어 웃었다.

"호호호."

그러나 그녀는 이내 곤혹스러운 빛으로 웃음을 거두어들였다. 제갈중 등이 일순 망연한 눈빛이 되어 그녀를 바라보았기 때문이다.

"공자의 말씀은 잘 알겠어요. 하지만 공자는 부탁할 사람을 잘못 택하신 것 같네요."

유정이 정색을 하며 말하자 제갈중이,

"예?"

하고 의아한 빛으로 반문했다. 그에 유정이 한쪽을 눈짓하며,

"우리 조의 조장님은 저분이세요. 그러니 공자들께서 부탁을 하시겠다면 저분께 하셔야 하는 것이지요."

하고 말했다. 유정의 눈짓이 가리키는 쪽, 한쪽에서 느긋하게 술잔을 기울이고 있는 강산을 보는 순간 제갈중의 표정이 묘하게 변했다. 그리고 힐끗 강산을 보는 남궁세옥의 눈빛에도 이채가 서렸다.

강산은 이미 얼큰한 듯했다. 얼굴에는 엷게 홍조가 올라 있고 눈은 약간 충혈되어 있었다. 처음에 상에 차려졌던 제법 커다란 술병은 벌써 해치웠고, 다시 가져온 술병마저 거의 비워갈 즈음이었다.

그러고 보면 강산에게 두 잔 권하고 자신들은 한 잔 마시는 꼴로 어울리고 있는 노달과 윤파의 주량도 제법 대단하다고 할 만하였다.

노달, 윤파와 대작하는 중에도 강산이 제갈중과 유정 간에 오가는 대화를 듣고 있었기에 언뜻 제갈중에게로 고개를 돌리며,

"우리 조에 들어오고 싶다고?"

묻고는,

"흐흐!"

하고 혼자 웃음을 웃은 다음에 다시,

"좋지! 그냥 그렇게 하면 되는 거니까 뭐, 어려울 것은 조금도 없지."

하는데 다른 사람들이 듣기에 그 목소리에 사뭇 얼큰한 취기가 배어 있었다.

제갈중의 얼굴로 언뜻 한 가닥의 노기가 번졌다. 강산의 말투가 상당히 무례했기 때문이다. 비록 강산의 연배가 한참 높다 하나, 제갈세가의 소가주인 그로서는 평소 들어보지 못한 말투였다.

그러나 제갈중은 이내 표정을 가다듬었다. 유정의 얼굴에 한 가닥 당황스러워하는 기색이 떠오르는 걸 보고서였다. 제갈중이 애써 참는다는 기색을 굳이 숨기지 않으면서도,

"감사합니다, 조장님."

하고 짐짓 고개까지 숙여가며 감사를 표했다. 그러나 그 말에 강산은 외려 잔뜩 이마를 찡그리며,

"뭐가? 내게 무엇이 감사하다는 것이오? 그리고 낮간지럽게 조장님은 무슨……."

하고 가당찮다는 기색을 해 보였다. 제갈중의 얼굴에 다시금 일말의 노기가 떠올랐다. 그러나 그는 한 번 더 참는다는 듯이 입술을 꾹 눌러 물고 나서,

"방금 좋다고 하지 않았습니까? 그런데 지금 하시는 말씀은 또 뭡니까?"

하고 또박또박 물었다. 강산이 술 한잔을 쭉 들이켜고 나서 덤덤한 투로 대답했다.

"여기 있는 우리는 공식적으로는 갑조(甲組)이고 우리끼리

는 잡조(雜組)요. 나 또한 정식으로 발령받은 갑조의 조장이 아니라 그냥 우리끼리 정한 잡조의 조장일 뿐이오. 그러니 공자들이 갑조에 들고 나는 문제에 대해서는 관여할 처지가 못 된다는 말이지. 사실을 말하자면 여기 있는 우리 조원들 누구도 갑조에 관해서라면 그다지 흥미있어 하지 않으니 굳이 우리에게 부탁까지 할 필요는 없겠다는 말이오."

순간 제갈중이 더욱 요령부득(要領不得)의 표정이 되고 마는데, 그때 선변이 자신의 무릎을 탁 치며 끼어들었다.

"알고 보면 우리 조장님의 언변도 꽤나 뛰어난 편이라니까? 안 그러냐, 이강?"

비록 가벼운 농(弄)이라는 걸 알았지만 느닷없이 질문을 당하고 보니 이강이 바로 대답을 하지 못하고 잠시 머뭇거렸다. 그러나 일단은 수긍하지 않을 도리가 없었으니, 이강은 슬쩍 눈치를 보며 고개를 주억거리고 말았다.

남궁세옥은 가볍게 미간을 찌푸렸다. 하찮기 짝이 없는 자들, 그들 스스로 정한 그대로의 '잡조'에 딱 어울려 보이는 보잘것없는 자들에게 우롱을 당하고 있는 듯한 더러운 기분이었다.

더욱 화가 나는 것은 유정의 태도였다. 약간의 당황스러워하는 기색 외에, 그녀는 내내 상황을 지켜만 보고 있는 것이었다.

남궁세옥의 시선이 언뜻 제갈중에게로 향했다. 짧게 시선을 교환한 제갈중이 곧바로 목소리에 날을 세웠다.

"군자는 비꼬아서 남을 조롱하지 않는 법! 하고 싶은 말이 있다면 돌리지 말고 당당하게 하시오!"

제갈중이 나무라며 지목한 사람은 바로 선변이었다. 그런데 호통까지는 아니었지만 정색으로 뱉은 제갈중의 그 말에는 녹록하지 않은 기세가 서려 있어 언뜻 좌중을 압도하는 데가 있었다. 그것은 명문 세가 출신으로서의 자부와 스스로의 역량에 대한 자신감에서 비롯되는 당당함이기도 할 터였다.

제갈중의 정색에 대해 남궁세옥은 끼어들어 중재하거나 혹은 분위기를 누그러뜨릴 생각이 조금도 없어 보였다.

황보소추는 크게 당황한 기색이었으나, 그 또한 당장에 어떻게 해야 할지 궁리를 내지 못하는 모습이었다.

그러나 막상 선변은 조금도 주눅 들지 않았다. 선변이 입술 끝을 실룩하니 틀어 올리더니,

"그러니까, 뭐야? 당신들은 군자(君子)고 우리는 좀생이다? 제기랄! 그러게 수준이 안 맞는 사람들을 불러내긴 왜 불러내? 그것도 자려고 자리 펴고 누운 사람들을 말이야! 왜? 불러다 놓고 위세 한번 떨어보려고? 아니면 앞으로 한동안 일행이 되어야 하니까 조용히 불러다 술 몇 잔 먹여놓고 미리 군기 좀 잡아보겠다 뭐 그런 통밥이었어?"

하고 빠르게 말들을 쏟아냈다. 그러나 신랄한 중에도 그 목

소리는 차분하기만 했다.

제갈중은 일시 크게 당황하고 말았다. 자신의 점잖은 나무람에 대해 선변이 그렇게나 막나가 버릴 줄은, 그토록이나 노골적으로, 그리고 그렇게 저열한 표현들로 곧바로 반박을 해 오리라고는 미처 생각지 못한 일이었다.

더욱이 선변은 그 몇 마디 말로 단번에 그와 남궁세옥 등의 입장을 잔뜩 비틀어서 왜곡시켜 버린 것이 아닌가? 그리하여 제갈중은 우선 해명부터 해야 하는 상황으로 몰리고 만 것이다.

그러나 적어도 잔머리와 교활함에 있어서 선변은 제갈중보다 한발 앞서 있었다. 제갈중이 뭐라 하기 전에 선변이 먼저,

"니미! 우리가 아무리 하찮은 밑바닥 인생이기로서니 이런 대접까지 받아야 하는 거요? 아니, 우리가 지네들 수하도 아니고 급여를 받는 입장도 아닌데 웬 위세래, 위세가?"

하고 빠르게 쏘아내는데, 그야말로 노골적인 선동이요, 부추김이었다. 그리고 집요함이었다.

선변의 눈길이 이윽고는 자신에게로 향하는 데 대해 윤파는 일단 인상부터 썼다. 그러나 이내 그의 찌푸린 시선은 제갈중에게로 향했다.

"이봐!"

불량스럽기 짝이 없는 윤파의 부름에 제갈중의 검미가 꿈

틀하였다. 건들대는 윤파의 모습이 시전의 무뢰배와 조금도 다를 것이 없었다.

윤파가 빤히 쏘아보는 시선을 제갈중의 얼굴에다 꽂아놓은 채,

"난 말이야, 절대로 군자는 못 되는 사람이야! 그런데 말이야, 그렇다고 절대로 누구를 비꼬지는 않아! 기분이 더러우면 더럽다고 바로 말하는 성격이거든? 그래서 하는 말인데, 지금 내가 기분이 좀 더럽거든? 그러니 어쩌면 좋을까?"

하는데 제갈중으로서는 역시 요령부득의 말이었다. 그러나 이쯤 되면 말의 뜻을 이해를 하고 못하고의 문제가 아니었다. 노골적인 시비였다.

순간 제갈중의 표정이 딱딱하게 굳어졌다. 그가 아무리 차분한 성격이라고 하더라도 그는 이제 스물셋의 혈기 방장한 젊은이였다. 제갈중의 입가로 천천히 차가운 미소가 떠올랐다.

"어쩌면 좋겠냐고? 그야 당신의 말과 행동에 대해 분명한 책임을 지면 되겠지!"

그 말에 윤파가 피식 실소를 흘리며,

"책임? 그거 어떻게 지면 되는 건데?"

하고 시큰둥한 투로 물었다. 제갈중이 어깨를 쭉 펴며 답했다.

"당신에게 비무를 청하겠소. 과연 당신에게 나를 조롱할

자격이 있는지 확인해 보겠소."

꼭 윤파에게가 아니라 좌중의 모두에게 선언하듯이 하는 말이었다. 윤파의 입가로 엷은 미소가 떠올랐다. 차분히 가라앉은 미소였다.

정자의 앞쪽으로는 연못과 주변의 정취를 관망할 수 있도록 만들어놓은 방원 이 장여 넓이의 나무로 된 바닥이 있었다.

제갈중이 가벼운 걸음으로 나가 공간의 가운데쯤에 서자, 뒤이어 윤파가 건들거리는 걸음으로 따라 나가 제갈중의 맞은편으로 섰다.

그런데 묘한 것은 좌중의 누구도 그들 두 사람에 대해 적극적으로는 말릴 의사가 없어 보인다는 것이었다. 남궁세옥과 황보소추는 물론 잡조의 사람들까지도.

제갈중이 가볍게 포권하며 물었다

"무엇으로 하겠소? 권각(拳脚)도 좋고 도검(刀劍)도 좋소. 귀하가 원하는 대로 선택하시오!"

이번에 윤파는 웃지 않았다.

"나 상관 말고 자네나 신경 써! 아! 그리고 나중에 딴소리 나올까 봐 미리 말해두는데 말이야, 난 비무 같은 거 몰라! 일단 싸움을 시작하면 죽이거나 죽거나 둘 중 하나야!"

여전히 불량기가 도는 말투였으나, 지금 윤파의 기색은 왠지 진지해 보였다. 그리고 기이하게도 그 진지함은 묘한 살벌함을 풍기는 데가 있었다.

윤파에게서 풍기는 그런 느낌들에 대해 제갈중이 제대로 공감하지는 못했으나, 일말의 거리낌이 생기는 것은 어쩔 수가 없었다. 무언지 모르게 심상치 않다는 느낌이 있었다. 상대를 파악하는 일에 소홀했다는 약간의 자책도 뒤따랐다.

유정은 고운 아미를 가볍게 찌푸리고 있었다. 그녀 또한 상당 부분 방관하려는 입장으로 있었던 것은 사실이지만, 상황은 너무 빠르게, 그리고 너무 지나치게 의외의 국면으로 가고 있었다.

뒤늦은 당혹감으로 유정이 중재를 해봐야겠다고 마음을 정할 때였다.

"어이! 그만들 하지!"

하는 소리가 있었다. 강산이었다. 유정이 굳이 눈으로 확인해 보지 않았지만, 윤파가 저처럼 살벌함을 돋우고 있을 때 무덤덤하게 그런 소리를 내뱉을 만한 사람은 강산밖에 없었다.

순간 홱 고개를 돌린 윤파가 날카로운 눈으로 강산을 쏘아보았다. 그 시선에 못마땅함이 가득했다. 그러나 윤파는 이내 가볍게 혀를 차며 슬쩍 기세를 거두어들였다. 오히려 기세를 살린 쪽은 제갈중이었다.

"그만두려는 거요? 기왕에 이렇게까지 되어버렸는데 이제

와 그만두는 건 좀 그렇지 않소? 하하하!"

말끝에 달리는 낭랑한 웃음소리에 윤파의 눈빛이 설핏 날카로워졌다.

그러나 윤파가 미처 기세를 세우기 전에 강산이 불쑥,

"그런가? 그럼 내가 대신하도록 하지."

하고 대꾸를 했다. 여전히 무덤덤한 투였다. 순간 윤파는,

"조장!"

하고 노한 호통을 터뜨리고 말았다. 그런데 그때 강산이 또한 마주 소리를 높였다.

"나한테 불만이 있으면 언제든지 자네가 조장 하라고 했잖아? 그러나 지금 조장은 어디까지나 나야! 안 그래?"

윤파의 눈빛이 확 타올랐다. 사실 작정만 한다면 강산쯤이야 한주먹거리도 안 되는 상대였다. 그러나 언제부터인지 모르게 강산에 대해 함부로 대하지 못할 묘한 껄끄러움 같은 것이 생긴 것도 사실이었다.

아마도 그것은 그가 처음으로 강산을 묵사발 내던 그때, 형편없이 깨지면서도 끝까지 바락바락 악을 써대던 강산의 모습을 본 그때부터 생기기 시작한 껄끄러움 같았다.

제갈중은 천천히 뒤로 두 걸음을 물러서서 마주 선 강산을 향해 포권을 취했다. 아래 연배로서 강산에 대해 제법 살뜰히 예의를 차리는 모습이었다. 이어 제갈중이,

"그럼!"

하고 말하는가 싶었는데, 어느 순간 그의 신형은 바람처럼 가볍게 앞으로 미끄러져 나갔다.

제갈중이 순식간에 다가서서 강산의 요혈 몇 군데를 짚고 다시 원래의 자리로 되돌아간 데 걸린 시간은 다만 눈 한 번 깜빡거릴 찰나에 불과했다. 과연 제갈세가의 후계자다운 놀라운 신법이요, 손속이었다.

그런데 제갈중이 실제로 강산의 혈을 짚은 것은 아니었다. 다만 짚는 시늉만 했을 뿐이다.

한눈에 보기에도 무공에 문외한인 강산에 대해 세심한 배려와 또 적당한 정도의 경고를 하고 있음을 좌중에게 충분히 보여주고, 아울러 그 자신의 무공에 대해서도 약간의 과시를 하는 데는 그런 정도가 딱 좋았다.

한편 제갈중의 손이 강산의 요혈 근처에서 어른거릴 즈음에 남궁세옥은 그 뻔한 결과를 지켜보기보다는 차라리 다른 쪽으로 눈을 돌렸다. 그리고 곧바로 혼란스럽다는 표정으로 되고 말았다.

'뭔가?'

남궁세옥이 보고 있는 곳은 유정 쪽이었다.

순간적으로 움찔거리는 보드라운 어깨선, 그리고 사뭇 긴장한 듯한 표정 위로 순간순간 스쳐 가는 염려와 호기심. 여

인들의 그런 표정이, 특히나 사내를 향해 짓는 그런 표정이
대개는 지극한 관심이라는 것을 남궁세옥은 알고 있었다.

그러기에, 그리고 더욱이 그녀가 관심을 보이는 대상이 바
로 강산이라는 점에서 남궁세옥은 순간적으로 상당한 혼란을
겪지 않을 수 없었다.

바로 이어 남궁세옥의 내심에 생겨난 한 가닥의 반발은 다
분히 즉흥적인 것이었다. 그것은 자신도 받지 못하고 있는 유
정의 관심을 생각지도 못한 엉뚱한 자가 받고 있다는 데 대한
강렬한 질시 같은 것이었다.

더욱이 그자가 직전까지는 전혀 신경조차 쓰지 않았던, 자
신과는 아예 비교의 대상조차 되지 않는 자라는 사실에 대해
서는 순간적으로 마치 자존심이 짓밟히는 듯한 극렬한 분노
가 치미는 것이었다.

"지금 뭘 한 것이오?"

강산이 물었다. 무덤덤한 채로.

제갈중은 가볍게 웃으며

"승부는 이미 끝났습니다. 만약 실전이었다면 귀하는 이미
바닥에 뒹굴고 있었을 것입니다."

하고 대답했다. 제갈중의 웃음에는 승자로서의 적당한 예
의와 또한 적당한 오만이 담겨 있었다. 강산이 잠시 생각하다
가는 픽 웃으며,

"훗! 그런가? 뭐, 그럴 수도 있겠군."

하고는 다시,

"그런데 안 그럴 수도 있는 것 아니오?"

하고 덧붙였다.

"무슨 뜻입니까?"

"나와 그쪽 둘 다 여전히 멀쩡하게 서 있으니 아직 아무 결과도 나지 않았다는 말이지."

강산의 그 말에 제갈중이,

"이 양반이?"

하고 날을 세웠다가는 이내,

"허허!"

하고 어이없어 헛웃음을 뱉고 말았다.

그때 강산은 천천히 양발을 앞뒤로 적당히 벌리고 서서 다시 오른 주먹을 불끈 쥐어 조금 앞으로 뻗어내는 자세를 취했는데, 그 모습이 천연덕스러워 보였다.

제갈중이 재차 실소를 흘리며 물었다.

"지금 뭐 하자는 겁니까? 기어코 해결을 보자, 뭐 그런 겁니까?"

"기왕에 이렇게 된 거, 남자답게 주먹으로 해결을 봅시다. 자, 들어오시오! 어디 한 번 결판이 날 때까지 부딪쳐 봅시다. 중간에 포기하거나 한 걸음이라도 뒤로 밀려나는 쪽이 지는 거요?"

순간 제갈중은 그만 어이없다는 얼굴이 되고 말았다. 그리고 긴장했다기보다는 차라리 잔뜩 호기심을 돋우고서 지켜보고 있던 선변은 순간 피식 실소를 토하고 말았다.

지금 강산이 말과 함께 몸짓으로 보여주고 있는 승부의 방식은 사뭇 기묘한 것이었다. 굳이 이름을 붙인다면 '주먹 맞부딪치기'라고 할까?

강산과 제갈중 두 사람이 동시에 주먹을 내뻗었다.

퍽!

그 첫 번째의 권격(拳擊), 글자 그대로 주먹끼리의 격돌은 가벼웠다. 제갈중은 한 번 더 예의를 차렸다는 듯이 담담한 기색이었고, 강산은 그 정도로는 끄떡없다는 듯이 다분히 과장스러운 여유를 보였다.

두 번째의 격돌에서 제갈중은 사성(四成)의 내공을 끌어올렸다. 격돌의 순간,

팡!

하고 가죽 공을 치는 듯한 기격음(氣擊音)이 울렸다. 강산의 어깨가 뒤로 쭉 밀리면서 허리를 휘청하는 것을 보며 선변은 와락 눈살을 찌푸렸다. 그러나 강산은 겨우 중심을 잡아서 다시 버티고 섰다.

제갈중의 입매가 문득 차갑게 굳어졌다. 강산의 얼굴에 스쳐 지나가는 한 가닥 엷은 미소를 본 때문이었다. 안도의 미

소는 아니었다. 뭐랄까? 득의(得意)? 혹은 조롱의 미소였다.
적어도 제갈중에게는 그렇게 비쳤다.

순간 제갈중은 힘껏 주먹을 떨쳤다. 팔성(八成) 내공이 실
린 주먹이었다.

쾅!

주변의 공기를 진동시키는 묵직한 충격음이 울렸고, 그 순
간 강산은 휘청거릴 것도 없이 나무토막처럼 뻣뻣해져 그대
로 뒤로 넘어갔다. 순간 제갈중의 표정으로 '아차!' 하는 뒤
늦은 자책과 후회가 진하게 스쳤다.

기이한 현상이 벌어진 것은 바로 그때였다. 뒷머리부터 처
박히듯 넘어가던 강산의 몸이 돌연 무언가 강력한 힘에 떠받
쳐지기라도 한 듯 되튕겨 올랐다. 연이어 그의 오른 주먹이
역시 튕기듯이 앞으로 뻗어나가서는 그때 여전히 내뻗은 채
로 있던 제갈중의 주먹을 후려쳤다.

퍽!

그리고 어이없다고 할 수밖에 없는 일이 일어났다.

"헉!"

하고 헛바람을 들이켠 제갈중이 크게 휘청하며 한 걸음을
밀려나고 만 것이다. 제법 강하게 후려쳤다고는 해도 기껏 투
박한 주먹질에 불과할 뿐인 강산의 그 한주먹에 말이다.

제갈중은 잠시 멍하니 서 있었다. 놀라고 허탈한 심정을 가
누지 못하는 모습이었다. 방금 전 그는 한차례의 강력한 발경

이후 마침 단전으로 내기(內氣)를 되돌리는 순간이었는데, 하필이면 바로 그때에 강산의 주먹이 그의 주먹을 후려친 것이니, 그는 제대로 힘도 써보지 못하고 그대로 밀려나고 만 것이다.

그러나 이제 와 그런 사정은 조금의 변명거리도 될 수 없었다. 어쨌거나 그는 팔성 내공을 썼고, 그러고도 단 일 푼의 내공조차 지니지 않은 필부의 주먹에 뒤로 밀려나 버린 것은 분명한 사실이었으므로.

그런데 그때였다. 강산이 급하게 허리를 접으며,

"웩!"

하고는 한 모금의 세찬 핏줄기를 토해냈다.

"조장님!"

"아!"

잇달아서 외치고, 또 놀라 뱉는 두 마디의 소리가 있었다.

처음 선변의 외침은 선명했다.

그러나 잇따른 또 하나의 놀라 소리는 미약한데다 주변의 소란스러움에 묻혀 잘 들리지 않았다.

그러나 다른 사람들이 다 주의하지 않고 그냥 넘겼다 해도 남궁세옥만큼은 염려 가득한 여운을 남긴 그 목소리가 바로 유정의 것임을 알아챘다. 하지만 그 순간 자신의 표정이 잔뜩 일그러졌다는 것을 남궁세옥은 알지 못했다.

격돌의 순간 강산은 가슴이 터질 듯한 충격을 받았다. 그럼에도 그의 얼굴은 활짝 웃고 있었다. 자신도 모르게 저절로 피어난 웃음이었다. 그러나 희열임에는 분명했다.

그의 내부 곳곳에서 '투두두둑!' 하고 터져 나가는 것들이 있었다. 강산은 직감적으로 느낄 수 있었다. 이관통(二貫通)이었다. 방금 제갈중의 주먹에 실린 강력한 충격 덕분으로, 자그마치 서른여섯 개의 관문이 일시에 돌파된 것이다. 그럼으로써 전혀 상상치 않게도 일거에 이관통이 이루어진 것이다.

와중에 탄능을 발휘하여 제갈중을 물러나게 만들고, 이어서 한 모금의 울혈(鬱血)을 토해낼 때까지 강산은 내내 웃는 얼굴일 수밖에 없었다.

3

망연자실한 채로 서 있던 제갈중은 돌연히 가슴 밑바닥으로부터 도저히 억제할 수 없이 격렬히 치밀어 오르는 격정을 느꼈다. 만면으로 번지는 강산의 환한 웃음을 보는 바로 그 순간이었다.

부끄러움이었다. 동년배들 중에서 무공으로는 감히 제일을 다투기 어렵다 해도 심기만큼은 누구에게도 뒤지지 않으리라 자부하던 그였기에 지금 이 순간은 너무도 부끄러웠다.

그 스스로에게, 그리고 지켜보는 이들에게. 그중에서도 처음 보는 순간부터 단번에 그의 마음을 설레게 만들어 버린 절세가인 유정에게 못난 모습을 보인 것은 도저히 참을 수 없을 만큼의 부끄러움이었다. 또한 울분이었다. 강산이 웃음으로 가하고 있는 건방진 조롱에 대한.

제갈중이 터져 나오는 분노를 참지 못하여,

"저열하기 짝이 없는 잔꾀 따위를 부리다니 부끄럽지 않은가?"

하고 노갈(怒喝)했다. 그러나 강산은 제갈중을 무시했다. 심지어는 다시금 빙그레 미소를 짓기까지 했다. 사실 강산은 그때까지도 자신이 얻은 뜻밖의 성취로 인한 희열에서 미처 깨어나지 못하고 있는 중이었다.

"놈!"

벽력같은 호통과 함께 제갈중의 손이 허리춤으로 향하였다. 순간 가까이에 있던 남궁세옥의 어깨가 움찔하였다. 그러나 남궁세옥은 끝내 움직이지 않았다.

스릉!

경쾌한 울림과 함께 제갈중의 검이 번뜩 공간을 단축하여 강산의 목에 겨누어졌다.

"뭐 하는 짓이야? 그 칼 못 치워?"

선변이 날카롭게 외쳤다. 그리고 뒤이어,

챙!

하는 격렬한 금속음이 울렸다.

윤파였다. 어느새 다가서서 강산의 곁에 우뚝 버티고 선 그의 손에는 목검 한 자루가 중단세를 취하고 있었다. 그가 다가와서 자신의 목검으로 강산의 목을 겨누고 있던 제갈중의 검을 튕겨내 버린 것은 그야말로 찰나지간의 일이었다.

제갈중은 아예 경악한 얼굴이었다. 비록 검을 놓치지는 않았으나, 검을 잡은 그의 오른손 전체와 어깨까지는 지금 일시적인 마비 상태에 있는 중이었다.

그를 더욱 놀라게 하는 사실은, 방금 상대의 일검이 내공에 의한 것이 아니라 순수하게 완력에 의한 것이라는 점이었다. 그것은 상대가 오랜 기간 검을 잡아왔으며, 적어도 검에 관한 한에는 능히 고수의 소리를 들을 만한 경지에 이르러 있다는 사실을 말해주는 것이었다.

그러나 기호지세였다. 일단 검을 빼어 든 이상 명분없이 다시 거둘 수는 없는 일이었다. 그리고 일이 이쯤 되었으면 이제 그의 명예가 문제가 아니라 제갈세가의 명예까지를 결부시키지 않을 수 없게 된 것이다. 한순간 제갈중의 검이,

우우웅!

하고 웅혼한 울음소리를 냈다. 부르르 떠는 그 검극이 강산과 윤파를 동시에 겨누었다. 이어 제갈중은 두 발을 앞뒤로 반 족장 간격으로 벌려 엇갈리게 만들며 검을 들어 하늘을 가리켰다. 바로 제갈세가의 독문 검법 대천성검법(大天星劍法)

의 기수식이었다.

바로 그때였다.

"제갈 형! 멈추시오!"

한소리 나직하면서도 힘찬 목소리로 외치는 이는 바로 황보소추였다. 내내 신중한 모습으로 있던 그가 지금 성큼성큼 앞으로 걸어나와서 제갈중의 앞을 가로막아 섰다. 제갈중이 곧바로 무거운 얼굴이 되며,

"황보 형은 지금 무슨 말을 하고자 하는 것이오?"

하고 묻는데 못마땅하다는 빛이 강했다. 황보소추가,

"만약 비무가 아닌 정식의 승부라면 제갈 형의 승리를 의심할 사람은 이 자리에서 아무도 없을 것이오."

하고 우선은 제갈중의 격동된 심정을 진정시킨 다음,

"그러나 처음부터 가벼이 흥을 돋우고자 시작한 비무였고, 또 어쩌다 보니 우연찮게도 제갈 형이 지는 결과가 나왔을 뿐이지요. 그러니 그냥 웃고 넘깁시다. 사실 이럴 때가 아니라면 언제 또 제갈 형이 패하는 모습을 구경할 수가 있겠소?"

하고 온화하게 웃으며 덧붙였다.

그런데 그 몇 마디의 말을 듣고 나니 황보소추가 달라 보였다. 그저 우직하게만 보이더니 문득 진중해 보였다. 큰 덩치이나 곰의 어깨에 호랑이의 허리로 늘씬하게 잘빠진 체형이었다. 부리부리한 호목(虎目)을 포함해 그 이목구비가 큼직큼직한 중에도 뚜렷하여 참으로 호걸다운 데가 있었다. 더욱이

그 말재주는 능란하지 않되, 결코 둔하지도 않은 것이었다.

　그때 강산은 슬며시 윤파의 옷자락을 잡아끌며 뒤로 물러섰다.

　뒤이어 제갈중 또한 검을 거두었다. 이미 강산과 윤파가 뒤로 물러선 다음이었다. 그리고 이 자리의 주인 된 입장으로서 사태를 원만히 수습하려는 황보소추의 체면을 생각해서라도 더 이상 버티는 것은 순리가 아니었다. 다만 그러면서도 힐끗 강산과 윤파를 쏘아보는 제갈중의 눈빛에는 채 추스르지 못한 분기가 남아 있었다.

　그런데 그때 마침 윤파가 또한 흘깃 제갈중을 보았다. 이내 스치고 지나가 버리는 무심한 눈길이었다. 그러나 잔상으로 남는 윤파의 그 눈빛에서 제갈중은 문득 지독히도 섬뜩한 한기(寒氣) 같은 것을 느꼈다.

二十二
무명(無名)

1

선변이 강산을 처음 봤을 때 그는 평범, 아니, 그 이하의 초
라하기까지 해 보이는 인물이었다.

나머지 조원들은 저마다 어떤 사연들이 있기에 잡조라는
막장까지 흘러왔겠구나 싶은 면모를 굳이 찾자면 못 찾을 것
이 아니었건만, 유독 강산만큼은 정말로 조직에서 낙오되었
구나 하는 생각이 자연스럽게 들 정도의 이력과 면모를 지닌
것이 사실이었다.

그럼에도 선변이 강산에 대해 은근한 주목을 하게 된 것은
역시 그가 차차로 보여준 몇 가지 특이하다 못해 기이하기까
지 한 면모들에 강한 흥미를 느낀 때문이었다.

이를테면, 처음에 빈약하기 짝이 없던 그의 팔뚝과 가슴 근육이 점차로 단단해지는 믿기 어려운 신체적 변화라든지—사실 그러한 변화는 옷 밖으로는 잘 드러나지 않아서 다른 사람들은 여전히 잘 알지 못하는 것이었다—혹은 그가 자칭 '탄두신공'이라고 부르는 그 기묘하고도 이해하기 어려운 능력 같은 것들이다.

요즘 들어 선변은 강산에게서 또 다른 흥밋거리들을 발견하고 있는 중이었다.

그중 가장 흥미로운 것은, 강산과 유정 사이에 모종의 어떤 관계에 있을지도 모르겠다는 그 스스로의 묘한 직감에 대해서였다.

물론 혹시 그럴 수도 있지 않을까 하는, 다만 직감일 뿐 거기에 대해서는 아무런 근거도 없었다.

그럼에도 선변이 흥미를 거두지 못하는 것은, 그의 일생에서 이런 종류의 느낌이었던 두어 번의 직감이 참으로 운 좋게도 맞아들어 갔던 경험이 있기 때문이다. 비록 채 이십 년도 채우지 못한 일생이긴 하지만.

또 다른 하나의 흥밋거리를 들자면 강산이 잡조의 조원들을, 느끼지 못하는 사이에 하나의 공감대로 조직화해 나가고 있다는 점이다.

선변 자신을 비롯해 잡조의 조원 누구 하나 유별나지 않은 사람이 없고, 독특한 개성을 지니지 않은 사람이 없었다.

그러나 강산은 이제 그런 잡조의 조장으로서 제법 그럴듯하게 인정을 받아가고 있는 중이었다. 우선은 선변 그 자신부터가 인정을 하고 있는 중이었으니까.

그런저런 사실과 흥미로움과 또한 평가에 근거하여 선변은 강산에 대해 한 가지 투자를 해볼 마음을 가져 보고 있는 중이었다. 사실은 투자라기보다는 무모한 도박에 가깝겠지만.

그러나 본래 실패할 위험이 클수록 얻을 수 있는 이득도 큰 법이 아니던가. 하니 진정한 사업가라면 가능성이 있다 판단되면 남들이 알아보기 전에 먼저 기회를 선점하여 투자를 해야 하는 것이다. 남들 또한 그 가능성을 알아볼 때라면 이미 얻을 수 있는 이득 또한 작아질 대로 작아진 다음일 테니까.

마침 선변에게는 투자 대금으로 쓸 아주 적당한 물건 하나가 있었다. 그에게는 그다지 소용이 되지 않으나, 투자 상인 강산에게는 제법 소용이 되지 싶은 물건.

그러하기에 그 물건을 강산에게 투자하여 만약 실패한다고 하더라도 그저 아까운 물건 하나 잃어버렸다고 생각하면 될 뿐 딱히 손해를 입었다는 후회는 들지 않을 것이었다.

반대의 경우에, 만약에, 정말로 만약에 강산이 그 유달리 독특한 몇 가지 면모의 덕분으로 후일 잘된다면, 그때는 아주 매력적인 투자의 열매를 거둘 수 있을 터였다.

남궁세옥 등과 헤어져 숙소로 돌아와서 선변이 강산을 떠 보듯이,

"조장님께 선물을 하나 드릴까 하는데……."

하고 슬쩍 말끝을 흐렸다. 강산이 난데없이 무슨 소린가 하면서도 구미가 당기지 않는 것은 아니어서,

"선물? 공짜야?"

하고 물었다. 그러자 선변이 샐쭉한 얼굴이 되어서는,

"참나! 돈 받고 선물 주는 몰상식한 경우를 자주 당해보셨나 봅니다?"

되받기에 강산이 씩 웃으며,

"뭔데 그래?"

하고 짐짓 숙이는 체를 했다. 그에 선변이 다시금 선물을 주려는 사람으로서의 호의를 담고서,

"본래 칼에는 눈이 없다고 하지 않습니까? 아까만 해도 그렇습니다. 조장님 목에 그 시퍼런 칼날이 겨누어졌을 때, 만약 윤파 형님이 제때에 나서지 않았더라면 사태는 또 어떻게 진전되었을지 모르는 일이다 이겁니다. 그리고 우리는 앞으로도 한동안 더 거친 강호를 헤쳐 나가야만 하는 처지들인데, 오늘보다 더욱 위험천만한 일이 다시없다고 보장할 수는 없는 일 아니겠습니까? 그러니까 제 말씀은……."

하며 말을 늘이는데 사뭇 뜸을 들이는 기색이었다. 강산은 웃는 얼굴로 잠자코 듣고 있건만, 옆에서 듣고 있던 윤파가 오히려 갑갑증이 나는지,

"야! 그러니까 뭐야? 거 괜히 거창하게 썰 풀지 말고 앞뒤 탁탁 자르고 몸통만 간단히 말해!"

하고 핀잔을 주었다. 선변이 눈알을 부라리며 톡 쏘았다.

"형님하고는 아무 상관 없는 얘기니까 신경 확 꺼주십시오."

윤파가 마주 인상을 한번 팍 썼다. 그러나 말로 싸워서 선변을 당할 재간은 없었으니, 윤파는 찡그린 채 고개를 모로 틀고 말았다. 선변이 무슨 일이 있었느냐는 듯 금세 다시 호의 가득한 표정으로,

"그러니까 제가 드리고자 하는 말씀은… 험난한 강호를 다니자면 위급할 때 스스로의 몸을 지킬 호신 수단 하나쯤은 가지고 있어야 한다는 겁니다. 제가 조장님께 드리고자 하는 선물이 바로 그런데 소용되는 물건입니다."

말하고는 잠시 강산의 반응을 살피는 눈치였다. 강산이 계속 호기심을 보이는 기색이자,

"이 물건은 사실 저희 가문에서 대대로 소장해 온 진귀한 보물인데……."

하고 선변이 본격적으로 말을 풀어내려는 참인데, 윤파가 고개를 돌리지 않은 채로,

"호? 가문? 그런 것도 다 있으셨어? 그리고 보물은 무슨…
어디 약장수에게 은자 서너 푼이나 주고 산 거겠지."

하고 혼잣말인 체하며 중얼거렸다.

휙하고 윤파에게로 돌아가는 선변의 눈길이 마치 잡아먹
을 듯했다. 그러나 선변은 이내 짐짓 풀 죽은 기색을 보이며
다시 강산을 향해,

"사실은 윤파 형님의 말씀대로 뭐 가문이라고 할 것도 없
지요."

하고는 금세 또 목소리를 높였다.

"그렇다고 해서 제가 선물로 드리려고 하는 물건이 형편없
다는 건 절대로 아닙니다. 그리고 제가 뭘 큰 걸 바라는 것도
아닙니다. 그러니까… 저는 다만 어디까지나 조장님께 대한
제 성의를 담아서…….."

그런데 윤파가 다시금 슬쩍 끼어들며,

"성의는 무슨… 야야! 간지럽다, 간지러워!"

하고 선변의 말꼬리를 잔뜩 비틀어 버렸다. 그에 선변이 더
는 못 참겠던지 정색으로 얼굴을 굳혔다. 아무 말 없이 지그
시 노려보는 선변의 눈빛이 정말로 심상치 않은 것을 보고 윤
파는 그제야 자신의 장난이 좀 과했나 하는 생각을 했다. 그
러나 그렇다고 해서 윤파가 정색으로 사과 같은 걸 할 인물은
아니었다. 윤파가 대신에 어깨를 움츠려 보이며,

"아! 알았다, 알았어! 그냥 농담 좀 해봤다. 하여간 이제부

터는 입 꾹 다물고 그저 듣고만 있으마!"

하고 짐짓 숙이는 체를 했다. 그러나 윤파의 눈가에는 여전히 장난기 어린 미소가 머물러 있다.

그때 강산이 픽 웃으며 말했다.

"그래, 너의 성의는 내가 충분히 받은 걸로 해두지!"

물론 강산은 선변과 윤파가 자칫 틀어지기라도 하는 것을 막아보려 건성으로 던진 말이었다. 그런데 선변은 아주 정색으로,

"정말이십니까?"

하고 확인하듯이 반문했다. 그런 모습이 좀 집요하다 싶었지만 강산은 다시 별생각없이 받아넘겼다.

"웅? 그럼! 정말이지!"

"그럼 나중에 언젠가… 혹시 조장님이 잘되시면, 그때 제 부탁 한 가지만 들어주십시오."

"내가 잘되면? 허허! 그래, 그 부탁이라는 게 뭔데?"

"지금은 모르겠습니다."

"뭐?"

"아직 정하지 않았거든요. 사실 조장님이 나중에 잘될지 못 될지, 그리고 잘된다 하더라도 얼마나 잘될지는 또 누구도 알 수 없는 노릇이 아니겠습니까? 그런 마당에 어떻게 미리 부탁을 정할 수 있겠습니까?"

"그래? 그럼 지금은 그냥 선심 쓰는 걸로 하고, 부탁은 그

때 가서 다시 형편 봐가며 하면 되겠네?"

"싫습니다."

"뭐?"

"그냥 공짜로 선심 쓰기에는 왠지 손해 보는 것 같아서 싫습니다."

"허!"

"솔직히 말씀드리면 나중에 혹시 조장님이 잘되고 나서도 다른 말씀 하실 경우를 대비해서 구두상이라도 분명히 해두어야만 하겠습니다."

그때 노달과 유정 등은 반짝 호기심을 떠올려 놓고 있는 중이었다. 선변이 평소의 털털하고 거침없는 모습과는 달리 사뭇 진지하였던 것이다.

그러나 막상 그때쯤 강산은 선변이 벌이는 엉뚱한 짓거리에 대해 이윽고는 재미없게 여겨,

"어이! 선물이고 부탁이고 간에 밝은 날 다시 얘기하기로 하고 이제 그만 자자. 이러다 날 새겠다."

하고는 금방 이부자리가 펴진 곳으로 갈 태세였다. 그에 선변이,

"아니, 조장님! 이런 법이 어디 있습니까? 제가 기껏 성의를 보이겠다는데, 물건을 보지도 않고 거절하는 것은… 이건 예의가 아니지요?"

하고 자못 억울하다는 투가 되는데, 그때 윤파가 슬쩍 나

서며,

"그렇지. 선변이 저런 정도로 성의를 보였는데 잠이나 자자고 하는 건 예의가 아니지. 나 같으면 미안해서라도 그냥 고맙다 하고 일단 받고 보겠다."

하고 웬일로 선변의 편을 들었다. 강산이 이제는 아주 성가시다는 듯이,

"글쎄, 됐네! 이제 그만하자고!"

하고 하품까지 해가며 손을 내저었다. 선변이 급해진 기색으로,

"절대로… 절대로 조장님께 손해가 가지 않을뿐더러 오히려 크게 이익이 될 부탁이라고 제가 미리 약조를 드리면 되겠습니까?"

하고 새롭게 제안하여 물었다. 강산이 선변의 그 말에 새삼 무슨 흥미가 생기는 것은 아니었으나, 이렇게 가다가는 선변의 가당찮은 고집에 정말로 밤을 새우고 말 것 같아,

"뭐, 말을 그렇게까지 할 것까지야… 참나! 대체 어떤 물건인지 한번 보기나 하자!"

하고 못 이기는 체 고개를 끄덕이고 말았다. 강산이 마음을 바꿀까 겁이라도 내듯이 선변이 얼른 품속으로 손을 넣었다.

3

그것은 한 쌍의 팔찌였다. 그런데 팔찌치고는 상당히 특이한 형상이었다. 먼저 폭이 한 치가량 되는 연한 옥색의 띠가 있고, 거기에 다시 반 뼘이나 너머 되게 새끼손가락 절반 정도 굵기의 고리가 또르르 말려 있다.

그런데 그 고리가 거의 투명하여, 마치 투명한 뱀 한 마리가 똬리를 틀고 있는 듯하였다. 선변이 그 한 쌍의 팔찌를 손바닥 위에 올려놓으며,

"신룡갑(神龍甲)이라는 놈이죠. 팔목에 차는 완갑(腕甲)인데, 진짜로 귀한 진품입니다."

하는데 정말로 뿌듯해하는 기색이 완연하였다.

강산이 괜한 반발심이 슬쩍 일어,

"신룡갑? 완갑이면 그냥 완갑이라고 하면 될 것을 신룡 어쩌고 하는 말은 좀 거창스럽다?"

하고 짐짓 시큰둥이 말하였다.

순간 선변이 반사적이다시피,

"흥!"

코웃음을 치고 나서,

"꼭 별 볼일 없는 사람들이 괜한 걸 가지고 시비부터 걸곤하지요."

하고 입속의 옹알이처럼 구시렁거렸다. 그 바람에 강산이안 그래도 눌러두었던 짜증이 확 일어,

"뭐? 별 볼일이 없어? 시비를 걸어? 그거 지금 나보고 하는

소리야?"

하고 목소리를 높였다. 선변이 바로 당황해하며,

"아니, 그러니까 제 말씀은… 어쨌거나 물건만 좋으면 되지, 이름이야 뭐가 됐든 무슨 상관이 있겠느냐 하는 그런 말이지요. 안 그렇습니까, 조장님?"

하고 수습을 해보려는데, 강산이 짐짓 목소리를 깔았다.

"이봐, 선변이!"

"예?"

"나 별 볼일 없는 사람 맞아! 그래서 그런지 말이야, 물건이든 사람이든 무슨 신(神)이니 용(龍)이니 하는 따위가 들어가는 이름과는 아주 체질적으로 궁합이 안 맞는 것 같아. 아주 거부반응이 꽉꽉 온다니까?"

선변의 눈알이 급하게 돌았다.

"그게 사실은……."

하고 선변이 막 또 다른 수습책을 이어내려는데 한옆에서 누군가,

"훗!"

하고 참지 못하겠다는 듯한 웃음소리를 냈다. 이강이었다. 순간 꼭꼭 눌려 있던 선변의 분노가 그쪽으로 쾅 폭발하고 말았다.

"왜 웃어?"

난데없는 불똥을 맞은 이강이,

'엇, 뜨거워라!'

하며 선변과 눈길 마주칠 엄두조차 감히 내지 못하고 먼 산 보는 시늉을 했다.

"사실 이놈의 본래 이름은 무명환(無名環)입니다. 신룡갑이란 이름은 워낙 귀한 물건이라는 의미에서 따로 붙인 별명이지요."

선변은 한결 차분하게 팔찌에 대한 설명을 이어갔다. 강산의 무성의한 구미에 최대한 맞추는 한편 자신의 선물에 대한 가치 절하를 최소화시키면서.

"무명? 이름이 없다는 게 이름이야?"

하고 강산이 웃으며 새삼 호기심을 가지는 빛으로 되는데, 그때 두 사람이 주고받는 모양을 신중하게(?) 지켜보고 있던 윤파가,

"야! 그 이름, 감이 팍 오는데? 어디 나 한번 줘봐! 보고 괜찮으면 나중에 네 부탁 두 개쯤, 아니, 세 개는 내가 가볍게 들어준다!"

하고 슬그머니 끼어들었다. 그에 선변이 홱 물건을 거두어 들이며 매몰차게 말했다.

"형님은 절대 아니니까 관심일랑 아예 끄십시오!"

"야, 너, 사람 무시하지 마라? 아니, 솔직한 얘기로 내가 조장보다 못할 게 뭐냐?"

"한마디로 조장과 조원 차이! 됐습니까?"

선변이 야무지게도 대답하자, 순간 윤파는 인상을 팍 구겼다.

"뭐냐? 그러니까 조장만 얽어놓으면 나머지 조원들은 공짜로 굴러들어 온다, 뭐 그런 계산이냐?"

선변이 문득 빙긋이 웃으며 말을 받았다.

"뭐, 그런 생각까지 해본 건 아니었는데… 형님 말씀을 듣고 보니 그런 과외의 이득도 없지는 않겠습니다?"

그에 윤파가 뭐라고 다시 쏘아붙이려다가 문득 더 이상은 댓거리를 하기 싫다는 표정으로 고개를 돌리고 말았다.

그러나 윤파가 아주 뒤로 빠지지는 않는 품이, 아마도 그 거창한 팔찌에 대한 호기심은 여전한 듯했다.

그때 선변이 돌연 흠칫하는 기색이더니 바로 이어 기이한 표정이 되었다. 노달 때문이었다.

어느새 다가왔는지, 그리고 어느 틈에 어떻게 하였는지, 분명히 선변의 손아귀에 있던 그 한 쌍의 팔찌가 지금은 노달의 손에 가 있었다. 유심히 팔찌를 살펴보는 노달의 모습이 드물게 진지해 보였다.

"영감님!"

약간의 경계마저 섞인 선변의 부름에 노달은 흠칫 놀라는 기색이 되었다. 그리고는 얼른 팔찌를 내미는데, 선변에게가 아니라 강산에게였다.

"받게, 조장!"

그 바람에 강산은 얼떨결에 팔찌를 받아 들고 말았다.

강산이 기왕 받은 김에 팔찌를 이루고 있는 투명한 고리 부분을 가볍게 눌러보았다. 무엇으로 만들어졌는지 단단하면서도 말랑말랑한 탄력이 느껴졌다. 다분히 이중적인 느낌이랄까? 그때 선변이 은근한 투로,

"한번 차보십시오."

하고 권하며 아예 직접 팔찌를 채워줄 태세인지라 강산이 못이기는 체 일단 왼 손목에다 팔찌 한 짝을 채웠다.

팔찌는 손목에서부터 팔뚝을 다 감쌀 정도로 그 폭이 넉넉했다. 손목 부분에서는 가볍게 조이는 느낌이 들었지만, 나머지 팔뚝 부분은 그냥 감싸고만 있어서 마치 얇은 옷을 입은 것 같았다.

강산이 이리저리 손목을 돌려보는 것을 잠시 만족스럽게 지켜보고 있던 선변이,

"그놈 진짜로 괜찮은 놈입니다. 뭐, 솔직히 말씀드리자면 저희 집안에서 오래전부터 내려오긴 했지만 사실 그 유래나 용도 같은 건 별로 알려진 게 없습니다. 그래서 얼마나 대단한 물건인지 딱히 근거를 댈 수는 없지만, 그래도 한 가지 분명한 것은 그 물건이 그래 보여도 지독스러울 정도로 강하고 질긴 놈이라는 겁니다."

하고 슬며시 자랑을 보탰다. 강산이 새삼 겸연쩍은 생각이

들기에 천천히 왼손의 팔찌를 풀어내며,

"이거 이유없이 받기에는 아무래도 좀 그렇다. 그냥 네가 가지고 있어라."

하고 돌려줄 태를 보였다. 그러자 선변은 천만의 말씀이라는 듯이 얼른 팔찌를 강산의 팔목에다 도로 채워주며 짐짓 단호한 투로,

"아닙니다. 가문에서 몇 대를 걸쳐 내려오는 물건이다 보니 함부로 할 수가 없어서 그동안 지니고는 있었지만 아무래도 저한테는 소용되는 바가 없습니다. 그런데 지금 차고 계신 모습을 보니 조장님께는 아주 딱 어울리는 것 같습니다. 왜, 그런 말도 있지 않습니까? 보물에는 원래 주인이 따로 있다고 하는……."

하고 말했다. 그 말에 강산이 새삼스럽게 팔목에 채워진 팔찌를 살펴보았다. 하긴 다시 보니 보물까지는 몰라도 가는 뱀이 똬리를 틀고 있는 듯 징그럽기도 한 것이 유난히 깔끔을 떠는 선변이 좋아할 모양새는 아닌 것이 분명했다.

팔찌가 대부분 투명한지라, 언뜻 보아서는 사람들의 눈에 잘 띄지 않는다는 점도 마음에 들기는 했다.

강산이 잠시 팔찌에 정신을 팔고 있는 사이에 선변은 또 무슨 말을 계속하고 있었던 모양인데, 강산이 언뜻 들은 것은,

"솔직히 조장님이 남과 싸우는 방식이 좀 무식하기는 하지 않습니까?"

하는 무슨 말의 끝부분이었기에 강산이 생각없이,

"뭐?"

하고 되물었다. 그러나 선변의 말은 그대로 팔찌의 예찬으로 이어지고 있었다.

"제가 장담하건대 조장님께서 이놈들을 차고 있는 한 다른 데는 몰라도 팔목과 팔뚝만큼은 전설의 금강불괴가 부럽지 않을 것입니다. 예리한 도검과 상대하여 그대로 맞부딪쳐도 끄떡없을 테니까 말입니다."

선변의 그 말에 대해서는 강산도 절로 솔깃해지지 않을 수가 없었다.

좀 전에 선변이 말한 대로 앞으로도 한동안 강호를 횡단하자면 언제 또 무슨 험한 일을 당할지 모르는데, 무공의 무 자(武字)도 모르는 강산으로서는 그저 몸으로 때우는 수밖에는 없는 노릇일 터였다.

그런데 비록 그의 내부 삼백육십관(三百六十關)이 일관통에 이어 이제 이관통에 이르렀고, 그 덕분으로 험한 상황마다 그를 지켜주고 있는, 그리고 그럴 때마다 그가 유일하게 믿고 기대는, 그 한 겹의 지극히 부드러우면서도 탄력적인 무형의 방호막이 이제 더욱 쓸 만해졌다고 하더라도 그것이야 말 그대로 그저 쓸 만한 정도에 불과한 것이 아니겠는가?

예를 들어 어느 매몰찬 놈이 무슨 억하심정으로 다짜고짜 칼이라도 휘두르고 덤벼든다면 그가 무슨 수로 대항할 수 있겠는가?

"쯧!"

혀부터 차고 나서,

"허풍 치고도 그건 좀 심한걸."

하고 시비라도 걸듯이 슬쩍 끼어드는 것은 역시 윤파였다.

선변이 짐짓 확 달아오르며,

"뭐요? 그렇게 못 믿겠으면 직접 한번 시험을 해보면 될 거 아닙니까?"

하였다. 윤파가 잘되었다는 듯이,

"시험을 해보자고? 그래, 그거 재미있겠는데? 그런데 나중에 물건 망쳤다고 떼쓰기 없기다?"

하고 맞장구를 쳤다. 선변이 선뜻 들고 있던 나머지 한 짝의 팔찌를 윤파에게 내밀며,

"그런 일 없을 테니 어디 재주껏 망쳐 보십시오!"

하고 말했다. 순간 윤파의 표정에 정말로 짙은 흥미가 떠올랐다. 선변이 정말로 자신만만한 기색이었기 때문이다.

윤파가 팔찌를 받아 들며 한 손으로는 목검을 잡으려는데 선변이,

"지금 그깟 나무토막으로 대체 뭘 하겠다는 겁니까?"

하고 톡 쏘았다. 그리고는 가볍게 손목을 비트는데 어느 틈에 그의 손에는 비수 한 자루가 들려 있었다.

"옛수!"

선변이 건네주는 비수를 받고 보니 파르스름한 빛이 감도는 날이 한눈에 보기에도 보통 예리한 게 아니었다. 윤파가 설레설레 고개를 저으며,

"하여간 걸어다니는 창고라니까? 네 몸에다 숨기고 다니는 물건이 도대체 몇 개쯤이나 되냐?"

감탄을 겸해 묻자 선변은 대번에 면박을 주었다.

"하여간 궁금한 것 많아 심심하지는 않겠소? 그러나 그건 내 장사 밑천인데, 형님께 다 알려주고 나면 난 뭐 먹고 살겠소? 신경 끄시고 그냥 하려던 거나 마저 하시우!"

윤파가 짐짓 쓰게 입맛을 다신 후에 비수로 팔찌의 또르르 말려 있는 고리 부분을 가볍게 그었다. 그러더니 곧바로,

"어라?"

하고 탄성을 뱉었다. 팔찌의 고리 부분에는 희미한 흠집조차 없는데, 오히려 비수의 날이 밀려난 것이다.

윤파가 이번에는 팔찌를 바닥에 내려놓고 비수를 세웠다. 그대로 내리찍을 기세였다. 그러나 막상 시행하기 전에 윤파가,

"괜찮지?"

하고 선변에게 다시 한 번 못을 박아놓으려는데 선변은,

"흥!"

하는 짧은 코웃음으로 대답을 대신했다. 그에 윤파가 주저

없이 비수를 내리찍었다.

꽉!

동시에 윤파는 짧은 경호성을 내뱉었다.

"엇?"

비수의 날 끝이 팔찌를 내리찍는 순간 비수가 강하게 되튕겨 올랐던 것이다. 그 순간 비수의 반발력이란 믿기 어려울 정도로 대단해서 비수를 잡고 있던 윤파의 팔이 펄쩍 쳐들렸을 정도이다.

윤파가 놀람을 금치 못하고 있는 사이에 선변은 바닥에서 팔찌를 주워 올려 강산에게 건네며,

"어떻습니까?"

하고 자못 자랑스러워하는 투로 물었다.

강산이 자세히 들여다보니 정말로 팔찌 어디에도 훼손된 흔적은커녕 긁힌 자국조차 찾을 수가 없었다.

그때 바짝 고개를 들이밀고 팔찌를 살펴보던 윤파가 고개를 흔들며 중얼거렸다.

"그것 참말로 묘한 물건일세?"

선변은 그 나머지 팔찌 한 짝을 아예 강산의 오른 손목에다 마저 채워주려 했다. 그런데 강산이 팔찌가 정말로 귀한 물건이라는 것을 직접 확인한 뒤라 새삼스레 슬며시 손목을 빼며,

"아무래도 이 팔찌는 나 같은 사람이 가질 물건이 아니다.

이런 귀한 물건이 나한테 어울리지도 않거니와 사실 그동안 내가 몇 번 엉뚱한 짓을 하긴 했지만 이제 이 나이가 되어가지고 무슨 용 뼈를 삶아 먹은 것도 아닌데, 더욱이 강호가 그렇게 험악한 곳이라는데 무조건 조심하고 봐야지, 아무렴 계속 앞뒤 못 가리고 함부로 들이대서야 될 일이겠나? 그러니 나한테 이 물건이 소용이 될 일은 없을 거란 것이지."

하고 말하였다. 그런데 그에 대해 선변이 뭐라고 하기 전에 노달이 느긋하게 웃으며 참견을 했다.

"허허허! 조장, 그렇게 쉽게 말할 건 아닌 듯하네."

"예?"

"강호 무림이란 곳이 딱히 따로 있는 것이 아니라, 우리 사는 세상 모두가 다 강호 무림이니, 조장이 말한 바로 그 몇 번의 엉뚱한 짓으로도 조장은 이미 무림에 발을 들였다고 할 수도 있는 것이지. 허허허! 게다가 무림이란 곳은 자의에 의해서든 타의에 의해서든 일단 한번 발을 들인 이상에는 그 누구도 마음대로 빠져나갈 수 없는 참으로 지독한 곳이라네. 그러니 조장이 이제 앞으로 얼마나 더 험한 일을 겪게 될지는 누구도 감히 장담할 수 없는 문제일세."

노달이 왜 갑자기 그런 말을 하는지에 대해 강산은 일시 얼떨떨한 기분이 되었다. 그때 노달이 다시 빙그레 웃으며,

"선변이 조장에게 그 팔찌를 주려는 것은 진정으로 조장을 걱정하는 마음에서인 것 같으니 어울리든 그렇지 않든, 혹은

소용이 되든 안 되든 일단은 그냥 받아두도록 하게. 사람의 성의를 너무 무시해도 안 되는 법일세."

하고 덧붙였다. 선변이 얼른 반겼다.

"그렇죠, 영감님?"

그러면서 선변은 머쓱한 얼굴로 있는 강산의 오른 손목을 잡아당겨서는 결국 한 짝의 팔찌를 마저 채워주었다. 그리고 활짝 웃으며,

"그럼 받은 겁니다? 무르기 없깁니다?"

하고 짐짓 다짐을 두었다. 강산이 와중에도 언뜻 찜찜한 생각이 들기도 해서 반 농담으로,

"뭘 무를 수 없다는 거야?"

하고 물었다. 그러나 선변은 이제 한결 느긋한 기색으로 씩 웃기만 했다.

二十三
황도(皇都)

1

　새벽같이 황보세가를 나선 순행단이 고안(固安)에 도착했을 때는 이미 날이 어두웠다.

　이제 황도와는 바로 턱밑의 지척간이라 내처 하북 지단까지 갈 수도 있었지만, 한밤중에 총수를 맞아야 할 지단 사람들의 고충이 이만저만이 아닐 것이다. 하여 순행단은 고안에서 간단히 밤을 보내고 명일 아침 일찍 황도에 들어가기로 했다.

　고안이 대처(大處)가 아닌 만큼 말과 마차, 그리고 짐을 빼고 사람만 백여 명이나 되는 순행단이 한 번에 다 들어갈 수 있는 규모의 여곽(旅廓)이나 객잔 따위가 있을 리 없었다.

고만고만한 크기의 객잔이 두 개 있는 것이 그나마 다행으로, 순행단이 둘로 나뉘어서는 그럭저럭 하룻밤을 묵을 만했다.

　그중 하나인 천복객잔으로 잡조를 포함한 절반의 인원을 보내면서 총수는 유정을 보고,

　"오늘 밤 너는 순행단 절반의 모든 것을 책임져야 할 것이다."

　하고 웃으며 말했다. 물론 그 말이 그저 가볍게 하는 농담만은 아니었다.

　총수는 유정이 이런 기회를 통해 휘하 조직에 대한 책임감 같은 것을 조금이라도 느껴보기를 바라는 것이었다.

　그러나 총수는 그런 중에도 손녀에 대한 염려는 어쩔 수 없었던지, 경호조장 고이강을 포함해 경호조원 여섯에다 호부의 무사 이십여 명 등 수행단 경호 인력의 근 육칠 할을 천복객잔 쪽으로 돌려놓았다.

2

　자정을 훌쩍 넘긴 야심한 시각. 천복객잔의 별채 지붕의 골마루 그림자 속으로 하나의 흐릿한 신형이 마치 어둠의 일부인 듯이 은밀히 날아들었다.

　자세히 보니 전신을 검은 야행복으로 감싼데다 얼굴은 검

은 면사로 가린 작고 늘씬한 여인의 체형이었다.

그런데 면사여인의 경신 재주가 얼마나 귀신같았던지, 교대로 객잔 주위 경계를 서고 있는 열 몇이나 되는 경호 인력 중 어느 누구도 그녀의 출현을 눈치채지 못하고 있었다.

그런데 그때,

[낮에 제게 소식을 보낸 분이신가요?]

하고 귓가를 울리는 전음에 면사여인이 흠칫 놀라 뒤를 돌아보았다. 그녀의 뒤쪽에는 언제 나타났는지 두 개의 인영이 서 있었다.

극히 대비적으로 두껍고 날렵한 두 개의 인영. 그들은 바로 유정과 순동이었다. 면사여인이 두 사람의 고강한 신법 재주에 놀람과 동시에 당황하여,

[아가씨!]

하고 또한 전음으로 외치는데, 그 한마디에 경계와 우려가 잔뜩 녹아 있었다. 그것이 바로 순동에 대해서라는 것을 유정이 능히 짐작하는 까닭에,

[염려하지 않아도 좋아요. 제 시위인데 절대적으로 믿을 수 있은 사람이니까요.]

하고 안심시켰다. 면사여인이 그래도 불안한지 잠시 순동을 쏘아보듯이 살폈다. 순동은 그저 순박한 빛으로 면사여인의 날카로운 눈빛을 받아들였다.

사실 유정은 오늘 밤만큼은 순동을 동반하지 않으려고 하

였다. 그러나 순동이 다른 것에 대해서는 다 유순하여 유정의 명령이면 무엇이든 따르되 다만 한 가지, 잠시라도 곁에서 떨어져 있으라는 것만큼은 그야말로 황소고집이어서 아무리 설득하고 명령하여도 도무지 씨알이 먹히지를 않았다.

더욱이 유정이 근래에 들어 인정하지 않을 수 없게 된 사실은, 그녀가 곁에서 떼놓고 싶다고 쉽게 떼놓을 수 있을 만큼 순동의 무공이 만만치 않다는 것이었다.

그때 면사여인은 순동에 대해 어쩔 수 없다고 생각했는지,

[그럼 저를 따라오세요.]

하고 전음을 보낸 뒤 어두운 허공 속으로 솟구치는데, 그 모습이 마치 한 마리의 야조(夜鳥)와도 같았다.

뒤이어 유정과 순동이 차례로 몸을 솟구치는데, 둘의 신법 또한 신묘하기가 앞선 면사여인보다 나았으면 나았지 결코 못하지는 않았다.

마을에 인접한 야산의 고즈넉한 숲 속이었다. 유정은 앞쪽에 놓인 한 채의 가마를 마주하고 있었는데, 희미한 달빛으로도 알아챌 만큼 지금 그녀의 얼굴은 긴장한 듯, 혹은 흥분한 듯 붉게 상기되어 있었다.

그런데 그녀의 긴장, 혹은 흥분이 지금 보이지 않게 주변 일대를 삼엄하게 경계하고 있는 매복 때문인 것은 아닌 듯했다. 마차 안에서 미미하게 떨리는 목소리가 새어 나온 것은

바로 그때였다.

"정아(靜兒)니?"

순간 유정의 어깨가 부르르 가늘게 떨렸다. 그 때문인지 그
녀의 한 걸음 뒤쪽으로 바짝 다가서 있던 순동의 얼굴에 순간
적으로 한 가닥의 확연한 긴장이 서렸다.

유정은 벌써 두어 번이나 입술을 달싹였으나 차마 말을 뱉
지 못하였다. 그러나 이윽고는 떨리는 목소리를 토해낼 수 있
었다. 그녀가 그토록 꿈꿔왔던 그 이름을.

"어머니!"

마차 문이 열렸다. 그리고 그 안쪽에 앉아 있던 궁장의 여
인 하나가 힘겨운 몸짓으로 두 팔을 활짝 벌렸다.

"정아야!"

순간 유정이 울음 섞인 소리로,

"아아! 어머니!"

하고 외치고는 한 마리 작은 새처럼 여인의 품을 향해 몸을
날렸다.

3

순행단은 마침내 황도에 도착했다.

강산이 받은 황도의 첫 느낌은 뭐랄까, 항주가 화려하다면
황도의 번화가는 한마디로 웅장했다.

그 규모 면에서만 놓고 보더라도 항주와는 비교할 바가 아니었다. 사통팔달로 쭉쭉 뻗어 있는 대로(大路), 그 위를 바쁘게 오가는 말과 마차들, 그리고 가히 인파(人波)라고 할 만큼 밀려다니는 사람의 무리.

길 양편으로는 번듯번듯하게 지어진 가옥들이 줄줄이 늘어섰고, 시선을 들면 멀리 거대한 성곽과 고루전각들이 우뚝우뚝 솟아 있었다.

사해상단의 하북 지단(河北枝團)은 황궁에서 이십여 리쯤 떨어진 곳에 있었다.

총수가 하북 지단의 전반적 업무에 대해 보고를 받고, 또 지난 연간의 사업 평가와 앞으로의 역점 추진 사업에 대한 주요 방침을 점검하는 데는 대략 사흘 정도가 예정되어 있었다.

그동안에 순행단 중에서 가장 바빠질 이들은 당연히 행장급의 실무 보좌진과 또한 도순학을 포함한 비서조원들이 될 것이다.

그러나 경호조와 나머지 간접 인력들이야 크게 바쁠 일이 없을 터인데, 그중에서도 잡조의 조원들이야 차라리 심심함을 면할 방도를 따로 궁리라도 해보아야 할 판이었다.

4

구중천(九重天)이라는 황궁. 그중에서도 가장 깊숙한 심처(深

處)에 지금 곤룡포의 중년인과 관복의 초로인(初老人)이 대좌하고 있었는데, 그들은 바로 당금의 황제 융제(隆帝)와 동창제독 구말(坵抹)이었다.

"적당하고도 은밀한 방법이 좀 없겠는가?"

묻는 황제의 표정과 어투에서는 번거롭고 성가시다는 짜증이 은근히 배어났다.

사실 황제에게는 일찍이 사가(私家)에서 부군(夫君)과 사별하고 궁으로 돌아와 있는 누이가 하나 있었다. 바로 화정 공주(花靜公主)이다.

그런데 오늘 황제는 공주가 눈물로 호소하는 간곡하고도 애절한 부탁 하나를 받았다. 바로 공주가 사가에 남겨두고 온 여식을 보호해 달라는 부탁이었다.

그런데 듣고 보니 그것이 하필이면 강호 무림과 제법 복잡하게 얽힐 가능성이 다분히 있는 사안인지라, 아무리 황제라도 그리 간단하게 승낙할 문제가 아니었다.

그러나 만인지상의 황제가 되어 하나뿐인 누이의 부탁을 몰라라 할 수도 없거니와 사사로이는 황제 자신에게도 조카가 되는 아이의 안전에 관한 부탁이라 박절하게 거절할 수도 없는 일이었다. 황제가 구말을 부른 연유는 그러했다.

구말의 안색은 신중했다. 그러나 동창제독의 자리는 황제의 수족과 같은 존재이다. 황제의 말에 대해 이렇다 저렇다 의견을 다는 것은 결코 그의 사명이 아니었다. 방법을 내라고 했으면 방법을 내는 데만 진력을 다해야 하는 것만이 그의 본분인 것이다.

구말이 고개를 숙이며 조심스럽게 황제에게 간했다.

"방법을 마련해 보겠습니다. 그러나 그 방법의 종류와 또한 그 수위를 정하기 위해서는 약간의 사전 조사가 필요할 듯하오니 신에게 하루만 시간을 주십시오."

5

황도에서의 이튿날째다. 어느새 유야무야 첫날을 심심하게 보내 버린 데다, 이럭저럭 하다 보니 오늘 하루도 벌써 한나절이 훌쩍 넘어가 버렸다. 그런 터라 잡조의 조원들은 이윽고는 이대로 아무 일 없이 황도에서의 사흘간을 다 까먹어 버릴 수는 없다는 약간의 괜한 강박감 같은 것을 느끼게까지 되었다.

사실 그런 데에는 황도까지 와서 지단 안에만 틀어박혀 있어서야 되겠느냐는 선변의 부추김이 모두의 공감을 얻은 때문이 컸다. 아울러 선변이 자신의 식견과 견문이 황도의 웬만한 명소(名所)까지 부족함없이 미치고 있음을 은근히 과시했음은 물론이다.

해가 한참이나 남았는데도 잡조는 일찌감치 저녁을 해결하였다. 그리고 해질 무렵이 되었을 때 지단을 빠져나왔다.

지단으로부터 십 리 안쪽에 있다는 황도에서 가장 번화한 시전 거리를 둘러볼 참이었고, 아울러 휘황찬란하여 촌사람의 눈을 멀게 만들 지경이라는 황도의 화려한 야경까지를 구경하고 느지막이 돌아올 참이었다.

아무리 가도 막힘 없고 끝없을 듯한 대로를 걷고 또 걸은 끝에 잡조원들은 이윽고 목적했던 시전 거리로 접어들 수 있었다.

어깨를 부딪치지 않고는 지나다닐 수 없을 만큼 북적대는 인파, 온갖 종류의 물건을 전시해 놓은 가게들과 난전들, 소리치며 지나가는 사람들의 손을 잡아끄는 상인들, 그리고 여기저기서 물건 값을 흥정하며 웅성거리는 소리는 마치 누군가 귓가에 대고 끊임없이 속삭이는 듯한 착각을 일으켰다.

잡조가 그래도 천하제일상단인 사해상단의 소속이었건만, 지금 이곳에서만큼은 갑자기 얼치기 촌뜨기 같은 기분이 들 정도였다.

그런 중에도 잡조원들은 시전의 여기저기를 기웃거리며, 노점에서 파는 전병과 국수 등도 맛을 보고 하며 간만의 여유를 맘껏 즐겼다.

그렇게 대략 반 시진여를 이리저리 돌아다니는 중에 어느새 날이 어두워지고 말았다.

어두워지자 시전은 또 다른 세상이 되었다. 가게마다 내건

색색의 등불들은 화려하다 못해 눈이 어리칠 정도로 휘황하고 찬란하였다.

사방이 다 비슷비슷한 모습들이어서, 거기가 다 거기 같았다. 더욱이 인파가 본격적으로 몰려들며 마치 거대한 물결과도 같은 흐름을 만드는 바람에 잠시만 한눈을 팔아도 일행과 떨어지기 십상이었다.

강산은 가능하면 선변의 뒤를 바짝 따라다니고 있는 중이었다. 사실 솔직히는 유정의 곁을 지키고 싶었지만, 실제로 그렇게 할 수는 없었다.

체면 차림과 묘한 쑥스러움 같은 것들 때문이었다. 유정의 가까이에만 있으면 괜히 몸이 근질거리는 것 같았고, 때로는 주책없게도 몸의 한곳이 제멋대로 불뚝거리는 것이었다.

'나이 서른셋에 벌써 노망기인가?'

어쨌든 촌놈 주제에 만약 혼자가 된다면 길을 잃기가 또한 십상일 것이니 그런 낭패를 당하지 않기 위해 강산은 그나마 눈에 잘 들어오는 순동의 둥글납작한 뒤통수를 규칙적으로 확인하고 있었다.

그런데 그렇게 두리번거리며 시전 거리를 한참이나 지나치는 중이었다. 앞쪽 멀짜감치 골목에서,

두두두둑!

하고 급박한 말발굽 소리가 들리더니 돌연 한 필의 말이 불쑥 튀어나와서는 곧장 이쪽을 향해 치달려오는 것이었다. 그

발 디딜 틈도 없이 복잡한 인파 속으로 말이다.

"어떤 미친놈이야?"

"뉘 집 시러배 아들놈이냐?"

"저런 쳐 죽일 놈!"

하고 사방에서 욕설과 고함이 분분하더니 이윽고는,

"피해라!"

"으악!"

"으아아!"

하고 아우성들이 터지며 시전 거리는 삽시간에 아수라장으로 빠져들고 말았다. 밀고 밀리고, 밟고 밟히는 난장판이었다.

정말로 미친 말인 것 같았다. 지금 말 위에는 금방이라도 튕겨날 듯 위태위태해 보이는 모습으로 장한 하나가 허둥대고 있었다.

장한은 와중에도 사력을 다해 말고삐를 잡아당기고 있었지만, 말은 주둥이 주위로 허연 거품을 북적거리며 마구 내닫고 있었다.

정말 용하게도 길이 트였다. 아니, 미친 말이 길을 트고 있었다. 말의 진행 방향에 있는 인파가 말발굽을 피해 죽기 살기로 우르르 좌우로 무너졌다. 마치 바닷물이 갈라지는 것처럼 인파의 한가운데가 쫙 갈라진 것이다.

그렇게 만들어진 길을 말은 그야말로 파죽지세로 내달렸

다. 말이 달리는 방향에서 약간 비켜나 있긴 했지만 강산 또한 사람들의 파도에 휩쓸려 이리 떠밀리고 저리 떠밀리기는 예외가 될 수 없었다.

그 한 마리 미친 말은 마치 한줄기 광풍처럼 그렇게 시전을 휩쓸고 지나갔다. 시전의 한바탕 혼란이 겨우 진정될 즈음, 강산은 문득 당혹스럽지 않을 수 없었다.

"어라?"

일행이 없었다. 천 명의 사람 중에 섞어놓아도 대번에 눈에 뜨일 듯하던 순동의 뒤통수도 이 순간에는 보이지 않았다.

"제기랄!"

낭패였다. 물론 사해상단의 하북 지단을 찾아가면 될 터이니 낭패라고 할 것까지는 없을 것이다. 그러나 사람들에게 물어 물어 길을 찾아갈 생각만으로도 구차스럽고 번거로웠다.

그런데 강산이 대충의 방향을 가늠하고 왔던 길을 되돌아가려고 할 바로 그때였다.

"저놈 잡아라!"

앞쪽에서 급한 고함 소리가 터져 나오더니 이내 왁자하니 다시 소란이 일었다.

'이건 또 무슨 일이야?'

방금 전의 난리를 겪은 바로 뒤끝이라 강산이 흠칫하지 않을 수 없어 퍼뜩 앞쪽을 보는데, 마침 사내 하나가 인파를 헤치고 급하게 달려오고 있었다. 사내의 재빠르고도 민활하기가 마치 숲 속을 뚫고 지나가는 한줄기 바람과도 같았다.

그리고 사내의 뒤를 창과 방망이를 든 예닐곱 명이 쫓으며,

"저놈 잡아라!"

"소매치기다!"

하고 소리치는데 그 복색으로 보아 관원들인 듯했다.

강산은 재빨리 뒤로 물러섰다. 지레 피하고 보는 것이 상수(上手)이겠기에.

그런데 상황은 그가 생각하지 못한 뜻밖의 방향으로 벌어지고 있었다. 인파를 피해 이리저리 방향을 틀다 보니 그렇게 되었던지 소매치기는 하필이면 강산이 있는 쪽을 향해 달려오고 있었다.

강산이 다시 급하게 다른 쪽으로 피해 서려 할 때, 어느 틈에 가까이까지 달려온 소매치기가,

"죽고 싶어? 확! 저리 못 비켜!"

하고 뾰족하게 소리쳤다. 강산이 기겁을 하며 펄쩍 뛰다시피 한옆으로 비켜났고, 소매치기 또한 급하게 방향을 틀었다. 그런데 우연하게도 그들 두 사람의 방향 선택이 일치하고 말았다. 워낙 지척간이라 두 사람이 속수무책으로,

퍽!

하고 부딪치고 말았는데, 와중 다행인 것은 강산이 그 찰나의 순간에도 어깨의 탄능(彈能)을 발휘해 슬쩍 소매치기 사내를 옆으로 밀어냈다는 것이다. 그 덕분에 소매치기 사내는 가

볍게 휘청거리는 정도로 계속 달려나가 이내 휙 하니 인파 속으로 사라져 버렸다.

"휴우!"

강산은 가볍게 한숨을 내쉬었다. 그런데 그 한바탕의 소동은 그것으로 끝난 것이 아니었다. 소매치기를 뒤쫓아 오던 관원들이 강산의 주위를 빙 둘러싸더니 다짜고짜 창끝을 들이댄 것이다. 강산이 놀라,

"이게 무슨 짓이오?"

하고 외치는데 관원 중의 하나가 큰 소리로,

"이놈! 뻔한 수작 부리지 말고 순순히 오라를 받아라!"

하고 꾸짖어 몰아붙였다. 곧이어 두어 개의 창끝이 쿡쿡 등을 찌르기에 강산이 반사적으로 손을 돌려 두 개의 창대를 낚아채며 거칠게 따졌다.

"거 함부로 이놈 저놈 하지 마시오! 그리고 수작이라니? 지금 도대체 무슨 소리를 하는 거요?"

창대를 틀어잡은 강산의 완력이 보기보다 만만찮음에 그 관원이 적잖이 놀라는 기색이면서도, 그러나 오히려 기세를 돋우워 호통을 쳤다.

"닥쳐라! 이놈아! 지금 누구에게 감히 흰소리를 치려느냐?"

"허! 대체 무엇이 흰소리란 말이야?"

"소매치기와 한통속인 놈이 순진한 체 영문을 물으니 그게

흰소리 아니면 무엇이냐?"

"소매치기와 한통속? 어허! 여보시오? 거 생사람 잡는 소릴랑은 아예 하지 마시오!"

"관청에 가서 조사를 받으면 금방 밝혀질 일이니 성가시게 이 자리에서 맞는지 아닌지 따질 필요 없다. 그러나 네가 같잖은 완력을 믿고서 계속 반항을 한다면 즉결처분으로 네놈 몸에다 두어 개쯤 바람구멍을 만들어준 다음 개처럼 끌고 갈 수도 있느니!"

관원과 주고받는 말이 그런 지경에 이르자 강산은 순간적으로 갈등하지 않을 수 없었다.

'그냥 튀어버릴까?'

사실은 튀자고 마음먹으면 못할 것도 없겠다 싶은 얼마간의 자신감이 있기도 했다. 얼마 전 이관통(二貫通)을 이룬 이후에 이루어진, 아니, 지금도 여전히 진행 중인 신체능력의 변화에 대해 그 스스로도 놀라고 있는 중이었으니까.

그러나 상대가 관원들이라는 데서 강산은 금방 포기하고 말았다. 섣불리 대응했다가는 자칫 일이 크게 꼬일 수도 있는 것이다. 무엇보다 그로서는 죄지은 것이 조금도 없으니 일단은 하라는 대로 순순히 따르고 보자는 요량을 하였다.

강산이 틀어잡고 있던 창대들을 놓아주자, 관원 둘이 즉시 달려들어서는 강산의 손을 뒤로 돌려 단단히 오라를 지웠다.

그리고는 몸수색을 하는데, 그때 강산으로서는 상상도 하지 못했던 의외의 상황이 발생했다. 바로 그의 소매 속에서 싯누런 광채를 흘리는 금원보(金元寶) 하나가 나온 것이다. 한 냥짜리이니 은자로 환산하면 적어도 이십 냥은 넘는 큰 가치였다.

그나저나 참으로 귀신이 곡할 노릇이었다. 강산이 크게 당황하여,

"이보시오, 이건 뭔가 좀 잘못되었소! 이 금원보에 대해 난 도통 알지 못하는 일이오! 난 그런 사람이 아니오!"

하고 호소하였다. 그러나 관원들은 이제 강산을 소매치기로 완전히 확신하는 모양들이었다.

"미친놈! 이렇게 확실한 물증이 나왔는데도 끝까지 잡아떼겠다는 것이냐? 아까 그놈과 네놈이 한패가 아니라면 이 금원보가 왜 내 소매 속에 들어가 있다는 것이냐?"

그런 중에 강산이 순간적으로 떠올린 것이 하나 있었다. 좀 전에 그 소매치기와 가볍게 부딪친 일이다. 그랬다. 바로 그 소매치기 놈의 장난임에 틀림없었다.

그러나 이제 와 그런 말을 해봐야 도무지 통하지 않을 것 같기에 강산이 다급하게,

"이보시오! 사실 난 사해상단에 속한 사람이오! 그러니 지금 바로 사해상단의 하북 지단에다 연락을 좀 해주시오!"

하고 사정했다. 그러나 관원들은 픽 콧방귀를 뀌며 거칠게 강산을 묶은 오라를 끌었다.

강산으로선 미치고 팔짝 뛸 노릇이었다. 도무지 수긍이 되지 않는 상황이었다. 사내 하나가 강산에게 다가온 것은 바로 그때였다.

평복 차림이었으나 단정하면서도 서글서글해 보이는 인상의 그 사내는 서른 전후로 보였다.

그러나 사내가 또한 관가의 녹을 먹는 자이며, 그중에서도 제법 지위가 있는 자라는 것은 사내를 대하는 관원들의 어려워하는 기색들에서 곧바로 알 수 있었다.

사내의 입가에 엷은 미소가 어렸다. 강산의 처지에서 그 미소는 곧 호감으로 비쳐졌기에 강산이 지푸라기라도 잡는 심정으로 사내에게 다시금 사정했다.

자신이 사해상단의 소속이며, 일행과 시전 구경을 나왔다가 졸지에 황당하고도 억울하기 짝이 없는 일을 당하기까지의 소상한 경위를 설명했다.

사내는 차분하게 강산의 사정을 끝까지 들어주었다. 그리고 기대 이상으로 강산의 말에 공감을 표시해 주었다.

"그런 일이 있었군요. 제가 보기에도 노형은 절대로 그럴 사람이 아닌 것 같습니다. 제가 이 계통에서 일한 지가 십 년을 넘기고 보니 이제는 한눈에 척 보기만 해도 사람의 성향을 대강은 짐작할 만하게 되었거든요."

"아!"

강산이 사내에 대해 거의 감동을 하는 심정으로 되는데, 사내가 덧붙였다.

"그러나 지금의 상황은 노형께 참 곤란하게 되어버린 것이 사실입니다. 어쨌든 현장 사범으로 몰린 데다 뚜렷한 물증까지 나왔으니 일단은 간단한 조사라도 받지 않을 수는 없게 된 것이지요. 아아! 뭐, 그렇다고 해서 굳이 관청까지 압송을 할 필요는 없을 것 같고… 흠! 이렇게 하지요. 마침 이 근처에 저희가 임시로 사용하는 가택이 한군데 있으니 일단 그곳으로 갑시다. 그리고 곧바로 사해상단 쪽으로는 지금 바로 사람을 보내서 노형의 신분이 확인되는 대로 즉시 풀어드리는 걸로 하겠습니다."

二十四
삼관통(三貫通)

1

사내가 말한 임시 가택이란 곳은 번화가를 한참 벗어나 위치한 한 채의 허름해 보이는 장원이었다.

사내는 강산을 하나의 방으로 안내했다. 꽤나 넓은 방이었다. 그런데 아무런 가구나 집기도 없이 다만 한가운데에 작은 탁자와 의자 하나만 있는데다, 사방에는 창문이 하나도 없어 왠지 모르게 을씨년스러운 느낌마저 났다.

"말해!"

사내가 태도를 돌변한 것은 강산의 이름과 소속을 재차 확인하고 난 바로 다음부터였다. 강산으로서는 놀라고 어이없는 심정이 될 수밖에 없는 상황이었다.

"허어! 다짜고짜 말하라니, 도대체 뭘 말하라는 것이오?"

"어이! 강산! 여기서 당신이 할 수 있는 건 오로지 대답뿐이야! 이제부터 내가 묻는 말 외에 단 한마디라도 엉뚱한 대답이 나온다면 그 즉시로 화끈한 응징을 베풀어주도록 하지! 그리고 당신이 말해야 하는 건 조금도 어려운 게 아니야! 그냥 올해 당신에게 생겼던 일들, 그리고 당신이 보고 들었던 것들에 대해 있는 그대로만 말하면 되는 거야! 다만 한 가지라도 빼놓는 게 있어서는 안 돼! 아무리 사소한 것이라도 말이야. 자! 이제 시작해 보자고! 내가 그만하라고 할 때까지 계속하는 거야!"

사내가 시작하라는 의미로 '딱!' 소리 나게 손가락을 튕겼다.

강산은 문득 툴툴거리며 웃었다.

"흐흐흐!"

참으로 비슷하지 않은가? 그날 그 지옥 같았던 날이 시작되던 때의 분위기와 말이다.

강산이 웃는 것에 대해 사내는 뜻밖인 듯하였다. 사내가 짐짓 의아하다는 표정을 만들며 얼굴을 강산에게 가까이 들이댔다. 그에 강산이 다시,

"흐흐흐!"

하고 웃고 나서 느릿하니,

"이봐, 당신이 누군지는 모르겠는데 말이야, 그리고 내게

바라는 게 뭔지도 모르겠는데 말이야, 니미! 난 이런 분위기 정말로 안 좋아하거든?"

하고 말을 뱉었다. 바로 다음 순간,

콱!

하고 뭔가 강한 충격이 강산의 복부에 와서 꽂혔다.

"헉!"

짧은 숨을 토해내며 강산은 허리를 앞으로 꺾었다. 잠깐 숨이 끊겼다. 그러나 의외로 견딜 만은 했다.

사내의 주먹이 복부에 틀어박히는 그 순간 반사적으로 이 관통의 무형 방호막이 작동한 덕분이리라 애써 믿으며 강산은 천천히 허리를 폈다.

사내의 눈빛으로 반짝 이채가 스쳤다. 그러나 사내는 아무 말 없이 강산을 의자에서 잡아 일으켜 세우고는 곧바로 양 주먹을 쳐냈다.

퍼퍽!

퍼퍼퍽!

눈부시게 빠른 연타였다. 사내의 주먹은 거의 동시이다시피 강산의 가슴과 복부, 그리고 옆구리로 파고들었다. 절묘하게 급소 바로 부근을 타격하는 주먹이었고, 또한 목 위 얼굴 부분은 제외한 채였다.

매번의 타격에 대해 비틀거리면서도 강산은 여전히 두 다리로 버티고 서 있었다. 무형 방호막이 순간순간 충격을 분산시키고 있다는 믿음은 좀 더 확실해져 가고 있었다. 그리고 아주 미약한 느낌이었지만 그 충격 중의 일부가 그의 내부 어딘가로 흡수되고 있다는 생소한 느낌도 들었다.

"호오?"

사내가 문득 타격을 멈추며 묘한 탄성을 뱉더니 다시,

"맷집에 좀 자신이 있다는 건가? 후후!"

하고 웃었다. 그리고 사내는 문득 이때까지와는 다르게 아주 느릿하게 양손을 뻗어내는데, 마치 흐느적거리는 듯했고 춤사위를 그리는 듯도 했다.

그런데 그처럼 느리고도 부드러워 보이던 사내의 손놀림이 강산의 몸 가까이에 와서는 별안간 번개같이 빠르게 변했다. 빠를 뿐만 아니라 현란한 변화를 내포한 듯도 보였는데, 강산의 눈이 미처 따라가지 못할 정도였다.

처음으로 보는 그러한 기이한 손동작에 대해 강산은 문득 저도 모르게,

'이것이야말로 진짜 무공이며 절초(絶招)라고 하는 것인가?'

하는 생각을 떠올렸다. 그리고 바로 그 순간,

짜자자작!

하는 날카로운 소리가 났다.

그 소리는 하나의 소리인 것도 같았고, 여러 소리가 동시에 겹쳐지며 들리는 것 같기도 한 묘한 소리였다.

그것은 강력한 타격이었다. 바로 강산의 가슴과 복부 어림을 때리는, 그러나 그것이 애초에 강산이 피할 수 있는 정도의 빠르기가 아니었으므로 강산으로서는 그대로 당할 수밖에 없었다. 아니, 사실상 강산이 처음부터 믿는 바는 오로지 맞는 재주였다. 무형 방호막 말이다.

타격의 순간 한 무더기의 기이한 기운이 그의 내부로 파고들었다. 내공이었다. 제갈중과의 '주먹 부딪치기' 승부를 통해 정통 내공의 맛을 본 바 있는 강산이었으므로 지금의 이 기이한 기운이 바로 사내의 내공에 의한 것이라는 걸 짐작해 볼 수 있었다.

그런데 사내의 내공은 아무래도 제갈중의 내공과는 그 성격이 좀 달랐다. 단순히 강약의 문제가 아니었다.

뭔가 찌르르하고 타는 듯이 뜨겁기도 한, 그 기이한 한 무더기의 열전류(熱電流)는 강산이 예전에 번개 맞던 순간의 느낌과도 비슷했다. 그러더니 뒤이어 강산의 내부에서는 그 연유를 알 수 없는 일련의 충격파가 잇달아 작렬하였다.

팟!

파팟!

파파파팟!

동시에 강산은 무언가 불에 달군 예리한 송곳 같은 것이 자신의 내부를 마구 후비는 듯한 극렬한 고통을 느껴야만 했다. 지독한 고통이었다.

순간 강산은 좌절하고 말았다. 그가 스스로를 지키는 유일한 재주로 믿고 있던 무형 방호막의 무력함 때문이었다. 그리하여 강산이 일전에 이관통을 이룬 뒤의 희열이 벅찼던 만큼, 지금 이 순간 그가 느끼는 좌절 또한 그만큼이나 클 수밖에 없는 것이었다.

'제기랄!'

다리가 후들거렸다. 내부에서는 예의 그 송곳 같은 기운이 마치 살아 있기라도 한 듯이 여전히 제멋대로 날뛰고 있었다. 이대로 무릎을 꿇고 싶었다. 그러나 그는 버티는 데까지 버텨보기로 했다. 그 한계가 바로 다음 순간일지라도.

역시 지독히도 사람 기분을 더럽게 만드는 분위기 때문이었다. 그날, 그 지옥 같았던 날과 참으로 비슷하게 전개되어가고 있는 이놈의 더러운 분위기 말이다.

사내는 적잖이 당황하고 있었다.

'이자의 신체에는 애초에 혈(穴)이 존재하지 않는다는 말인가?'

사내는 동창 소속이며, 그중에서도 그 존재 자체가 기밀로 분류되는 극소수의 특급 요원에 속하는 사람이었다.

그의 무공은 황궁 비전의 것으로 강호의 여타 무공들과는 사뭇 차별화되는 부분이 있었는데, 그는 특히 칼날 같은 응집력과 정확도를 바탕으로 하는 첨경(尖勁)에 정통했다.

첨경! 그것은 권(拳)의 형태이든 장(掌)의 형태이든 상대와 격돌하는 그 순간 한 점으로 내력을 집중시키는 절정의 내가기법(內家氣法)이고, 이윽고 검으로 시전하는 경지에 이른다면 그 조화가 참으로 무궁무진하여 능히 절학(絶學)의 소리를 들을 고절한 무공이었다.

사내가 보기에 강산이 무공을 익히지 않았다는 것에는 의심의 여지가 조금도 없었다. 그러나 강산에게는, 아니, 그의 몸에는 묘한 무엇인가가 있는 것 같았다.

군이 표현하자면 묘한 미끈거림, 혹은 정체 모를 기이한 탄력 같은 것이랄까? 사내가 타격을 가할 때마다 강산의 몸에서는 그러한 묘한 무엇인가가 기이하게 작용하여 그의 장권(掌拳)과 경력을 밀어내고, 미끄러뜨리고, 혹은 튕겨내는 것이었다.

그 때문에 사내는 전혀 작정하지 않았음에도 강산에게 무수한 타격을 가하게 되었다. 그리고 이윽고는 비록 전력을 다한 것은 아니지만 어쨌든 그의 비장 절기인 첨경까지 시전하였는데도 상대는 휘청거릴망정 여전히 버티어 서 있는 것이었다.

사내는 슬며시 짜증이 생겨났다. 그 짜증은 이런 따위의 일에 자신을 투입하는 동창제독의 일 처리에 대해 그가 처음부터 가지고 있던 짜증이기도 했다.

그러다 이제 상대 같지도 않은 상대를 두고 이런 이해되지 않는 상황을 접하게 되니 순간 그 짜증이 은근한 분노로까지 커지는 것이었다. 사내가 지그시 입술을 물었다. 그리고,

"놈!"

하는 한소리 나지막한 호통과 함께 그의 쌍수가 다시금 번개처럼 일장의 변화를 일으켰다. 역시나 첨경이었다.

"아아!"

강산의 입에서 문득 새어 나오는 그 소리는 고통의 신음이라기보다는 차라리 희열의 탄성이었다. 사내가 눈부신 속도로 쳐내는 일련의 변화는 그의 몸에다 연신,

짜자작!

짜자자작!

하는 날카롭고도 기묘한 타격음을 만들어내고 있었고, 그의 내부에서는 예의 그 극렬한 고통들이 작렬하고 있었다.

그럼에도 그가 탄성을 뱉어낸 것은 어느 한순간에 생각지 못하게도 관문들이 돌파되고 있었기 때문이다. 삼백육십 개의 주문이 봉인된 바로 그 관문들이 말이다.

지난번 우연찮게 이관통을 이룬 이후 사실 강산은 앞으로 언제 또다시 그다음의 진전을 이룰 수 있을지 감히 기약조차 하지 못하고 있는 중이었다. 그런데 지금 전혀 의외의 순간에 그것이 이루어지고 있는 것이었다.

일흔세 번째, 일흔네 번째, 일흔다섯 번째…… 관문이 하

나씩 하나씩 돌파되기 시작하더니 어느 순간에는 돌연 마치 봇물이 터지듯이 와르르 무너져 버렸다.

그렇게 마치 거짓말처럼 서른여섯 개의 관문이 일시에 돌파되었다. 기존의 이관통 때까지를 합치면 모두 일백여덟 개의 관문이 관통을 이룬 것이다. 바로 삼관통(三貫通)이었다.

그것은 실제로 존재할지 안 할지도 모르는 궁극십관통까지의 상상의 여정에 비하자면 이제 겨우 세 번째의 단계로의 작은 진전에 불과할 뿐일 수 있을 것이다. 그러나 이 순간 강산에게 그것은 새로운 세계로의 진입이었다. 그가 감히 상상해 보지 못했던 완전히 새로운 별세계로의.

강산이 가장 먼저 느낀 변화는 바로 무형 방호막이었다. 강산은 내심 부르짖지 않을 수 없었다.

'다르다! 완전히 달라졌다!'

그의 내부를 마구 후벼대던 그 기이한 열전류(熱電流)는 더 이상 그에게 고통이라 할 만한 충격을 주지 않았다. 아니, 고통을 주지 못했다.

사내의 그 기이한 타격은 여전하였지만, 그것은 더 이상 그가 고통을 느낄 만큼 그의 내부에 영향을 주지 못하고 있는 것이었다.

삼관통의 무형 방호막. 그것은 완전히 새로운 차원의 무형 방호막이었다.

그럼으로써 좀 전까지 강산을 좌절하게 만들었던 그 무력

감은 이제 뿌듯함으로, 그리고 이내 자신감으로 바뀌었다.

그런 때문이었을까? 강산은 문득 자신이 다듬어가고 있는 또 다른 재주 하나를 부려볼 생각까지 해보게 되었다.

역시 좀 전까지만 해도 사내의 그 번개 같은 빠르기와 현란한 변화로 인해 그가 감히 써볼 엄두를 내지 못했던 재주. 바로 탄능(彈能)이었다. 그 순간에도 사내의 쌍수는 여전히,

짜자자작!

하는 기묘한 소리를 내며 무수한 손그림자를 만들어내고 있었다. 그 현란하게 중첩되는 수영(手影)을 강산은 잠시간 가만히 지켜보았다.

사내는 이제 은근히 질리는 기분이었다. 그는 이미 내력을 한 단계 더 끌어올렸고, 혈을 짚는 대신에 보다 강력하게 상대의 급소를 타격하고 있는 중이었다.

그런데 상황은 마찬가지였다. 아니, 상황은 점점 더 그가 이해할 수 없는 지경으로 진전되어 가고 있었다.

'뭔가? 이건 도대체가……?'

분명 무언가가 있었다. 상대는 스스로를 보호하는 어떤 특이한 신체 능력을 지닌 것이 분명했다.

그것이 비록 무공이 아니라고 할지라도 상대의 그 특이한 능력은 이제 사뭇 노골적으로 그의 첨경을 흘리고, 흩고, 완화시키고, 혹은 튕겨내고 있었다.

한순간 사내는 지그시 입술을 깨물었다. 이제 끝을 볼 작정을 한 것이다. 전혀 바람직하지 않은 결과를 가져올 수도 있겠으나, 이대로 더 이상 시간을 끌 일은 아니었다.

다음 순간 사내는 오른손 손바닥을 곧게 펴 수도(手刀)의 형상을 만들었다. 칠성 정도의 내공이면 능히 바위를 쪼갤 위력을 낼 것이다.

옆 목을 친다면 상대는 최소한 기절을 할 것이다. 혹은 수도에 실린 힘이 과하다면 평생 목 아래의 몸을 쓰지 못하는 불구의 신세가 되든지.

팟!

사내의 수도가 강산의 옆 목을 향해 쇄도했다. 강산이 반사적으로 한 손을 들어 사내의 수도를 막아갔으나, 사내의 수도는 기이한 변화를 일으키며 일순 강산의 손을 제쳐 냈고, 찰나적으로 더욱 속도를 배가하여 번개같이 강산의 옆 목을 때렸다.

아니, 때린 것으로 보였다. 그러나 실상은 그 순간에 강산의 상체가 빙글 회전하며 사내의 수도를 스칠 듯 피해갔기에 사내는 짤막한 경호성을 뱉고 말았다.

"엇?"

뒤이어 경쾌한 기격음이 터졌다.

팡!

상체의 회전에 뒤이어 순간적인 비틀림을 일으킨 강산의

어깨가 사내의 수도를 받아낸 것이다. 탄능이었다.

뒤이어 강산은 어깨로 사내의 수도를 받은 반발력에 튕겨 나듯이 쭉 뒤로 물러섰다. 그에 사내가 이번에는 좌우 양손으로 쌍수도를 만들며 강산을 쫓아 들어갔다.

파아아앗!

그의 쌍수도가 그야말로 현란한 궤적을 그리며 공간 가득히 수영(手影)을 만들어냈다. 바로 그 순간이었다.

팅!

하는 맑은 금속성이 울리더니,

취리리릿!

하는 기묘한 소리가 잇따랐다. 그러더니 돌연 한 무더기의 투명한 궤적이 새로이 일어나며 공간의 일부를 차지해 드는 것이었다.

그 궤적은 투명하면서도 도무지 예측할 수 없는 돌발성과 위협을 품고 있었다. 정체불명의 위협을 느끼는 순간 사내는 본능적이다시피 몸을 뒤로 쭉 뽑아냈다.

사내의 신형은 쏜 화살과도 같이 이 장여를 미끄러져 나간 뒤에야 멈춰 섰다. 그리고 사내는 놀란 빛을 미처 지우지도 못한 채 방금의 그 돌발적인 사태가 무엇에 의한 것인지 살폈다.

놀란 것은 사내뿐만이 아니었다. 강산 또한 마찬가지였다. 자신의 손끝 어림에서 무슨 일이 생겼다는 건 분명한데, 그 역시도 막상 무엇이 어떻게 하여 생긴 것인지 그 영문을 짐작할 수 없었던 것이다.

사내와 강산을 동시에 놀라게 만든 것은 무명(無名)이었다. 바로 무명의 실체였으며, 그 초현(初現)이었다.

지금 강산의 오른 팔목에는 무명의 본체라고 할 수 있는 한 치가량의 엷은 옥색의 고리만 남아 있었다.

새끼손가락 절반 정도 굵기의 투명 고리가 반 뼘 넘어 폭으로 가느다랗게 똬리를 틀고 있던 부분은 지금 길고 가느다란 투명 띠로 풀어져 바닥까지 축 늘어져 있었는데, 마치 한 가닥의 긴 채찍 같았다.

강산이 여전히 사내와 대치해 있는 상황이었지만, 일시 신기한 마음을 참지 못하고 슬쩍 오른 손목을 당겨보았다. 순간,

치릿!

하는 기묘한 소리와 함께 그 투명 띠는 마치 잔뜩 독 오른 독사처럼 서리서리 똬리를 틀며 그에게로 덮쳐들었다.

"어헛!"

강산이 기겁을 하며 얼떨결에 두 손으로 얼굴부터 가렸으나 그 긴 띠는,

파라라랏!

하고 사나운 기세로 강산의 온몸으로 감겨들었다. 순간 강산이 당황스럽고 어이없어,

"제기랄! 고약하군!"

하며 저도 모르게 투덜거리고 말았다. 그런 모양을 보고서
사내는 차라리 기막혀할 수밖에 없었다.

치잉!

사내가 문득 검을 뽑아 들었다. 허리띠처럼 감겨 있던 연검
이었다. 내공이 주입되자 낭창거리던 검신이 대번에 빳빳하
게 섰다.

이어 사내가 특별히 손목을 떨치지도 않은 것 같았는데, 검
신이 순간 저 홀로 휘청하더니 그대로 강산을 향해 쏘듯이 찔
러 나가는 것이었다. 바로 이어,

텅!

하는 보통의 금속성과는 다른 사뭇 기묘한 소리가 급하게
울렸다. 동시에 사내의 얼굴에 경악과 낭패가 동시에 떠올랐
다.

방금의 탄검일초(彈劍一招)에 그가 굳이 살의(殺意)까지를
담았던 것은 아니다. 그러나 그 일 초에 담긴 지극의 쾌변(快
變)은 웬만한 고수라도 미리 대비하고 있지 않는 한은 받아내
기가 힘든 것이었다.

그런데 지금 강산은 왼손 팔목을 들어 그곳의 팔찌 같은 보
호 장구로 그의 쾌일검(快一劍)을 능히 받아냈던 것이다.

물론 강산의 동작은 엉성하고도 위험천만해 보였다. 그것
만으로도 그의 방금 방어 동작이 필경은 전혀 숙련되지 않은,

그저 운 좋게 반사적으로 이루어진 대응이란 것을 짐작해 보지 못할 것은 아니었다.

그러나 사내의 경악은 지금 검을 잡은 그의 손이 찌르르 울리고 있다는 데 있었다. 순간 사내의 검극이 파르르 떨렸다. 그리고 연이어 그 검극은,

휘릿!

휘리리릿!

하고 무수한 변화를 일으켜 내기 시작했다. 당장에 강산의 입에서,

"어어?"

"어어어?"

하고 얼빠져 어쩔 줄 몰라 하는 소리가 급박하게 새어 나왔다. 그런 중에,

텅!

터텅!

터터텅!

하는 예의 그 검과 팔찌의 격돌음이 촉박하게 터져 나왔다.

사내가 부지런히 검을 놀리는 중에 다시금 어이없어하는 기색이 되고 말았다.

강산이 허우적거리면서도 그가 일으켜 내고 있는 결코 간단치 않은 변화들을 거의 다 받아내고 있었던 것이다. 그것도 그 기이한 채찍 같은 것이 들려 있는 오른팔은 마치 자신의

팔이 아니기라도 한 듯이, 혹은 어쩔 줄을 모르는 것처럼 그저 맥 놓고 축 늘여놓고서 다만 왼팔만을 허둥지둥 휘둘러서 말이다.

그러나 한순간 사내는 더 이상 어이없어 할 수도 없게 되었다.

팅!

하는 좀 전에 한 번쯤 들어봤다 싶은 맑은 금속성이 다시금 울리더니,

취리리릿!

하는 역시 귀에 익은 기묘한 소리가 뒤따랐다.

그러더니 아니나 다를까, 돌연 한 무더기의 투명한 궤적이 일어나는 것이었다. 다만 이번에는 강산의 왼손이 아니라 오른손에서였다.

그리고 사내는 곧바로 더한 낭패로 몰리고 말았다.

파라랏!

파라라랏!

강산이 돌연히 두 개의 채찍을 휘두르기 시작한 것이다. 양손에 각기 하나씩이었다. 이 순간 그는 마치 신이라도 들린 듯했다. 그렇지 않다면 그가 무슨 재주로 그 두 개의 기이한 채찍을 그처럼 맹렬하게 휘두를 수 있는 것이며, 그리고 그처럼 천변만화의 변화를 만들어낼 수 있다는 말인가?

사실 강산은 다만 마구잡이로 휘두르고 있을 뿐이었다.

그런데 채찍 자체가 지닌 비정형의 불규칙적인 움직임이 그러한 맹렬함과 예측 불가의 변화를 만들어내고 있는 것이었다.

채찍은 기이할 정도로 민감하여 마치 살아 있기라도 한 듯했다. 사내의 연검이 발산해 내는 예기에 저절로 반응하기라도 하듯이 휘어지고, 꺾어지고, 휘감아내고, 튕겨내고 있었다.

사실 무명의 그런 갑작스러운 조화는 삼관통에 이른 강산의 무형 방호막과 탄능이 함께 조화하여 만들어내는 것이었다.

그런데 아무리 그렇다 하더라도 강산이 당장에 무명을 능숙하게 다룰 수는 없는 일이었으니, 지금 마구잡이로 돌아가는 무명의 무질서한 궤적 중에는 강산 자신을 치고 때리는 것도 결코 작지 않았다.

다만 그때에도 강산의 무형 방호막은 충실히 그 충격을 흡수하고 분산시키고 있었기에 강산은 조금도(?) 위축되지 않고 점점 더 맹렬하게 무명을 휘두르고 있는 것이었다.

이를테면 맹독을 지닌 독물이 스스로의 독에는 조금도 두려움을 가지지 않는 것과 같은 이치라고 할까.

어느 순간 사내의 검극에 푸르스름한 청광(靑光)이 맺혔다. 검기(劍氣)일까? 그러나 검기라고 하기에는 너무도 뚜렷하고 선명한 광채였다.

그때 강산은 굳이 사내를 상대한다기보다는 양손의 무명을 휘두르는 그 자체에 몰두해 있는, 그야말로 신명을 내고 있는 판이었다. 그러니 사내의 검에 일어난 변화 같은 것에는 조금도 흥미가 없었다.

물론 강산이 사내의 검에 일어난 변화에 관심을 가졌다고 하더라도 그것이 어떤 의미를 가지는지를 알 리는 없었다.

그것이 바로 천하에 베고 자르지 못할 것이 없다는 검강의 초입(初入) 경지라는 것과 사내의 첨경이 이윽고 검으로 펼쳐지는 조화의 입문 경지라는 것을.

그러나 바로 다음 순간 사내의 검극에 맺혔던 청광은 씻은 듯이 사라졌다.

비록 전혀 예측하지 못했던 몇 가지의 특이한 면모를 보이고 있기는 해도 강산은 사내가 진력(盡力)을 다해야 할 정도의 상대는 결코 아니었다. 또한 그런 정도의 처사는 사내가 부여받은 임무의 원래 취지와도 맞지 않는 것이었다. 그렇게 마음을 바꿔 정하는 순간 사내의 몸은,

팟!

하는 미미한 파공성만을 남긴 채 번뜩 방문 밖으로 사라져 갔다. 다만,

"노형, 인연이 닿는다면 나중에 다시 한판 어울려 보도록 합시다. 그럼 이만!"

하는 걸걸하고도 능글맞은 투의 몇 마디만이 허공에 남았
다.

2

하북 지단으로 돌아가는 일은 어려울 것이 없었다. 한밤중
이었지만 강산은 중간에 다만 두 번 길을 물어보았을 뿐이다.

선변이 짐짓 잡조를 대표한다는 듯이 강산에게 핀잔을 주
었다. 아마도 강산의 갑작스러운 사라짐에 대해 걱정하고, 또
나름으로는 찾아다니느라 제법 발품들을 판 모양이었다.

잠시 후에는 경호조장 고이강이 와서 호된 꾸지람을 내렸
다. 보고도 없이 함부로 행동한 데 대한 꾸짖음이었다.

강산은 그저 묵묵히 질책을 받았다. 그나마 강산이 자신 역
시도 그 경위를 알지 못하는 사건의 전말에 대해 구차하게 설
명과 변명을 하지 않아도 좋았던 것은 뒤이어 온 비서조장 도
순학이 그만하면 되었다고 고이강을 말린 덕분이었다.

그날 밤 내내 강산은 무명과 놀았다. 다른 사람들 몰래 하
는 비밀스러운 놀이였다.

비록 이불 속에서 할 수 있는 것이라곤 무명을 환의 형태에
서 풀어내고 다시 환으로 되돌리는 것밖에 없었지만, 그래도
무명을 길들이는 작업은 참으로 재미가 있었다.

　동창제독 구말의 사저(私邸)에 구말과 사내 하나가 대좌하고 있었다.

　삼십 전후의 나이에 단정하면서도 서글서글해 보이는 인상의 사내. 그는 바로 강산을 유인하여 한바탕 드잡이를 쳤던 그 사내였다. 한동안 사내의 말을 듣고 난 끝에 구말이,

　"자네의 말을 듣고 보니 꽤나 흥미로워지는군."

　하고 나서 다시,

　"그러나 어쨌든 이 일은 자네가 끝까지 맡아줘야겠어."

　하고 덧붙였다. 그에 대해 사내는 싱긋 미소부터 떠올린 다음,

　"제독께서도 이제 연세가 많이 되긴 되신 모양입니다. 아무리 황상의 말씀이 계셨다지만, 이처럼 쉽게 동창의 내규를 허무시는 걸 보니 말입니다."

　하고 말했다. 그런데 동창제독이라면 그 명목상 관직의 고하를 떠나 실질적인 위세에서는 가히 일인지하 만인지상이라 할 수 있는 자리이다. 그러나 구말을 대하는 사내의 태도는 무례하달 정도로 스스럼이 없었다. 구말이 짐짓 털털하게 웃으며 말을 받았다.

　"허허! 그런가?"

"그렇지 않습니까? 제가 대체 어떤 존재입니까? 저 하나를 키워내기 위해 근 이십 년의 세월과 적어도 은자 십만 냥 이상의 국고가 소비되었으며, 저의 존재 자체가 동창의 기밀 중에서도 다시 기밀로 분류되는 비위(秘衛)가 아닙니까? 그리고 저의 임무는 반드시 황상의 안위와 직결되는 것이어야 하며, 그중에서도 다시 비밀을 요하는 특수 상황에 한정되어야만 한다는 것은 누구보다도 제독께서 잘 아시는 바가 아닙니까? 한데 지금 기껏해야 황족, 그것도 한참이나 서열이 밀리는 곁가지의 여인 하나를 기한조차 정하지 않고 경호하라고 하시니, 그것이 어찌 동창의 내규에 합당하다고 하겠습니까?"

"내 오늘 낮에 사해상단의 유 총수를 만나보았고, 또한 몇 개의 다른 경로를 통해서도 알아본 바, 이번 일에 관련된 사정들이 그렇게 단순하지 않아 보이네. 아직까지 분명하지 않은 점들이 있기에 미리 자세한 얘기를 할 것은 아니지만 어쨌든 이 일은 안 그래도 첨예하게 긴장이 흐르고 있는 현 무림의 상황에 자칫 도화선으로 작용할 소지가 다분히 있어 보여. 그렇게 관점을 확대시켜 놓고 본다면 황상의 태평치세에 커다란 누가 될 소지가 없다고 할 수 없을 것인데, 이런 중차대한 일을 맡는 것이 어찌 자네의 임무가 아니라고 할 것이며, 또한 어찌 동창의 내규를 허무는 일이 되겠는가?"

구말이 말을 멈추고 잔잔한 눈빛으로 사내의 시선을 잠시 마주 받고 있다가 다시 말을 이었다. 이번에는 사뭇 단호한 어조였다.

"사해상단 쪽에는 이미 필요한 조치를 취해놓았네. 그러니 명일 오후쯤에 그쪽으로 가게. 이미 말한 바와 같이 자네의 임무는 오로지 그녀 한 사람을 경호하는 것일 뿐, 그 이상도 그 이하도 아니라는 사실을 다시 한 번 명심하게. 자네의 현철한 판단력과 탁월한 능력을 믿고 있으니 그 기준 이외의 일은 상황에 따라서 선처결(先處決) 후보고(後報告) 해도 좋네."

二十五
충원(充員)

1

　지난밤을 꼬박 새운 덕분으로 강산은 이제 제법 능숙하게
무명과 놀 수 있게 되었다.

　강산이 이제야 느끼는 바이지만, 무명은 그와 제법 궁합이
잘 맞았다. 단 하룻밤을 함께 지낸(?) 것만으로도 벌써 서로의
감각과 느낌, 그리고 세세한 감정에까지 통하는 아주 친밀한
사이가 된 걸 보면 말이다.

　오전 내내 조원들과 함께 있으면서도 강산은 무명을 풀어
주지 않은 상태에서 슬쩍슬쩍 손목을 떨치고 튕겨내는 장난
을 쳤다. 그러면서 무명이 제 실체로 화해 뛰쳐나가지 못해
안달하며 꿈틀대는 느낌을 즐겼다.

그런 중에 강산의 입가에는 연신 벙싯벙싯 미소가 떠오르
곤 했다. 그러니 강산의 은밀한 재미를 알 리 없는 조원들이
의심스럽고 불안한 표정으로 가끔씩 엉뚱하고, 혹은 어설프
기도 한 조장의 눈치를 힐끗힐끗 살피는 것은 또 당연했다.

2

점심 식사 후, 잡조원들이 정원 근처에서 빈둥거리고 있을
때였다.

식사 때부터 보이지 않던 유정이 저쪽에서 경호조장 고이
강과 함께 오고 있었다.

그런데 그들의 뒤에는 또 한 사람의 사내가 따르고 있었는
데, 잡조원들이 아는 얼굴이 아니었으니 일단은 외부인이었
다.

"오늘부로 잡조에 배속된 신입 조원일세."

하고 고이강은 등 뒤에 서 있는 사내를 고갯짓으로 가리켰
다.

잡조원들은 선뜻 반응을 보이지 않았다. 아니, 당장에 무슨
반응을 보이기가 어려웠다.

일단 명령권자가 공식적으로 하달하는 인사 명령이었으니
그들이 나서서,

"이처럼 갑작스러운 충원을 하는 이유가 무엇이냐?"

하고 따져 묻는다든지, 혹은,

"나는 싫다!"

"나는 좋다!"

하고 호오(好惡)의 입장을 표시한다는 것은 그야말로 같잖은 일이 되는 것이었다.

그리고 그 외에도 잡조원들이 이 난데없는 충원에 대해 쉽사리 어떤 반응도 비치지 못하고 있는 이유가 또 하나 있다면, 그것은 아마도 지금 사내에게로 그 의미를 짐작하기 어려운 애매하고도 모호한 시선을 고정시키고 있는 강산의 미묘한 표정 때문일 것이다.

그때 고이강이 무의식적인 듯 힐끗 유정을 돌아보고 나서 다시 웃는 낯으로 강산을 지목하며,

"자! 그럼 난 다른 바쁜 일이 있어서 이만 가볼 터이니 천천히 인사들 나누도록 하고, 익숙해질 때까지는 강 조장이 잘 좀 이끌어주도록 하게."

하고 말했다.

고이강이 가고 난 뒤, 사내는 다소간 어정쩡하니 서 있었다.

하긴 조장인 강산이 내내 묘한 눈길로 쳐다보기만 하고 있었으니 다른 조원들 또한 그저 멀뚱히 보고만 있는 민망한 상황이었다.

사내는 단정하면서도 서글서글해 보이는 인상이었다.

그런데 뭐랄까? 꼭 집어 말하기는 어렵지만, 무던하고도 투박한 잡조의 회색 무복을 똑같이 걸쳤음에도 사내에게는 뭔가 모르게 잡조의 분위기와는 어울리지 않을 것 같은 묘한 이질감 같은 것이 있었다.

약간의 '뺀질거림' 이랄까? 혹은 괜히 뭔가 있을 것 같은, 또 혹은 일부러 그런 척하는 일종의 '있는 척' 이랄까?

아무도 환영해 주지 않는 분위기의 침묵이 영 민망했던지 사내가 문득 앞으로 한 걸음을 나서더니,

"서활(徐闊)입니다. 나이는 금년 서른하나. 싱싱한 노총각입니다. 앞으로 잘 부탁드립니다."

하고 스스로를 소개했다. 이어 사내 서활은,

"조장님, 제가 무엇부터 하면 되겠습니까? 시켜만 주십시오. 열심히 하겠습니다."

하고 싱글거렸다. 그런데도 잠시를 더 물끄러미 보고만 있던 강산이 문득 다가가며 툭 하고 서활의 어깨를 가볍게 쳤다.

서활이 흠칫 놀라는데 강산이 그제야 빙그레 웃으며,

"우리 구면이지?"

하고 물었다. 대뜸 튀어나온 하대 때문인지, 혹은 다른 이유 때문인지 서활의 표정이 다시금 움찔 굳어들었다. 그러더니 그는 이내 어색한 미소를 떠올리며,

"예? 무슨 말씀이신지……?"

하고 짐짓 의아하다는 투로 반문했다. 강산이 입가에 묘한 미소를 떠올리며 다시 물었다.

"혹시 벼락 맞아본 적 있나?"

"예?"

"난 맞아봤네만?"

강산의 엉뚱한 말에 서활뿐만 아니라 주위에 있던 다른 모두가 또한 의아해할 때 강산이 다시 덧붙였다.

"그런데 벼락 맞은 뒤로 한 가지 묘한 현상이 생겼네. 뭐냐 하면 말이지. 난 본래 한두 번 본 사람의 얼굴은 잘 기억하지 못하는 편인데, 그 일 이후로는 일단 가볍게 스치는 정도라도 몸을 접촉해 본 경우라면, 나중에 제법 시간이 지난 뒤라도 다시 몸을 접촉해 보면 곧바로 기억을 해낼 수 있게 됐다는 거지."

요령부득의 말이었다. 그러나 서활은 짐짓 놀랍다는 듯 일단 나직하게 탄성을 뱉었다.

"아!"

둘이서 주고받는 짓거리에 윤파가 슬그머니 실소를 떠올렸다. 강산이 초장에 서활의 기를 잡기 위해 실없는 말장난을 하고 있다고 생각한 때문이었다.

유정은 곱게 아미를 찡그렸다. 그러다 문득 무슨 생각을 떠올렸는지 반짝하고 이채를 떠올렸다.

그때 선변이 서활을 보고 다시 강산을 보며 불쑥,

"아는 사이세요?"

하고 물었다. 그 물음에 대해서는 강산이 대답하기 전에 서활이 얼른,

"아! 그러고 보니까 예전에 한번 뵌 것 같기도 한데? 혹시 그때의 그……? 아아, 그렇군요! 그게 언제였습니까? 벌써 한 십 년은 족히 넘었지요?"

하고 말하였기에 강산이 슬며시 빙글거리며 말을 받았다.

"그랬나? 난 바로 어제인 것 같은데?"

"아이구 참, 조장님도! 아! 이제 조금씩 기억이 납니다. 그때는 급한 사정이 있어서 제대로 인사도 못 드리고 황망히 헤어져야 했지만, 조장님의 훌륭한 인품에 그 뒤로도 두고두고 감복을 하였습니다. 언젠가 다시 만난다면 꼭 형님으로 모시겠다고 다짐도 했지요."

"자네는 꽤 재주가 좋군?"

"하하하! 제가 본래 그런 소리를 가끔씩 듣습니다. 하하하!"

그때 가만히 돌아가는 상황을 지켜보고 있던 선변이 다시 나서서는,

"뭐, 듣고 보니 우리 조장님하고 서로 아는 사이시고, 또 앞으로 얼마가 될지는 모르겠으나 어쨌든 이제부터는 한솥밥을 먹어야 하는 처지가 되었으니 서로 편하게 지내도록 하죠."

하고 나름대로 상황을 정리했다. 그리고는 불쑥 손을 내

밀며,

"한참 연배이시니 앞으로 형님이라고 부르겠습니다. 저 선변입니다."

하였다. 생각지 못한 호의라 서활의 입이 대번에 벙싯 벌어졌다.

그러나 그때 내내 못마땅한 얼굴로 지켜보고 있던 윤파가,

"야! 넌 사람이 왜 그렇게 쉽냐? 그냥 나이만 많으면 아무나 다 형님이냐?"

하고 구시렁거렸다.

사실 윤파와 선변의 사이로만 보자면 윤파가 그런 말쯤 못할 것은 아니었다. 또한 선변이 예사로 들어 넘기지 못할 바도 아니었다.

그런데 윤파의 그 말이 나오기까지의 과정에 무관하지 않은 서활로서는 또 그렇지가 못한 모양이었다. 서활이 사뭇 정색으로,

"거 보아하니 나이도 먹을 만큼 먹은 양반 같은데 유치하게 텃세 따위를 부려서야 쓰나? 그런 거야 다 젊은 한때에 객기로나 부려보는 거 아니던가?"

하고 윤파의 말을 받아치는데 대뜸 '쓰나?', '아니던가?' 하는 말이 튀어나왔다. 강산에게 지레 숙이고 들어갔던 것과는 아주 딴판으로, '나도 한 성질 한다'고 대찬 일면을 보여주려는 것 같았다.

그러나 상대는 다름 아닌 윤파였다. 분위기가 대번에 살벌하게 얼어붙는데, 수완 좋은 선변조차도 일시 어떻게 수습을 해야 될지 감이 잡히지 않을 정도였다.

아니나 다를까, 윤파가,

"뭐야? 너 지금 뭐라고 지껄였니?"

하고 타는 듯 노려보며 서활에게로 다가섰다.

선변의 눈길이 다급하게 강산에게로 향했다. 그런데 의외로 강산은 덤덤하였다. 어찌 보자니 슬며시 웃고 있는 듯도 하였다.

이유는 모르겠지만, 어쨌든 강산에게 이 상황을 말릴 의사가 별로 없다는 것을 눈치챈 선변이 빠르게 다른 사람들을 일별하였다.

그런데 강산이 솔선하여(?) 발을 빼는 모습을 보인 때문이지 이강도, 노달도, 그리고 심지어는 유정조차도 서로 눈치를 볼 뿐 누구 하나 적극적으로 사태에 개입할 의사를 보이는 사람이 없었다. 모두들 그러는 판이니 선변이 또한,

'나라고 뭐 죄지은 거 있나?'

하고 슬그머니 다수의 분위기에 묻어가려는 염두를 정하였다.

그나마 다행인 것은 윤파의 성질이 한번 불붙으면 곧바로 화산 폭발의 형세가 되고 마는 지랄 같은 것인데, 어쩐 일로 목검부터 빼 들지는 않는다는 점이었다. 그때 윤파가 먼저,

"너 이 자식!"

하더니 거칠게 서활의 멱살을 틀어잡았다. 이어 서활이 또한,

"이 자식이?"

하고는 간단히 윤파의 멱살을 맞잡았다. 그에 선변이 일순 어이없는 심정이 되어,

'무슨 동네 아이들 시비 붙는 것도 아니고……'

하고 내심 허탈해지고 마는데, 언뜻 주변을 돌아보니 다른 사람들의 표정이 거의 다 비슷하였다.

그런데 이상한 것은, 그들 서른한 살 동갑내기 두 사내는 멱살을 틀어잡은 채로 서로 잡아먹을 듯이 노려보기만 할 뿐 거기에서 더 이상은 진도를 나가지 않는다는 점이었다.

그리고 잠시 후, 두 사람은 싱겁게 멱살을 풀고는 각자 한 발짝씩 뒤로 물러서고 마는 것이었다. 그러나 둘은 여전히 잡아먹을 듯이 서로를 노려보고 있었다.

그 짧은 순간 그들 두 사람 간에 어떤 내막이 있었는지에 대해서는 눈치 빠른 선변으로서도 당장에는 짐작해 보기가 어려웠다.

다만 앞으로 두 사람의 사이가 어찌 될지에 대해서는 대강 짐작해 볼 수 있었다. 미간을 잔뜩 찌푸린 채 선변은 가만히 고개를 저었다.

二十六
귀족(貴族)

1

　선변이 회식을 하자고 분위기를 잡았다. 서활의 환영식을 하자는 명분이었다.

　조원들이 대개는 반기는 편이었다. 우선 첫 대면 자리에서부터 앙숙이 되어버린 윤파와 서활의 화해 자리로서도 필요했다.

　그뿐더러 내일 아침이면 순행단이 황도를 떠나야 하기에 평생에 언제 다시 와본다는 보장이 없는 황도에서의 마지막 밤이라는 괜한 아쉬움과 소회를 풀어내고 싶은 마음들도 있었다.

　서활이,

　"좋습니다! 기왕이면 황도에서 제일가는 장소에서 신고식을 치르도록 하겠습니다!"

하고 큰소리를 쳤다. 그러나 조원들이 모두 괜한 흰소리이
겠거니 하고 믿지 않았다. 다만 유정이 그 말을 받아,

"그래요! 저도 좀 보탤게요!"

하고는 다시,

"하북과 사천 양대 지단 중 이제 사천 지단만을 남겨두었
으니 어쨌든 이번 순행의 절반을 돈 것으로 보아도 좋겠죠?
그러니 오늘 밤은 그동안의 노고에 대해 우리들끼리 치하 겸
위로를 하는 의미에서 기분을 좀 내기로 해요!"

하며 분위기를 띄우고 나서자 그제야 조원들의 얼굴에 기
대의 빛이 생겨났다.

서활이 황도에서 나고 자랐음을 자랑하며 잠깐 외출하고
돌아왔는데, 그야말로 일을 크게 벌여놓은 것 같았다.

황도제일의 주루 겸 다루인 천추제일관(千秋第一館)에 방을
예약했는데, 그것도 가장 시설이 좋은 별궁에서 가장 전망이
좋은 방이라는 것이었다. 선변이,

"그런 방이라면 하고 싶다고 해서 예약을 할 수 있는 건 아
닐 텐데, 더구나 오늘 저녁 시간을 바로 예약했다니 과연 황
도에서 통하는 형님의 역량이 보통이 아님을 알겠습니다."

하고 의심 반 기대 반이라는 투로 말하였다. 그에 대해 서
활이 호탕한 체 웃으며,

"하하하! 그런 정도를 가지고 무슨 역량까지나! 이미 얘기

했듯이 내가 이곳 황도에서만 삼십 년 넘게 살고 있는 터인
데, 그런 정도의 변통도 못한 데서야 어디 사람 변변치 못하
다는 소리를 면할 수 있겠는가?"

하고 짐짓 우쭐거리는 시늉을 해 보였다.

보고 있던 윤파가 흘깃 눈총을 주며 무어라고 구시렁거렸
다. 그러나 윤파의 구시렁거림은 그저 입속으로 웅얼거리는
정도에 불과하였고, 서활 역시도 짐짓 못 들은 체를 하였다.

2

어스름 무렵의 천추제일관은 웅장한 전각들 사이로 비치
는 일몰 직전의 햇빛으로 인해 자못 찬연하기까지 하였다.

그 전각들이며 시설이 대개 다 웅장하고 화려하였지만, 특
히 별궁은 천추제일관에서 자랑하는 만큼 가히 화려하였다.

그런데 지금 별궁으로 통하는 정원 겸 마당에서는 작은 사
단 하나가 벌어지고 있었다.

그 십여 명의 청년에게서는 한눈에 귀태(貴態)가 흘렀다.
고급스러운 멋이 한껏 풍기는 옷차림이며, 개중 몇몇이 허리
에 아주 훌륭해 보이는 장식 달린 검을 차고 있지 않았다고
하더라도 생김생김이며 위세 당당한 분위기부터가 벌써 그랬
다.

청년들의 앞에는 지금 천추제일관의 주무(主務)인 금화(金

和)가 연신 고개를 조아리며 사뭇 진땀을 흘리고 있었다.

금화가 그런 데는 우선 청년들의 신분 때문이었다.

청년들은 태사부(太師府), 도찰원(都察院), 오군도독부(五軍都督府), 금의위(錦衣衛), 대장군부(大將軍府) 등 당금 조정의 막강한 권신(權臣)들의 자제들로 그야말로 당대 최고의 귀공자들이었던 것이다.

사단의 내용인즉슨 이랬다. 그 일단의 귀공자들이 오늘따라 예약도 없이 와서는 오늘 반가운 손님을 대접하여야 한다며 별궁의 방 하나를 지목하여 비우라고 한 것이다.

그에 금화가 마침 그 방이 좀 전에 예약이 되었으므로 다른 방을 내드리겠다고 하였는데, 청년들 중에서 그것을 기분 나쁘게 여겨 시비가 걸린 것이다. 이를테면 자신들이 격월로 지정된 날짜에 그 방을 빌려 회합을 가져온 지 오래거늘, 천추제일관에서 단골손님에 대한 대우가 이래서야 되겠느냐는 호통이었다.

그러나 그것은 가당찮은 말이었다. 청년들이 두어 달에 한 번씩 별궁 출입을 하는 것은 분명했으나, 지금껏 지정된 날짜에, 그것도 굳이 한군데 방을 지정하였던 적은 지금껏 한 번도 없었기 때문이다.

그러나 청년들이 이미 심사가 뒤틀려 시비를 걸자는 것을 모르지 않는 다음에는 괜히 사리를 따져 시비를 키울 수는 없었으니, 금화로서는 그저 고개 숙여 달래볼 수밖에는 다른 도리가 없었다.

"그러지들 마시고… 제가 오늘 특별히 모실 터이니 다른 방으로 자리를 하시지요."

"어허! 이 사람이 사람 말을 콧구멍으로 듣나? 각설하고, 우리는 꼭 그 방으로 해야겠으니 자네가 예약을 했다는 그쪽에다 전후 사정을 잘 설명하고 양해를 구하도록 하게!"

"그것이… 이미 손님들이 오셔서 방에 자리를 잡으셨는데 이제 와서 어떻게……?"

"허! 참말로 딱한 위인이로세! 아니, 그런 정도를 알아서 처리 못한 데서야 자네가 어찌 그 자리를 보존하겠는가?"

"하지만 그것이……."

하고 금화가 짐짓 머뭇거리다가 이윽고는,

"그 손님들이 사해상단에서 나오신 분들인데……."

하고 슬쩍 사해상단의 이름을 거명하였다. 사해상단의 이름이라면 웬만한 조정의 고관들이라고 하더라도—물론 대우를 해주는 정도까지는 아니겠지만—굳이 문제를 만들려고까지는 않으리라는 점에 얼마간 기대를 해보는 것이었다.

그러나 만약 지금 이 자리에 있는 것이 그들 귀공자들의 부친들이었다면 혹시 금화의 그런 심려(深慮)가 약간쯤은 통했을지도 몰랐을 것이되, 막상 그 자제들에게는 조금도 통하지 않았다.

귀공자들이 그런 세상 물정을 알 만큼 노회하지 못하니, 아무리 사해상단이 천하제일의 상단이라고 해도 그저 경박한 갑부 정도로나 칠 뿐이니 조금의 존중이나 거리낌이라도 가질 리가 없는 것이다.

3

"정말 죄송합니다. 가당치 않은 일인 줄은 압니다만… 그것이… 워낙 세상에 어려운 것 없이 행세하는 대갓집 자제 분들이 굳이 이 방을 써야겠다고 고집을 피우고 있는지라… 뵙기에 연배도 있으시고… 저희들의 난감한 사정을 그래도 헤아려 주실 분들이시다 싶은 마음에… 염치불구하고 사정을 드려봅니다. 대신 여기보다 오히려 나은 방으로 모시는 것은 물론이고, 제 요량으로 오늘 드시는 술값의 절반을 깎아드리도록 하겠습니다."

천추제일관 주무 금화는 정말로 몸 둘 바를 모르겠다는 듯 쭈뼛쭈뼛해가며 허리 숙여 양해를 구했다.

역시 남 밑에서 밥 벌어먹는 같은 처지로 대강의 얘기를 듣는 것만으로도 강산은 금화의 지금 심정을 능히 짐작할 만하였다. 하여 강산이 금화에게 직접 대답할 것도 없이 곧바로 선변과 이강 등을 돌아보며,

"뭣들 해? 마침 수저도 들기 전이니 가볍게 일어들 서자고!"

하고 말했다. 그리고는 선뜻 자리에서 일어나서는 방문을 향하였다.

강산이 성큼성큼 걸어나가자 서활이 얼른 따라나섰고, 윤 파는 한 번 잔뜩 인상을 그리고는 뒤따라 몸을 일으켰다.

뒤이어 유정과 노달, 그리고 이강까지 자리를 털고 일어서 는 터라 선변이 못마땅하였지만 끝내 혼자 버틸 도리가 없어 서 뭉그적거리며 일어서서는,

"제길! 전망은 여기가 제일 좋은 것 같은데……."

하고 투덜거렸다.

과연 선변이 앉았던 자리 옆으로 활짝 열어젖혀진 커다란 미닫이식의 나무창을 통해서는 몇 개의 가산과 연못까지 정 원의 정경이 마치 한 폭의 그림인 양 한눈에 다 들어오고 있 었다.

강산 등이 방을 나서 정원으로 내려서는데, 앞쪽에 예의 그 귀공자들이 뒷짐을 진 채 느긋한 눈길로, 혹은 오만한 눈길 로, 또 혹은 좀 더 빨리 서두르지 않는다고 못마땅해 재촉하 는 눈길로 흘겨보고들 서 있었다.

그런데 그들의 나이가 많다고 해도 이제 겨우 스물네댓 살 정도도 되어 보이고, 개중에는 이제 막 약관이나 되어 보이는 어린 치들도 섞여 있는 터라, 설핏 괘씸한 마음과 약간의 심 통(?)이 생기는 것은 강산도 어쩔 수 없었다.

아무리 대단한 가문 배경이라고 하더라도 소위 '대가리에 피도 안 마른 것들'이었다. 그러다 강산은 언뜻 그들 귀공자들에게 적당하다 싶은 한 가지 나름의 정의(定義)를 내렸다.

'귀한 것들!'

귀하긴 하지만 한편으로 고작 '것들'에 불과한 자들이라는 정도의 의미를 담아본 것이었다. 그리고 강산은 그들 '귀한 것들'의 곁을 눈길조차 주지 않고 담담히 지나쳤다.

'귀한 것들'의 눈살이 대번에 찌푸려졌다. 그러나 막상 뭐라고 하는 자는 없었다. 아무래도 이 일에는 그들 측에서 지나치다 할 만큼의 무리를 범한 측면이 있는 까닭이리라.

윤파가 서활을 제치듯이 하여 강산의 뒤에 서는데, 떡하니 어깨를 세우고 가슴을 쑥 내민 모습이었다. 서활이 와중에도 엷게 웃으며 뒤를 섰다. 다시 그 뒤를 선변이 따르는데 짐짓 송구스럽다는 듯이 어깨를 좁히고 가슴을 쑥 넣은 모습이었다. 문제가 생긴 것은 그다음이었다.

"잠깐만!"

불쑥 유정의 걸음을 멈춰 세운 이는 은은히 푸른빛이 감도는 화복(華服)의 청년이었다. 선변이 보기에 그가 바로 이 한 무리 귀공자들의 좌장(座長) 격인 것 같았다.

화복청년의 눈빛에는 숨길 수 없는 감탄의 빛이 서려 있었다. 회의 무복에 화장 안 한 수수한 얼굴이나, 결국은 드러나

지 않을 수 없는 유정의 절세 미모 때문이리라.

"소저, 실례인 줄은 압니다만……."

급급히 예를 차리는 화복청년의 목소리가 당황으로 미미하게 떨려 나왔다. 청년이 다시 목소리를 가다듬어,

"사해상단에 계신 분들이라고 들었는데……."

하다가는 다음의 말을 잇지 못했다. 떨려서는 아니었다. 마침 유정의 바로 뒤를 따르던 이강이 크게 한 걸음을 앞으로 내디디며 청년과 유정의 사이를 슬쩍 가로막듯이 한 때문이었다.

이강이 가볍게 얼굴을 굳히고 있는 것으로 보아, 그는 아마도 화복청년이 유정에게 치근덕거리려는 것쯤으로 여긴 모양이었다.

덮치기라도 할 듯이 불쑥 코앞으로 다가서는 이강의 기세에 화복청년이 놀라 제풀에 휘청하며 뒤로 한 걸음을 물러섰다. 그리고는 이내 무안한 빛이 되어서는,

"이자가 감히?"

하고 호통을 쳤다.

그때였다. 화복청년의 뒤에 섰던 청년들 중 백의 장삼을 걸친 청년 하나가 선뜻 앞으로 나서더니,

"무례하다!"

하고 크게 꾸짖으며 대뜸 한 손을 뻗어 손바닥으로 이강의 가슴을 떠밀었다.

그런데 청년의 동작이 크지 않고 부드러워 보였음에도 막상 그 한 수에 갈무리된 힘은 만만치 않아서 이강은 허리를 휘청하더니 그대로 속절없이 뒤로 밀려나고 말았다. 다만 그런 중에도 이강은 놀라고 당황하기보다는 언뜻 노달 쪽을 돌아보았다.

그때 이강이 불시에 뒤로 떠밀리는 것을 보고 선변이 곧바로 백의청년을 손가락질하며,

"이런! 지금 뭐 하자는 거야?"

하고 날카롭게 외쳤는데, 당장에 백의청년에게로 덮쳐 갈 듯한 기세였다. 바로 그때,

챙!

하는 날카로운 소리가 울렸다. 백의청년이 대뜸 허리에 차고 있던 검을 뽑아 든 것이었다. 그것으로 주변의 분위기는 대번에 살벌하게 변해 버렸는데, 그러기까지의 일련의 상황이 참으로 급박히 진전되어 그야말로 눈 깜빡할 사이에 벌어졌다.

백의청년이 막상 검은 뽑아 들었으되 당장에 어찌하지는 못하고 대신 힐끗 화복청년의 눈치를 한 번 본 다음에 다시 선변을 향해 검을 겨누며,

"나는 화산 제자 장광(張侊)이다. 만약 다시 한 번 더 무례히 군다면 내 손속이 무정하다고 원망하게 될 것이다."

하고 외쳤다. 잔뜩 자부심이 깃든 호통이었다.

선변은 일시 어이없는 심정이 되어버렸다. 상대가 이만한 일에 다짜고짜 검부터 뽑아 든 것도 그랬지만, 너무 쉽게 사문을 팔지 않는가. 더욱이 화산 제자라니?

선변이 새삼스럽게 백의청년을 살펴보았다. 청년은 이제 약관 정도로 보였는데, 그의 앳된 얼굴은 지금 발갛게 상기되어 있었다.

'쯧!'

선변은 내심 가볍게 혀를 찼다. 그와 청년이 같은 또래이긴 했지만 노회한 체하기를 즐기는 그였으니, 지금 청년의 속이 어떤지 그 주변 사정까지를 함께 엮어 대충은 짐작해 볼 만하였던 것이다.

그 이름도 쟁쟁한 구대문파. 혹자는 태산북두라고도 했고, 또 혹자는 무림의 하늘이라고도 했다.

그런데 막상 구대문파의 제자들은 그다지 많지 않았다.

비인부전(非人不傳)이라, 문파의 대가 끊길지언정 자질이 따르지 않는 자에게는 무예를 전승하지 않겠다는 것이 구대문파의 전통이 가지는 엄정함이었다.

구대문파가 각파 나름의 엄격하고도 까다로운 규정을 충족시키는 자질과 심성을 가진 기재들만을 제자로 받아들이거니와 그조차도 다만 시작일 뿐이다.

그 제자들은 입문 이후 작게는 십 년, 많게는 평생 동안을 무도의 길을 가야만 한다. 그러니 그 험난한 고련을 견디지

못하여 퇴출당하고, 혹은 스스로 포기하는 자들이 태반이나
되는 것이다.

그리하여 구대문파의 제자라는 신분만으로도 무림에서는
하나의 명예로 인정받는 것이다. 또한 구대문파의 제자들 스
스로는 구대문파의 제자라는 신분 하나에 무엇과도 바꾸지
않을 자부심을 가지되, 털끝만큼이라도 사문의 명예에 누가
되지 않도록 늘 삼가고 조심했다.

그러나 한편으로 천하에 널리고 널린 것이 또한 구대문파
의 제자인데, 바로 속가제자를 말함이다.

구대문파의 대부분이 구도(求道)의 방편으로 무도를 추구
하고 있으니, 문파의 재정을 충당할 방도가 딱히 있을 리 없
었다.

그런 점에서 속가제자는 구대문파의 거의 유일한 수입원
이 되는 것이다.

재력있고 이름깨나 날린다는 가문에서는 여러 가지의 이
유로 어린 자손들을 구대문파의 속가제자로 보낸다. 자손들
이 신체 강건하기를 바라서이고, 더하여 구대문파를 배경으
로 두기 위해서이다. 당연히 상당한 금전이 소용된다.

그렇게 해서 구대문파의 속가제자가 된 이들은 대부분 일
이 년 정도의 단기간 동안, 혹은 초단기로 겨우 몇 개월 동안
에 구대문파의 무공을 사사받는다. 물론 각 문파의 기초적인
무공이다.

개중 드물게 의외의 자질이 발견되는 경우가 있어, 수삼 년, 혹은 십 년 이상으로 기간을 연장하여 제법 심도있게 무공을 수련하기도 한다. 그런데 문제는 주로 그런 자들에게서 일어난다.

아예 스스로 흉내만 낸 무공이라고 생각한다면 기껏 말로나 생색을 내는 데 그칠 터인데, 자질있다 칭찬받고 몇 년 정도 제법 절학 소리를 듣는 무공을 익히고 보면 스스로의 능력을 과신하고 쉽게 공명심에 유혹되어 가벼이 무공을 사용하고, 나아가 함부로 사문을 파는 것이다.

선변이 보기에 지금 백의청년이 십중팔구는 그런 경우에 속하였다.

윤파가 선뜻 걸음을 돌리더니 선변에게로 다가섰다. 그런데 그의 손은 이미 목검의 손잡이로 가 있었다.

서활은 강산의 눈치부터 살폈다. 그러나 강산은 그저 윤파를 보고만 있을 뿐, 웬일인지 말리거나 어찌해 볼 기색 같은 것은 그다지 있어 보이지 않았다.

다음으로 서활은 빠르게 다른 쪽을 훑었다. 물론 귀공자들 쪽을 살피는 건 아니었다. 지금 그의 관심은 오로지 잡조에 있었으니까.

그런데 참으로 묘한 것이, 잡조가 다 그런 것 같았다. 윤파를 말릴 의지를 가진 이는 아무도 없어 보였다. 어떻게 된게 모두를 한판의 사건이 벌어지기를 잔뜩 기대하고 있는 것 같은 분위기들이었다. 다들 까칠하고 호전적인 분위기였다.

다만 유정은 잠시 당황스러워하는 기색이었다. 그러나 그녀 또한 금세 담담한 눈빛이 되는 것으로 보아 그녀마저도 일단은 지켜보겠다는 생각을 하게 된 것임에 분명해 보였다.

그때 선변이 슬쩍 뒤로 물러섰다. 그 자리를 윤파가 대신 점하고는 불쑥 가슴을 내밀며,

"찔러!"

하고 짧게 뱉었다.

순간 백의청년의 눈빛이 모호하게 흔들렸다. 아마도 윤파가 뱉어놓은 그 한마디의 의미를 되새겨 보는 것이리라. 그때 윤파가 눈빛으로만 희미하게 웃으며,

"찌르지 않겠다면 곱게 검을 거둬! 그 젓가락 같은 팔 우지끈 부러뜨려 놓기 전에!"

하고 태연히 타이르듯이 말했다. 그러나 그 내용만큼은 거칠기 이를 데 없었기에, 순간 백의청년의 얼굴은 시뻘겋게 달아오르고 말았다. 바로 그때,

"무슨 일인가?"

하고 나직이 호통치는 소리가 나며 저쪽 월동문으로 두 명의 인물이 들어서고 있었다. 도순학이었다. 그리고 그 곁의 사람은 고이강이었다.

원래 도순학은 잡조가 회식을 나갔다는 사실을 뒤늦게 알았다. 그리고 그 사실에 대해 고이강이 알지 못하고 있다는 사실을 확인하고서 급히 고이강과 경호조원 몇몇을 대동하여서 이곳으로 오는 길이었다.

오는 길에 천추제일관 측으로부터 별궁에서 사단이 벌어지고 있는 전말에 대해 대강 들었는데, 이제 마침 그 사단의 전면에 나서 있는 윤파를 보았기에 우선 질책하여 호통부터 치게 된 것이었다. 도순학이 다시금 윤파를 향해,

"자네 지금 도대체 무슨 짓을 하고 있는 게야? 저분 공자들께서 어떤 분들이신 줄 알고 감히 무례를 범해? 얼른 사죄드리지 못하겠냐?"

하고 신랄히 책망하는데 정말로 노한 듯이 표정이 딱딱하게 굳어 있었다.

서활은 자신도 모르게 가만히 한숨을 불어 내쉬었다. 비록 이제 겨우 하루 남짓 겪어보고 있는 터이지만 윤파가 결코 순순하게는 고개를 숙이지 않으리라는 짐작을 어렵지 않게 해볼 수 있었기 때문이다.

서활의 생각은 여지없었다. 자신을 겨누고 있는 백의청년의 검쯤은 간단히 도외시해 버리고 천천히 도순학을 향해 돌아서는 윤파의 눈빛이 활활 타오르고 있었다.

도순학의 얼굴로 순간 짧은 당황이 스쳐 갔다. 윤파의 그

눈빛은 명백한 항명이요, 나아가 거친 반발이었던 것이다. 그리고 만약 그가 지금 한마디만 더 나무란다면 윤파는 즉시로 폭발하고 말 것만 같았다.

도순학의 당혹스럽고도 난감한 눈길이 퍼뜩 유정에게로 향했다. 그러나 그는 곧 강산을 볼 수밖에 없었다. 그때 유정의 눈길이 서너 걸음이나 정원 쪽으로 앞서 나간 채로 서 있는 강산을 향하고 있었기 때문이다.

강산은 가볍게 인상을 한번 그렸다. 그리곤 영 내키지 않아 하는 걸음으로 윤파 등이 있는 쪽으로 되돌아 걸었다.

서활은 괜히 주눅이라도 든 듯이 사뭇 애매한 모습으로 강산에게 길을 비켜주었다.

윤파의 곁에 도달한 강산이 먼저 백의청년에게 힐끗 눈총을 주며

"쯧!"

하고 가볍게 혀를 찬 다음 다시,

"거 괜히 쓸데없이 칼은 빼 들어가지고……."

하며 슬쩍 핀잔조로 내뱉었다. 백의청년이 안 그래도 거두지도 못하고 애매하게 검을 늘어뜨리고 있던 차에, 마침 강산의 핀잔이 핑계라도 된 듯이 슬그머니 검을 거두고는 슬쩍 한옆으로 비켜섰다. 그에 강산이 뒤쪽의 청년들을 향하며,

"서로 이렇게 험악할 필요까지는 없었는데… 뭐, 어쨌든 마음들 상하셨다면 사과드리겠소!"

하고 고개를 숙여 보였다. 그리고는 청년들 중에서 무슨 소리가 나오기 전에 얼른 윤파와 선변에게로 눈총을 주며,

"뭐 해?"

하고 불퉁하게 쏘았다. 선변이 얼떨결에,

"예?"

하고 반문하는 것을 강산이 다시,

"계속 그러고 있을 거야? 안 갈 거냐고?"

하고 핀잔을 주어 선변이 그제야,

"아… 예, 조장님!"

하며 슬그머니 윤파의 팔을 잡아끌었다. 그런데 바로 그때였다.

"당신 지금 장난쳐?"

청년들 중 좌장으로 보이는 바로 그 화복청년이었다. 청년이 한껏 고조된 목소리로 다시 말했다.

"저치들한테 모욕당한 건 바로 나야! 그런데 왜 당신 맘대로 저치들을 가라 마라 하는 거야?"

순간 강산이 설핏 이마를 찌푸리며 힐끗 도순학과 고이강을 돌아보는데, 도순학과 고이강은 거의 동시이다시피 무겁게 고개를 가로저었다. 바로 이어 도순학이 한 걸음 앞으로 나서며 화복청년을 향해 정중히 포권하며 말했다.

"육(陸) 공자, 저는 사해상단의 비서조장 도순학이란 사람입니다."

도순학이 자신에 대해 소개하였건만 화복청년은 흘깃 보았을 뿐 시큰둥이,

"그래서요?"

하고는 다시,

"날 아시오?"

하고 물었다. 도순학이 빙그레 웃으며,

"저희 사해상단의 이대지단(二大枝團) 중 하나인 하북 지단이 바로 이곳 황도에 있거늘 제가 어찌 조정의 수반이신 태사(太師) 각하의 둘째 자제 분이신 육전웅(陸全雄) 공자님을 모를 리 있겠습니까?"

하고 대답했다. 그러자 화복청년이 슬며시 표정을 풀며,

"흠! 그럼 길게 얘기하지 않아도 되겠군요."

하고 자못 거만히 말하고는 이내 다시 불쾌하다는 빛으로 돌아가며 말했다.

"저자들은 도… 성함이 어떻게 되신다고?"

"도순학 조장입니다."

"아! 그러셨지요? 어쨌든 저자들이 도 조장의 수하에 있는 자들이 맞습니까?"

"그렇습니다. 수하들이 범한 무례에 대해서는 다시 한 번 정중히 사과드립니다."

"흥! 사해상단이 천하제일의 상단이라고 하더니 그건 잘못 전해진 말이 아닌가 싶군요. 저런 시중 잡배보다 못한 자들이 버젓이 수하에 있는 것을 보니 말입니다. 하긴 그런 것이야 어디까지나 귀 상단의 사정이라고 할 것이니 본 공자가 왈가왈부할 바는 아닐 것입니다. 그러나 저자들이 본 공자 등에게 행한 무례와 겁박(劫迫)은 도 조장의 한마디 사과만으로 무마될 정도가 결코 아닙니다. 해서 이 일에 대해 본 공자는 귀 상단의 책임있는 분께 직접 해명을 들어야만 하겠습니다."

그 말에 도순학의 얼굴이 일시 무표정하게 변했다. 그때 육전웅이 더욱 힘이 들어간 목소리로,

"사해상단에서 도 조장의 윗선이 누구입니까?"

하고 물었다. 그런데,

"직급 상으로 제 윗전에 계시는 분은 많지만, 명령 계통상으로는 단 한 분이 계실 뿐입니다."

하고 대답하는 도순학의 목소리가 지금까지와는 달리 사뭇 담담하였다. 육전웅이 언뜻 이채로운 빛이 되며 다시 물었다.

"그래요? 하면 그 사람이 누굽니까?"

"바로 저희 총수 대인이십니다."

순간 육전웅은 설핏 당황하는 기색이 역력했다. 그러나 기왕에 꺼내놓은 말이 있는 때문인지,

"좋습니다. 금명간에 본 공자가 귀 상단의 총수 대인을 한 번 찾아뵙도록 하지요."

하며 짐짓 뻗대었다. 그러나 육전웅이 한편으로는 흘깃 도순학의 기색을 살피는데, 그때 도순학의 표정은 육전웅의 기대와는 전혀 다르게 그저 담담하기만 하였다.

오히려 분노한 기색을 감추지 못하는 것은 고이강이었다. 사해상단의 총수 자리는 결코 평범한 자리가 아니었다.

그 막강한 재력과 인맥으로 그의 영향력이 미치는 곳이 어찌 상계(商界)에만 한정된다고 하겠는가? 하고자 작정만 한다면 무림과 조정이라고 해서 막강한 영향력을 행사하지 못할 것은 아니었으니, 설사 황제라고 하더라도 함부로는 대우하지 못할 자리인 것이다.

태사가 조정의 수반이라고는 하나, 총수가 정말로 모질게 마음을 먹는다면 그를 관직에서 끌어내릴 방도는 얼마든지 있을 것이다. 하물며 태사 본인도 아니고 그의 식솔 따위가, 그것도 이제 기껏 스물 몇밖에 안 된 애송이가 뵙겠다 말겠다 감히 함부로 들었다 놓았다 할 수는 없는 일이었다.

그때 도순학이 문득,

"하하하."

가볍게 소리 내어 웃고 나서,

"아무래도 육 공자께서 많이 노하신 모양이군요. 뭐, 할 수 없군요. 좋습니다. 공자께서 꼭 그리해야겠다면 제가 총수 대인께 보고를 올리도록 하지요. 그러나…….."

하고 슬쩍 말꼬리를 흐리더니 다시,

"제 생각에는 그전에 공자께서도 미리 영존께 말씀을 드려
놓는 것이 좋을 것 같습니다만?"

하고는 묘한 여운을 남겼다. 그에 육전웅이 미간을 좁히며
불쾌한 투로 물었다.

"그건 또 무슨 뜻이오?"

"모르셨습니까, 영존이신 태사 각하와 저희 총수 대인께서
서로 각별한 친분이 있는 사이시라는 것을? 하하하! 그뿐이겠
습니까? 저희 총수 대인께서는 워낙 교분이 넓으신 분이라 도
찰감(都察監), 오군도독(五軍都督), 금의위장(錦衣衛長) 및 대장
군을 비롯한 조정의 여러 대신들과도 두루 친분이 있으시지
요. 하니 제 소견으로 저희 총수 대인께서는 이 일을 기회로
아예 조정의 대신들을 대거 초청하셔서 자리를 만드실 수도
있다고 봅니다. 안 그래도 저희 총수 대인께서는 기왕에 황도
까지 왔음에도 촉박한 일정 탓으로 황도의 여러 지인들을 두
루 만나지 못하고 떠나야 함을 많이 애석해하시는 중이니 말
입니다."

그 말에 육전웅의 뒤쪽으로 선 청년들 사이에서 잠시간 소
리없는 웅성거림이 일었다. 도순학의 입에서 아주 간단히 자
신들 부친들의 이름이 거명되었기 때문일 것이다.

도순학이 슬쩍 분위기를 살핀 뒤 다시 은근한 어조로,

"수하들이 범한 무례에 대해서는 다시 한 번 정중히 사죄를 드리겠습니다. 그리고 사죄의 의미로 오늘 공자님들의 주연에 드는 비용은 제가 책임지도록 하지요."

하고 덧붙였다. 그에 육전웅이 또한 이쯤에서 적당히 마무리할 마음이 생기는지라,

"뭐, 그렇게까지 신경을 써주신다니……."

하고 도순학에 대해 짐짓 치하하고, 이어 강산과 윤파를 향해서는 목소리에 힘을 주어,

"당신들 말이야, 여기 도 조장님의 성의를 봐서 이 정도로 넘어가겠는데, 이 일을 계기로 해서 앞으로는 각별히 언행에 조심들 해서 다시 도 조장님이나 사해상단에 누를 끼치는 일이 없도록 하시오! 알겠소?"

하고 점잖게 꾸짖어 타일렀다.

강산이 대답하는 대신에 짐짓 눈을 아래로 내리깔며 슬쩍 선변에게 눈짓을 주었다. 그에 선변이 얼른 윤파의 팔을 잡아 끌었다.

그러나 윤파는 땅에다 뿌리라도 박은 듯이 꿈쩍도 하지 않았다. 심사가 잔뜩 뒤틀린 것이리라.

그러자 애꿎게도 선변만 다급해졌다. 윤파의 지랄 같은 성질에 자칫 한마디 툭 뱉기라도 한다면 겨우 풀린 사단의 매듭이 한순간에 다시 엉켜 버릴 것은 불문가지의 일이 아니겠는가.

선변이 힘주어 윤파의 팔을 끄는 한편 작은 소리로,

"아! 제발 좀 갑시다, 형님!"

하고 사정하자 그제야 윤파는 못 이기는 체 걸음을 뗐다.

그러나 선변이 내심 안도의 한숨을 내쉬는 순간 윤파는 획 고개를 돌렸다. 제 딴에는 성질을 꾹 눌러서 입을 딱 붙여놓기는 하였으되, 기어코 육전웅을 한번 쏘아본 것이다.

순간 육전웅은 자신도 모르게 흠칫 어깨를 떨고 말았다. 마치 눈 속에 그대로 틀어박히듯 하는 윤파의 이글거리는 눈빛은 그로서는 생전 처음으로 보는 것이었다.

다음 순간 육전웅은 얼굴을 벌겋게 물들이고 말았다. 당황과 함께 반사적으로 일어난 격렬한 분노 때문이었다.

그러나 그때 윤파는 이미 선변에 이끌려 몇 걸음이나 걸어간 뒤인데다, 마침 강산이 짐짓 목소리를 높여 이강에게,

"어이, 이강이! 뭐 하나, 빨랑 가지 않고?"

하고 닦달하였기에, 육전웅이 심중의 분노를 터뜨리기에는 새삼스러운 데가 있었다.

그런데 재촉은 이강에게 하면서도 강산의 시선은 유정에게로 향했다. 그에 이강이 얼른 유정의 곁으로 섰고, 이어 노달이 눈치 빠르게 유정의 다른 쪽 곁으로 섰다. 그렇게 그들 두 사람과 순동이 유정을 둘러싸듯이 하여서는 청년들 앞을 지나갔다.

육전웅은 마치 갈증을 느끼는 듯한 묘한 눈길로 유정의 움

직임을 쫓았다. 그러나 유정이 곁눈질조차 주지 않은 채 그의 앞을 지나쳐 버리자, 육전웅의 얼굴로는 아쉬움과 실망의 빛이 교차했다.

二十七
고인(高人)

1

"육 형, 소제가 좀 늦었습니다."

반갑게 외치는 그 소리는 지금 막 별궁으로 통하는 월동문을 들어서고 있는 세 청년 중 앞선 이가 외친 것이었다. 세 사람은 바로 남궁세옥과 제갈중, 그리고 황보소추였다.

남궁세옥이 뒤이어 이제 막 정원의 저쪽 모퉁이를 돌아서 가고 있던 유정과 잡조를 발견한 모양으로,

"아니, 유 소저가 여긴 어떻게……? 어? 도 조장님과 고 조장님까지?"

하고 놀라는 시늉을 했다. 그 바람에 유정과 잡조 또한 멈춰 설 수밖에 없었다.

뜻밖에도 남궁세옥과 육전웅 등과는 서로 안면이 있는 사이였다. 그러나 남궁세옥이 육전웅을 반갑고도 정중하게 대우하는 것에 비해서, 육전웅은 상대적으로 남궁세옥을 반갑게는 대하되 그 대우하는 정도는 사뭇 달라 보였다. 처음의 인사에서도 가볍게 허리를 숙여 보이는 남궁세옥에 대해 육전웅은 그저 한 손을 들어 보였을 뿐인 것이다.

남궁세옥이 유정에게 아는 체를 하고, 또 눈치 빠르게 주변 분위기를 일변한 다음,

"아아! 이거 참 우연이라고 하기에는 너무도 절묘하여 차라리 인연이라고 할 수밖에 없겠군요. 제가 몇 년 만에 황도에 왔는데 아무리 빠듯한 일정이라고 해도 육 형과 다른 분들께 인사도 드리지 않고 갈 수는 없는 노릇이라 어렵게 약속을 잡았던 것인데, 하하하! 하필이면 같은 시간 같은 장소에서 유 소저를 또한 만나게 될 줄이야 어떻게 생각을 할 수 있었겠습니까? 그러니 인연이라고 할밖에는요?"

하고 말을 늘어놓았다. 이어 남궁세옥은,

"유 소저, 잠시만 이쪽으로 와보십시오."

하고 유정을 청하였다.

그러나 유정이 남궁세옥과는 오라 한다고 선뜻 갈 만큼의 친분이 있거나 허물없는 관계는 아닌지라 그저 애매하게 웃고만 서 있었다. 그에 남궁세옥이 다시 청하였다.

"기왕에 인연이 이리되었으니 서로 정식으로 인사나 나누

도록 하시죠. 소저와 여기 육 형 등이 다 인중(人中)의 용봉(龍
鳳)들이시니, 오늘 같은 기회에 좋은 교분을 맺어둔다면 훗날
에 이 남궁세옥에게 크게 치하할 날이 반드시 있을 것입니다.
하하하!"

말끝에 짐짓 호탕하게 웃고 난 남궁세옥이 문득 도순학이
있는 쪽을 향하며,

"안 그렇습니까, 도 조장님?"

하고 물었다. 그러나 도순학은 무슨 생각을 하는지 대답을
하지는 않고서 그저 희미하게 웃는 얼굴로 유정을 바라보았
다.

그때 선변이,

"뭐야? 저치들 혹시 사전에 무슨 꽁수가 있었던 아냐? 그리
고 남궁세옥 저자는 지가 무슨 뚜쟁이라도 되나? 좋은 교분
좋아하고 있네?"

하고 나직이 투덜거리는데, 마침 근처에 있던 도순학이 듣
고서 대뜸 낯빛을 굳히며,

"어허! 방자한 소리!"

하고 나직한 소리로 꾸짖었다. 이어 도순학은 유정에게로
가까이 가서 아주 작은 소리로,

"아가씨, 제가 한 말씀 드려도 되겠습니까?"

하고 물었다. 유정이 잠시 도순학을 바라보다가 가볍게 고
개를 끄덕였다.

"물론 아가씨께서는 어떤 결정을 하셔도 좋습니다. 그러나 가능하면 남궁 공자가 말한 대로 하는 것이 좋겠고, 정히 내키지 않으신다고 하더라도 최소한 악연은 만들지 마시기 바랍니다."

진중한 도순학의 말에 대해 유정은 고운 아미를 가만히 찌푸렸다.

그것을 보고 도순학은 그녀가 남궁세옥이나 육전웅 등과 새로이 얽히기를 내켜 하지 않는다는 것을 확인할 수 있었다. 그 이유까지 짐작해 볼 수야 없는 일이었지만.

어쨌든 도순학이 더는 말하지 않았다.

육전웅은 남궁세옥의 행사에 대해 사뭇 만족스러웠다. 그가 나타나 몇 마디 하는 것으로 껄끄럽고 어색하였던 장내의 분위기가 대번에 매끄럽고 격조있는 것으로 바뀐 것 같지 않은가.

육전웅이 남궁세옥을 향해 빙그레 미소 짓는 것으로 은근한 치하를 보낸 다음, 다시 유정을 향하며,

"유 소저, 아까는 한낱 잡인들의 경거망동으로 인해 경황이 없었던 까닭에 미처 제대로 된 인사조차 나누지를 못했습니다. 소생 육전웅이라 합니다."

하고 정중하게 다시 인사를 차렸다. 그에 대해 유정은 잠시간 적당한 대답의 말을 골라야 했다. 그런데 바로 그때 선변이,

"니미! 잡인? 경거망동? 그래, 너희들은 대개 고상하다. 아주 더럽게도 고상해."

하고 투덜거리는 것이었다.

순간 유정은 당황하여 저도 모르게 흘깃 육전웅 쪽의 눈치를 살폈다. 물론 선변의 투덜거림이 혼잣말로 중얼거리는 듯한 작은 소리였지만, 좀 전 도순학의 말했던 바대로 최소한 악연은 만들지 않으려 하고 있는 그녀로서는 조심스럽지 않을 수 없었던 것이다.

그런데 다음 순간 그녀는 이윽고 그러한 조심스러움과 심려를 죄다 포기하지 않을 수 없었다. 돌연히 강산이,

"어, 씨! 거 진짜로 조장 노릇 못해먹겠네! 아니, 조장 말이 말 같지 않다는 거야, 뭐야? 내가 진작에 가자고 했어, 안 했어? 조장이 가자고 했으면 가는 시늉이라도 좀 해줘야지, 도대체 왜들 뭉그적거리고만 있는 거야?"

하고 호통을 내질렀기 때문이다. 언뜻 보면 만만한 이강이나 선변을 보고 혼내는 말인데, 결국은 유정까지를 포함해 모두를 혼내는 말이었다. 나아가 지금 매끄럽고 격조있는 분위기를 잡아보려는 나름의 노력들(?)에 대해 찬물을 끼얹고 마는 말이었다. 당장에 육전웅이 참지 못하고서,

"아니, 이자가 정말? 이봐, 당신! 아까 내가 조심하라고 분명히 경고했지? 당신 정말 따끔한 맛을 보고 싶어? 지금 감히 누구에게 오라 가라 하는 거야?"

하고 거칠게 소리를 질렀다. 그런데 강산은 지금까지와 같이 대충 고분거리는 대신에 육전웅을 똑바로 응시하며,

"나는 지금 내 휘하들에게 오라 가라 하고 있는 거요! 이 사람들이 모두 다 내 조원들이거든? 나는 조장이고. 그런데 뭐 잘못된 거라도 있소?"

하고 또박또박 대답을 했다.

순간 육전웅이 아주 황당하다는 얼굴이 되어 남궁세옥을 쳐다보는데, 그때 남궁세옥 또한 난감한 얼굴이 되어 있기는 마찬가지였다.

어쨌든 강산의 말에서 틀린 구석을 찾아낼 수가 없는데다, 그 속에 숨어 있는 사정들이 또한 그리 단순하지가 않아서 육전웅을 이해시키기도 쉽지 않은 노릇인 것이다.

"휴우~!"

유정은 가만히 한숨을 내쉬었다. 그러나 그녀는 곧 한결 담담하고도 편안한 얼굴이 되었다. 이어 그녀는 육전웅과 남궁세옥 등을 향해 살짝 고개를 숙여 보이며,

"저희 조장님의 명을 더 이상 거역하기가 어렵군요."

하고 맑은 옥음으로 말한 다음 곧바로 뒤돌아서서 걸음을 뗐다. 순동이 그림자처럼 따라붙은 것은 물론이고, 이강은 잘 됐다는 듯이, 그리고 노달 역시 짐짓 바쁜 듯이 얼른 그녀의 뒤를 따랐다.

그때 선변은 언뜻 본 것 같았다. 유정의 입가로 사뭇 묘해

보이는 한 가닥의 희미한 미소가 잠시 걸렸다 이내 사라지는 것을. 선변이 짐짓 음미해 보니, 그것은 무언가에 대해 사뭇 통쾌해하면서도 한편으로 지극히 흥미로워하는 듯한 그런 미소였다.

잡조가 별궁 전각의 모퉁이를 돌아 사라지는 것을 보고 육전웅이 발을 구르며,

"이런!"

하고 분기를 내뱉는데, 남궁세옥이 조심스럽게 그를 달랬다.

"육 공자, 소제에게 일을 다시 바로잡을 방도가 없지는 않으니 일단은 좌정하여 간단히 회포부터 풀도록 합시다."

2

남궁세옥이 육전웅과 교분을 트게 된 것은 몇 년 전이었다. 그에게 당숙 되는 이가 한직(閑職)이나마 조정에 출사를 하고 있었기에, 그가 견문을 넓히기 위해 황도를 방문하였을 때 당숙의 주선으로 어렵게 육전웅과 교분을 틀 수 있었던 것이다.

물론 황도제일 세도가의 콧대 높은 귀공자인 육전웅이 무림의 일개 가문의 자제에 불과한 남궁세옥을 만나준 것은 오로지 무공에 대한 그의 호기심 때문이었다.

그리고 그때까지 무공이래야 기껏 구대문파 속가제자 출신들의 저급한 무공만 보아온 육전웅이 가히 무림 일절인 남궁세가의 일세절기(一世絶技)들을 경지에 이르도록 제대로 수련한 남궁세옥에게 매혹당한 것은 당연하였다.

유정의 동향에 늘 주목하고 있던 남궁세옥이었기에 잡조가 오늘 밤 천추제일관에서 회식을 가진다는 사실을 알게 된 것은 새로운 인물인 서활의 동선(動線)을 조금 추적해 보는 것만으로도 가능한 일이었다.

이후 그가 다시 육전웅과 만남의 자리를 만든 것은, 사실 그 스스로 생각하기에도 유치하다 하지 않을 수 없는 한 가지 계산 때문이었다. 바로 자신이 육전웅을 포함한 황도 권문세가의 자제들과 막역한 교분을 가지고 있음을 유정에게 과시할 욕심이었으니 말이다.

'허허허!'

생각해 보면 절로 자조의 헛웃음이 나왔다.

천하제일미남에다 천하삼대기재 중 하나로 손꼽히는 그다. 꼭 그런 세상의 평가가 아니라 하더라도 그가 스스로에 대해 가지고 있는 자부심은 세상 누구보다 대단하였다.

그럼에도 그가 오늘 이런 유치한 계산까지를 하게 된 것은 아무래도 유정의 탓이었다.

그는 지금까지 무림의 숱한 재녀가인(才女佳人)들로부터

지극한 흠모를 받는 입장이었는데, 유정은 흠모는커녕 차라리 그의 존재를 등한시까지 하고 있는 때문이었다.

그리하여 그는 육전웅 등과 같이 장차 조정에서 한자리를 차지할 것이 유력시되는 자들과 자신과의 인맥을 과시함으로써, 사해상단의 후계자로서 장차 그런 인맥들에 결코 소홀할 수 없을 유정에게 그의 존재감을 심어주려는 계산까지를 하게 된 것이었다.

3

천추제일관에서 잡조에게 새로 정해준 방은 전각의 모퉁이를 돌아서 세 번째의 방이었다.

그런데 비록 직각으로 배치되긴 했지만 기실 육전웅과 남궁세옥 등이 있는 방과는 그리 떨어지지도 않은 곳이었다.

도순학과 고이강은 자신들끼리 먼저 지단으로 돌아갈 의사가 전혀 없어 보였다.

그래 유정은 아예 그 둘과 같이 온 경호조원 넷까지 모두 방으로 들어오라고 하였다.

서활의 신고식을 하겠다던 처음의 흥취는 전혀 없이 그저 무미하게 몇 순배 술잔만 돌고 있을 즈음, 강산은 슬그머니 일어나서 바깥으로 나갔다.

그리고 잠시 뒤에는 윤파가, 또 잠시 뒤에는 선변과 이강이, 그리고 이윽고는 노달까지 하나씩 하나씩 바깥으로 나가는 것이었다.

그에 대해 도순학과 고이강은 자신들로 인해 자리가 어색해서 그러려니 여겨 짐짓 모르는 체를 하였고, 유정은 또 두 사람의 그런 눈치를 보아 묵묵히 자리를 지키고 있었다.

정원 조금 안쪽으로는 수십 그루의 사람 키만 한 정원수가 심어져 있었고, 그 너머에는 자그마한 연못 하나가 꾸며져 있었다.

강산과 선변 등 잡조의 원래 조원(?)들은 지금 그 연못가의 평평한 바위 위에 걸터앉거나 기대서 모여 있었다.

선변이 영 못마땅해 죽겠다는 투로,

"조장님, 적당히 술이나 몇 잔 더 하고 그냥 지단으로 돌아갈 일이지 여기는 왜 나오신 겁니까? 저치들 술 처먹고 히히덕거리는 꼴 구경해 봐야 열이나 뻗칠 일이지 기분 좋을 일이 뭐 있다고……."

하고 말하였는데, 그러고 보니 그들이 자리 잡은 곳에서는 정원수 가지 사이로 불빛 환한 그 '전망 좋은 방' 안의 광경이 비교적 잘 보였다.

별일이 없었다면 지금쯤 그들이 와자하니 술판을 벌리고 있어야 할 그곳에서는 남궁세옥과 육전웅 등이 주거니 받거니 술잔을 돌리고 있었다.

그때 또한 새롭게 심사가 뒤틀리는지 윤파가,

"씨X!"

하고 쌍소리를 뱉었다. 그런 윤파를 흘깃 보는 노달의 이마에 깊은 고랑 하나가 파였다. 강산이 덩달아서 인상을 찡그리며 애꿎게도 선변에게,

"그러게 누가 따라 나오래?"

하고 뒤늦은 핀잔을 주었다. 그리고 나서 다시 혼잣말처럼,

"그냥 갈 수야 있나? 귀한 것들에게 잡것들의 경거망동이 어떤 건지 맛은 보여주고 가야지."

하고 중얼거리는 것이었다. 선변이 문득 의아하여,

'귀한 것들?'

하고 한 번 되뇌이고 나서야 비로소 그 말이 바로 육전웅 등을 지칭하는 것이란 걸 알 수 있었다.

그리고 나자 강산이 맛보여주고 가겠다는 '잡것들의 경거망동'에 대해서 문득 강한 호기심이 확 당기는 것이었다. 바로 그때였다.

핏!

뭔가가 날았다. 아니, 뭔가 날아간 것 같았다. 잇달아서 다시,

피핏!

피피피핏!

하고 아주 미약한 파공성과 함께 무언가 누런 계통의 빛들
이 눈에 희미하게 어리치며 앞쪽 어두운 공간 속으로 날아가
는 것 같았다. 그리고 찰나의 시간 뒤 저쪽 '귀한 것들'의 방
에서는 한바탕의 기변(奇變)이 벌어졌다.

"윽!"

"헉!"

"악!"

"큭!"

제각각의 비명이 잇달아 터져 나왔고, 동시에 몇몇이 바닥
으로 나뒹굴었다.

멀쩡히 술잔을 기울이던 사람들이 난데없이 외마디 비명
을 지르고는 바닥을 나뒹구니 얼마나 황당하고도 경악스러울
것인가.

청년들과 술자리 시중을 들고 있던 천추제일관 측 점원들
이 놀라 비명을 내지르고 제풀에 주저앉고 하는 바람에 방 안
은 졸지에 난리판으로 변해 버렸다.

그런 중에도 남궁세옥과 제갈중, 그리고 황보소추 세 사람
은 비호처럼 창밖으로 몸을 날렸다.

지금 남궁세옥에게 가장 시급한 일은 육전웅이 만족할 만
한 조치를 취하는 것이었다. 그 조치란 암기를 던진 자객을
잡아 육전웅의 발 앞에 무릎을 꿇리는 일이 될 것이다.

남궁세옥은 발치로부터 암기가 날아왔을 방향으로 조금씩 조금씩 시야를 넓혀 나갔다. 그리고 마침내 그의 눈에 들어온 것은 정원 안쪽의 정원수들 사이로 어른거리는 몇 사람의 모습이었다.

연못가 바위 주변에 모여선 그들은 지금 무슨 구경거리나 생긴 듯이 이쪽을 바라보고 있는 중이었다.

그러나 남궁세옥은 가만히 고개를 저었다. 최소한 그들은 아니었다. 아니, 그들이어서도 안 되었다. 그들은 바로 잡조였고, 또한 유정이 거기에 속해 있었으니까.

그런데 잡조를 간단히 혐의에서 제외시키고 나자, 남궁세옥은 금방 당혹스러워지고 말았다. 자객의 종적이 오리무중이 되어버린 것이다.

"어느 방면의 고인이시오? 기왕에 높은 재주를 보여 여러 사람을 상하게 하였으면 모습을 드러내는 것이 당당하지 않겠소?"

공력이 실린 남궁세옥의 외침 소리가 주변 일대를 쩌렁하게 울렸다.

그러나 사방은 조용하기만 하였고, 그런 중에 방 안으로부터 들리는 신음 소리만 절절하였다.

잠시 기다려도 사방 어느 곳에서도 아무런 반응이 없자 남궁세옥은 제갈중과 황보소추에게 눈짓하여 방으로 돌아갈 수밖에 없었다.

방 안은 가히 난장판이었다. 육전웅을 비롯해 네 명의 귀공자가 방바닥에 눕거나 웅크리고 앉은 채 연신 고통과 공포에 젖은 신음을 흘리고 있었다.

그런데 남궁세옥이 살펴보니 그들은 제각각 어깨며 팔, 다리 등을 움켜잡고 있었는데, 개중 딱히 중한 상처를 입은 사람은 없어 보였다. 그러고 보면 자객은 처음부터 살상이 아닌 조롱을 목적으로 한 것이리라.

가만히 미간을 찌푸리는 남궁세옥의 얼굴로 설핏 짜증이 묻어났다.

평소에 소위 권문세가의 자제들이라고 풀 먹인 것처럼 빳빳하기만 하던 자들. 술 한잔에 능히 영웅호걸의 기상과 풍모를 논하던 자들이 지금 하고 있는 꼴들이란 참으로 호들갑스럽기 짝이 없어 한낱 소인배나 졸장부에 조금도 다를 바가 없지 않은가.

4

서활은 빙그레 혼자 웃음을 짓고 있었다. 사실 지금 이곳에 있는 사람들 중 강산의 능력에 대해 가장 제대로 알고 있는 사람은 바로 그라고 할 수 있었다.

비록 강산을 알게 된 시간으로야 가장 일천하지만, 강산의 그 특이한 맷집을 직접 경험한 것도 아마 그가 유일한 것 같았고, 또한 무명의 진면목을 본 것도 그 혼자뿐인 것 같았다.

서활이 이제 겨우 하루 정도를 잡조와 섞여서 같이 지내보는 것이지만, 그것만으로도 강산의 일상과 가장 가까이에 있는 잡조의 조원들이 막상은 강산의 진면모에 대해 잘 알지 못한다는 것을 짐작하게 된 것이다.

그렇다고 강산이 일부러 자신의 능력을 숨기고 있는 것은 또 아닌 것으로 보였다. 그런 점에서 이 잡조라는 엉성한 조직은 서활에게 점점 더 흥미롭게 다가오는 중이었다.

어쨌거나 서활은 자객(?)의 바로 곁에 있었던 덕으로 사태가 어떻게 진전되었는지를 정말 운 좋게도 목격할 수 있었다.

이를테면 강산의 오른손 검지와 엄지가 어떻게 움직였는지, 그 검지 위에 무엇이 얹혀졌고, 또한 엄지가 그것을 어떻게 튕겨냈는지 등등에 대해서 말이다. 물론 그런 데는 절대로 평범하지 않은 그의 안력이 한몫하였다는 것은 지극히 당연했다.

그런데 그때쯤 선변 또한 무언가를 눈치챈 듯했다. 물론 그에게는 서활만큼의 안력은 없어서 직접 목격하지는 못하고, 다만 몇 가지의 정황을 두루 엮어서 재빠르게 짐작을 해낸 듯하였다. 선변이 문득 두 눈을 크게 뜨며,

"조장님, 그거 혹시 콩알……?"

하기에 강산이 나직이,

"탄두신공이야."

하고 정정해 주었다. 그 모습이 태연하고도 멀쩡하여 선변이 저도 모르게,

"큭!"

하고 웃음소리를 내뱉고 말았다. 웃는 얼굴이 아니었다면 비명으로도 들림 직한 사뭇 괴이한 외마디였다.

선변의 그런 모습에 이강과 윤파가 또한 실실거리며 따라 웃었다. 아마도 그들 또한 뒤늦게 뭔가를 짐작하게 된 모양이었다.

마음 한구석에다 완전히는 못 믿겠다는 의심의 기색을 두면서도 선변은 강산을 향해 슬쩍 엄지를 치켜 보였다.

믿고 못 믿고 하는 문제는 나중에 다시 생각해 보더라도 어쨌든 통쾌한 것은 분명하였다.

그때 노달이 슬며시 강산에게로 다가섰는데, 그의 눈빛에도 엷은 웃음기가 녹아 있었다.

"조장."

나직하게 부르며 노달은 선뜻 강산에게 한 손을 내밀었는데, 펴놓은 손바닥이 무엇을 내놓으라고 요구하고 있었다.

강산은 슬쩍 이마부터 찡그렸다. 그러나 조원들 중에서 그가 유일하게 깍듯한 대우를 해주는 노달이었다. 강산이 마지못해 소매 속에서 한 줌의 마른 콩을 꺼내 노달의 손바닥에다

쏟아놓았다.

노달이 태연스럽게 연못으로 다가섰는데, 선변은 노달이 연못에다 그 한 줌의 콩을 그냥 버리는 줄만 알았다.

그러나 노달의 손에서 연못으로 뿌려지는 것은 아주 곱게 부수어진 노란 가루였다.

그리고 언뜻 한 가닥의 고소한 냄새가 코끝을 스친다 싶더니 연못의 수면 위로 팔뚝만 한 비단잉어 몇 마리가 모습을 드러내며 커다란 주둥이를 끔뻑댔다.

5

남궁세옥은 방바닥과 벽면을 샅샅이 살폈다. 그 결과 그는 몇 조각의 노란 파편을 찾아낼 수 있었고, 또 그것이 바짝 마른 콩이란 것을 이내 알아볼 수 있었다.

그러나 그것을 육전옹에게 보여줄 수는 없었다.

육전옹이 아직까지 그런 물증들에까지 유의할 심리 상태가 못 되어 보인다는 이유가 다는 아니었다.

다만 쇠붙이도 아닌 한낱 바짝 마른 콩알로, 그것도 자신의 종적을 드러내지 않을 만큼의 먼 거리에서 던져 사람을 상하게 하는 암기술에 대해 육전옹에게 이해시킬 자신이 없는 것이다.

무엇보다도 남궁세옥 그 자신은 그런 능력을 발휘할 수 없다는 사실을 적어도 이 자리에서는 결코 인정하고 싶지 않기 때문이었다.

"아무도 빠져나가지 못하게 주변을 차단시켜!"

시퍼렇게 멍든 손목을 부여잡은 육전웅이 좀 전까지의 경악과 두려움을 떨쳐 내고 대신 위엄 서린 호통을 쳤다.

사고 소식을 접하고 천추제일관 측에서 급급히 호위무사들이 달려온 뒤였다.

육전웅의 일행과 천추제일관측 호위무사들이 부산스럽게 주변 조사를 했으나, 그들이 발견한 것은 아무것도 없었다.

그에 자객을 빨리 잡으라고 연신 재촉하던 육전웅이 이윽고는 그 분기의 화살을 한쪽으로 돌려,

"저자들은 왜 조사를 안 하고 그냥 내버려 두는 거야? 당장 저자들을 잡아와! 그리고 샅샅이 몸수색을 해!"

하고 고래고래 소리를 질렀다. 그 화살을 받은 것은 그때쯤 가까운 곳까지 다가와서 어슬렁거리며 구경하고 있던 잡조였다.

그러나 천추제일관의 호위무사들이 선뜻 강산 등의 몸 수색을 할 입장들은 결코 되지 못하였다.

더욱이 그때 짜랑하니 주변을 울린 한마디 맑은 교갈(嬌喝)은 육전웅마저도 감히 더는 성질을 부리지 못하게 만들었다.

"나 또한 저 사람들과 같은 일행이니 몸수색을 하려거든

어디 나부터 해보세요!"

유정과 도순학 등이 잡조에 대해 걱정을 하면서도 괜한 소란에 개입되기 싫어서 내내 방 안에 머물러 있던 참인데, 마침내 잡조가 소란에 얽혀 들어가는 형국이 되자 더는 참지 못하고 서둘러 밖으로 나온 것이었다.

일자로 다문 유정의 입매에서는 누구도 함부로 대할 수 없는 매서움과 강단이 느껴졌다.

물론 그렇다고 해서 그녀의 절세미모가 조금이라도 덜해 보이는 것은 아니었다.

그녀에게서는 오히려 평상시에는 보이지 않았던 샛별과도 같고 서릿발과도 같은 독특한 매력들이 발산되어서, 주위의 사람들로 하여금 부지불식간에 가슴을 설레게 만드는 것이었다.

유정과 잡조 등 사해상단의 사람들이 돌아가고 난 다음, 육전웅은 다시 한동안이나 애꿎은 천추제일관 측 사람들을 닦달하였다. 그리고 그 스스로가 맥이 빠지고 나서야 일행과 함께 천추제일관을 나섰다. 끝내 내일 날이 밝는 대로 관원들을 대동하고 다시 오겠다는 엄포를 남긴 뒤였다.

그러나 천추제일관 측에서도 실무 급은 몰라도 수뇌 급 중에서는 그런 육전웅의 엄포에 대해서 크게 신경을 쓰지 않았다.

대강의 윤곽을 잡아보건대, 이미 나올 만한 사정은 거의 다 나왔으니 관이 다시 개입한다고 해서 특별히 책을 잡힐 일은 없어 보였다.

　　그보다도 크게 믿는 것은 이 밤이 지나기 전에 사해상단의 누군가는, 혹은 어느 조직인가는 반드시 필요한 어떤 조치를 취해놓을 것이란 점이었다.

　　그러나 수 밝은 그들도 한 가지만은 알지 못했다. 그 밤 동창의 부(副)제독이 은밀히 태사부(太師府)를 방문하였고, 그 결과 격노한 태사가 그 밤 내내 그의 둘째 아들을 엄하게 나무랐다는 사실을.

二十八
소림(少林)

1

황도를 떠난 순행단은 다시 남서(南西) 쪽으로 행로를 잡았
다.

다음 목표지인 사천 지단(四川枝團)까지는 하북(河北)과 산
서(山西), 그리고 섬서(陝西)를 최단 거리로 횡단해 나갈 계획
이었다.

그러나 미처 하북과 산서의 경계에 닿기도 전에 순행단은
그 경로를 변경하게 되었다.

유정 때문이었다. 꼭 소림사에 들르고 싶다는 그녀의 청 때
문이었다.

유정이 그렇지 않아도 자신이 순행에 참여하는 이유 중의

하나가 도중의 이름 높은 도관(道館)이나 대찰(大刹)에 들러 비명(非命)에 돌아간 사저의 혼백을 위로하고 명복을 빌기 위해서라고 미리 말한 바가 있었다.

또한 그때 유직이 그리하려무나 하고 반 넘어 허락을 한 바 있었기에, 유직이 내심 마땅해하지 않으면서도 어쩔 수 없이 도순학에게 소림으로 행로를 고쳐 잡으라고 명을 한 것이다.

그런데 유정이 순행단의 행로를 고쳐 가면서까지 굳이 소림사를 경유하려는 것은, 사실 사부인 청련 신니와 미리 얘기가 된 일이었다.

숭산(嵩山) 소실봉(少室峯) 중턱. 그곳에 무림의 태산북두 소림사가 천 년의 무게로 장중히 서 있다.

숲을 아우르며 우뚝우뚝 서 있는 불전과 전각의 웅장한 위용 때문만이 아니라, 그 속에 은은히 드리우고 있는 천 년 역사의 무게감은 대하는 사람들을 절로 숙연하게 만들었고, 또한 스스로를 낮추게 만드는 데가 있었다.

사해상단이 거래를 하는 단위는 구파일방의 각각이 아니라 무림맹으로 통합하여 하고 있지만, 그래도 당금의 맹주를 맡고 있는 무당과 또 상징적으로 영원한 맹주일 수밖에 없는 소림에 대해서는 음으로 양으로 많은 도움을 주고 있는 중이었다.

그러니 사해상단의 총수 유직이 직접 순행단을 이끌고 소림을 방문하는 것은, 비록 그것이 사전에 예고를 한 것이 아니라고 하더라도 소림의 입장에서는 결코 소홀히 할 수가 없는 큰일일 수밖에 없었다.

하여 장문인 무혜 대사(無慧大師)가 지객당주(知客堂主) 무진(無盡)이며, 장경각주(藏經閣主) 무오(無悟), 계율원주(戒律院主) 무상(無常) 등 소림의 핵심이 되는 주요 직책의 승들을 이끌고 직접 산문까지 나가 유직을 맞았다. 그야말로 최고 귀빈의 대우가 아닐 수 없었다.

2

유직은 남궁세옥 등 오대세가의 세 영재를 직접 무혜 대사에게 인사시켰다. 그런 데는 얼마간의 계산이 없지는 않았다.

즉, 기왕에 상단과 오대세가가 우호협정을 맺은 바이니, 이번에 소림을 방문한 기회에 자연스럽게 사해상단이 오대세가라는 결코 만만치 않은 무력의 날개를 달았음을 세상에 과시하려는 계산인 것이다.

무혜 대사는 남궁세옥 등의 빛나는 자질과 기상에 대해 진심으로 감탄하고 칭찬하였다. 그에 유직은 그들 세 청년에게 한 가지의 제안을 하였다.

"노부가 무공에 대해 아는 바는 일천하나, 천하의 무공이 대개는 소림으로부터 나왔다는 말은 일찍부터 듣고 있었네.

어떤가? 이 기회에 자네들이 지난바 무공을 무혜 대사께 선보여 대사로부터 몇 마디의 조언을 이끌어낼 수만 있다면 그것이야말로 자네들에게는 일생에 다시없을 금과옥조(金科玉條)가 되지 않겠는가?"

마침 자신을 바라보는 총수의 눈길을 보는 순간 남궁세옥은 터질 듯한 흥분과 긴장을 느끼지 않을 수 없었다. 총수의 눈길에서 자신에 대한 각별한 호감을 읽을 수 있었던 것이다.

그랬다. 총수는 지금 그를 위해 기회를 만들어주려는 것이었다. 절호의 기회였다. 그를 한 단계 크게 도약시켜 줄 수도 있는 그런 기회. 그 스스로는, 혹은 오대세가의 명망만으로는 결코 만들 수 없는 기회.

그러나 이럴 때 어떻게 처신해야 하는지는 어릴 때부터 몸에 배인 남궁세옥이었다.

"감히 대소림사의 장문인과 여러 고승대덕(高僧大德)들이 계시는 자리에서 어찌 저희같이 미거한 말학(末學)들이 일천하여 부끄럽기 짝이 없는 재주를 선보일 수 있겠습니까?"

남궁세옥이 짐짓 겸양하자 유직이 빙그레 웃으며 상금을 내걸었는데, 그 상금이 결코 무시 못할 금액일 뿐만 아니라, 그럼으로써 남궁세옥 등으로 하여금 더 이상 거절할 빌미를 주지 않으려는 것이었다.

팡!

파팡!

와릉!

와르릉!

천뢰삼장(天雷三掌), 폭뢰신권(爆雷神拳), 구벽신권(九劈神拳)이 잇달아 펼쳐지며 허공에다 폭발적인 장권의 그림자들을 토해내더니,

파랏!

파라라랏!

하고 대연십구식(大衍十九式)의 화려한 손놀림이 허공을 온통 잡아채고 비틀고 찢어놓았다. 그러다 홀연히,

챙!

하고 일성 검명이 울리더니,

쉿!

쉬쉿!

쉬쉬싯!

하며 허공에는 어느새 검 그림자가 빽빽하였다. 대연검법(大衍劍法)에 이은 창궁무애검법(蒼穹無涯劍法), 그리고 다시 천풍검법(天風劍法)이었다. 그러더니 돌연,

우르릉!

우르르르릉!

하는 뇌음이 은은하게 울리는 가운데,

번쩍!

팩!

버번쩍!

패팻!

하고 난데없는 섬전이 허공을 유린하였다. 바로 섬전십삼
검뢰(閃電十三劍雷)였다. 그리고 허공에는 이윽고는,

우웅!

우우웅!

하고 첩첩이 검벽(劍壁)이 일어서는데, 그것은 곧 제왕검형
(帝王劍形)이었다.

그 하나하나가 모두 한때 무림을 종횡한 바 있는 바로 남궁
세가의 절기들이었다. 그러나 오랫동안 가세의 궁핍과 기재
의 결핍으로 세상의 빛을 보지 못했었다.

그러나 오늘 마침내 남궁세옥의 손에서 그 화려한 위용을
재현하니, 그것은 곧 지난 수십 년간 무림 정세의 뒷면에서
절치부심하여 온 오대세가의 저력을 단적으로 보여주는 것이
라 할 수 있었다.

총수는 아주 만족스러운 기색으로 남궁세옥에게 고개를
끄덕여 보였다. 그리고 이어 제갈중에게도 무공을 보일 것을
권했다.

그러나 제갈중은 총수와 무혜 대사 등 좌중의 사람들에게
정중히 읍하고 나서,

"저의 재주는 남궁 형에 비해 확실히 못하니 괜히 못난 모

습을 보일 뿐입니다."

하고 짐짓 자신을 낮추어 사양하였다.

총수가 빙그레 웃으며 고개를 끄덕이고는 두 번은 권하지 않았다. 제갈중의 처세가 그만하면 영리하다고 할 만하다 생각한 것이다.

총수가 다음으로 황보소추에게로 시선을 주었는데, 그는 벌써부터 얼굴을 붉게 물들여 놓고 있는 중이었다.

총수가 가만히 고개를 끄덕였다. 원하지 않으면 굳이 나서지 않아도 좋겠다는 배려였다.

그러나 황보소추는 그것을 재촉의 의미로 받아들였는지 문득 성큼성큼 가운데로 걸어나오는 것이었다. 그리고는 사방을 향해 허리를 숙여 인사하고는 깊이 숨을 들이켜 호흡을 가다듬었다. 이어 천천히 걸음을 떼며 주먹을 뻗어내는데,

쿵!

쿵!

하는 무거운 울림이 주변 사방을 울렸다. 힘차게 발을 구르는 진각(震脚)의 울림이었다. 이어 황보소추의 권이 점차로 빨라지더니,

붕!

부웅!

하며 태산십팔반장(泰山十八盤掌)이 묵직하게 펼쳐졌으며

휘휙!

휘휘휏!

하며 쾌활삼십장(快活三十掌)이 십여 개의 손바닥 그림자를 허공에다 수놓았고,

펑!

퍼펑!

팟!

파파팟!

하고 오행권(五行拳)과 태산중수(泰山重手)가 잇달아 펼쳐졌다. 이어 황보소추는,

치앙!

하고 힘차게 검을 뽑아 들었는데,

윙!

위잉!

하고 무겁게 바람 가르는 소리와 함께 태산십팔반검(泰山十八盤劍)과 뇌진검법(雷震劍法)이 장중히 펼쳐졌다.

그렇게 좀 전의 남궁세옥이나 마찬가지로 황보소추의 손에서도 지난 몇십 년간 강호에서 볼 수 없었던 황보세가의 절기들이 마침내 빛을 보였다.

황보소추가 열심히 최선을 다해 재주를 시전해 보이고 난 다음 공손히 인사하고 자신의 자리로 돌아가자 총수는,

"훌륭하였네!"

하고 치하하는 한편으로 도순학에게 남궁세옥과 황보소추

에게 뿐만이 아니라 겸양하여 재주를 펼쳐 보이지 않은 제갈 중에게도 골고루 상금을 내리라고 일렀다. 그리고 도순학 등과 세 청년이 물러간 다음 무혜 대사에게,

"보시니 어떻습니까?"

하고 물었다. 그에 무혜 대사가 빙그레 웃으며 대답했다.

"과연 강호에 이름난 영재들답게 빈승으로서는 평하기 어려울 만큼 훌륭한 재주들을 지녔습니다."

"흠! 대사께서는 역시 이 늙은이를 한낱 장사치에 불과하다고 여기시는군요."

"허! 빈승이 어찌 그럴 리가 있겠습니까?"

"하면 어찌하여 무림의 태산북두인 대소림사의 장문인께서 이제 기껏 스무 여남은 살에 불과한 청년들의 재주를 평하기 어렵다고 하는 것입니까?"

"허허허! 이제 보니 총수 대인께서는 빈승을 궁지로 몰아붙이기로 애초부터 작정을 하신 것 같군요."

"하하하! 장문인의 그 말씀에 대해서는 딱히 아니라고는 하지 못하겠습니다. 노부는 이미 그들 세 사람에게 적지 않은 상금을 내렸으니 대사께서도 무엇이라도 내놓으셔야 노부만 손해 본 것 같은 생각이 안 들 것이 아닙니까? 게다가 노부가 주제넘게도 이미 저들에게 대사의 귀중한 말씀을 몇 마디씩이라도 듣게 해주겠다고 말해둔 바가 있으니 대사께서는 이 늙은이의 체면을 조금 고려해 주셔야만 할 것입니다."

"허허허! 그것이 또 그렇게 되는 것입니까?"

하면서도 무혜 대사가 선뜻 남궁세옥과 황보소추의 무공에 대한 평가를 말할 기색은 아니어서 총수가 다시,

"아무래도 남궁가의 자제가 낫지요? 물론 노부가 무공에 문외한이기는 하지만, 노부가 보기에도 그 기교의 세밀함이나 능숙함에 있어 두 사람의 차이가 제법 져 보이던데……."

하고 은근한 기색으로 대사의 말을 유도했다. 그에 대사가 문득 표정을 가다듬으며 담담히 대답했다.

"빈승이 보기에는 황보가의 자제 또한 훌륭합니다."

"그렇지요. 그 또한 능히 준재라고 할 만하지요. 하지만 둘을 비교하자면 아무래도 남궁가의 자제가……."

"남궁가 자제의 뛰어남이야 이미 세상에 널리 알려진 바인데 빈승이 따로 말할 것이 있겠습니까? 다만 빈승에게 황보가의 자제에 대해 굳이 평하라 하신다면 대기만성의 자질을 지녔다고 하겠습니다."

"허! 그 말씀은 혹시 장차 대성할 싹은 오히려 황보가의 자제라는 것입니까?"

"허허허! 뉘라서 나중의 일을 지금 미리 말할 수 있겠습니까? 다만 그 두 사람 중 올곧게 바른 길을 걷고, 또 꾸준히 전심전력을 다하여 무공의 연마와 인격의 도야에 힘쓰는 사람만이 몇십 년이 흐른 다음 강호 무림에 우뚝한 영웅이 되어 있을 테지요."

무혜 대사의 말이 종내는 원론적인 것으로 되고 마는지라 총수 또한 그저 고개를 끄덕이는 수밖에 없었다.

그러나 총수는 내심 확신하는 바가 따로 있었다.

'백 년도 못사는 인생인데 몇십 년이면 너무 길지. 진정한 인재라면 적어도 나이 사십 이전에는 이렇다 할 성과를 내야 하지 않겠는가? 남궁세옥이야말로 능히 그럴 만한 인재임에 분명하다.'

3

서활이 잠조에 합류한 지 며칠 지나지 않아 조원들의 특성에 대해 나름대로의 분석을 대충 마친 바 있었다.

더하여 능란하다고 할 만한 처세로 벌써 조원들 각자와 어느 정도의 교분까지 만들어놓은 터였다.

노달에게는 깍듯한 예우를 함으로써 예의 바르다는 칭찬을 들었고, 이강 및 선변과는 그들이 관심있어 하는 화제들로 줄곧 대화를 나누는 사이에 어색함없이 형님 아우 하는 사이가 되었다.

다만 윤파와 강산에 대해서만큼은 그리 마음대로 되지 않고 있는 중이었다.

우선 윤파에 대해서는 그의 성정이 격한 것을 알고서 처음부터 정면충돌이라는 가장 단순하고도, 반면에 가장 확실한 수를 써봤는데, 일단 의도한 대로 자신이 결코 만만치 않은 존재라는 사실을 윤파에게 인식시키는 데는 성공한 것 같았다.

그 뒤로는 계속 적당한 대치와 양보를 병행해 가며 서로 간의 위상을 조율해 가고 있는 중인데, 외양상으로는 사사건건 티격태격하는 앙숙처럼 보였다.

서활이 가장 관심을 가지는 인물은 역시 강산이었다.

어떤 경우이든 짧은 시간 내에 대강의 상황 판단을 하는 눈치에 있어서는 누구와 비교해도 뒤지지 않는다고 자평(自評)하는 서활이었다.

그러나 강산에 대해서만큼은 여전히 아리송한 점들이 있었다.

가장 헷갈리는 것 중의 하나는 강산의 조장으로서의 위상(位相)이었다.

강산은 조장으로서의 자신의 위치에 대해 대단히 만족해하는 듯하였고, 어떨 때 보면 다소 지나칠 정도의 과시까지 하는 모습을 보일 때도 없지 않았는데, 그럴 때의 그는 나이에 도무지 걸맞지 않아 유치해 보일 정도였다.

서활이 이미 강산의 신상 정보에 대해서는 대강을 파악한 바 있기에 그런 점에 대해 나름대로의 분석을 해본 바가 있었다.

즉, 강산이 워낙 뒤처지고 소외되는 말단의 인생만을 살아

오다가 비록 또한 소외된 조직이긴 하지만 그래도 이제 잡조의 조장 자리를 꿰찼고, 더욱이 조원들이 각자의 이런저런 편리를 위해 그에게 '조장님! 조장님!' 하며 겉으로나마 대우를 해주는데 그것에 맛을 들인 때문이라고 간단히 이해하기로 한 것이다.

서활이 보기에 강산은 잡조에 있어서 다만 필요상의 구심점이며 상징적인 대표일 뿐이었다.

잡조의 실질적인 조장 역할은 그때그때의 상황에 따라 조원들 각자가 필요한 역량을 발휘하는 식이었다. 어떤 때는 노달이, 또 어떤 때는 선변이, 그리고 비록 간접적이긴 하지만 주로는 유정이.

강산에 대해 서활이 가장 흥미있어 하는 부분은 역시 그의 무력(武力)에 대한 것이다.

사실 서활은 아직까지도 강산의 그 무력이란 게 무엇인지 정확히는 정의를 내리지 못하고 있었다.

다만 내가(內家) 계통이 아니란 것은 분명했다. 강산이 내공을 전혀 수련하지 않았다는 점에 대해서는 서활이 이런저런 방법으로 세네 번 되풀이하여 확인을 해본 바였다.

물론 그렇다고 해서 외가(外家) 계통이란 짐작을 해보기도 어려웠다. 강산의 모습에서 외공을 수련한 흔적 또한 딱히 찾아볼 수 없으니 말이다.

하지만 그가 범인(凡人)의 범주를 뛰어넘는다고 할 만한 어떤 종류의 능력을 지녔다는 것 또한 서활이 직접 부딪쳐 본 바였다.

서활이 심중 한편으로 내내 궁리하던 중에 언뜻 한 가지 방도를 떠올렸는데, 그것이 참으로 엉뚱하고도 기발하기 짝이 없는 발상이었다.

무엇보다도 그들이 마침 소림사에 와 있기에 가능한 발상이기도 하였다.

둘만 있게 되었을 때를 기다려 서활이,

"조장님, 소림십팔동인(少林十八銅人)이라고 들어본 적 있습니까?"

하고 불쑥 묻는 말에 대해 강산이,

"아니, 그게 뭔데?"

하고 별 관심 없이 반문했다.

"말 그대로 동(銅)으로 만들어진 사람입니다."

"동으로 만들어진 사람? 불상(佛像)인가?"

"나한상(羅漢像)입니다. 그런데 실제로 움직이는 나한상이지요."

"허, 실없기는. 동으로 만들었다며? 그런 게 어떻게 움직여?"

"기기묘묘한 기관 장치가 내장되었다고 하더군요."

"정말이야? 정말 그런 게 있어?"

"하하하! 무림에서는 이미 몇백 년 이전부터 전해 내려오는 소문입니다. 다만 소림사 외부로는 한 번도 개방된 적이 없는데다 소림 내에서도 장문인과 전각주 급(殿閣主級), 그리고 십팔나한 정도의 소수 요직들에게만 개방되는 것으로 알려져 있어서 그 사실 여부를 놓고는 말이 많기는 하지요. 그러나 소림십팔동인은 엄연히 실존하며, 정말로 움직이도록 만들어진 것도 사실입니다. 아니, 지금도 움직이는지는 모르겠지만, 적어도 백여 년 전까지만 해도 확실히 움직였습니다."

"백여 년 전까지는 움직였다? 그건 또 무슨 소리야?"

"소림사에는 예로부터 동인관(銅人關)이란 비밀스러운 관문이 하나 있는데, 소림 최고의 무승(武僧)인 십팔나한이 되기 위한 마지막의 통과 관문입니다. 소림십팔동인은 바로 그 동인관을 이루는 기관 장치의 핵심이 되는 기물(奇物)입니다."

"음?"

"소림의 무예는 본래 외공을 통해 자연스럽게 내공까지를 함양하는 방식이었습니다. 그런데 시대의 조류에 따라 차츰 보다 강력하고도 다양한 내공 중심의 무공 형태로 발전하게 되었지요. 그렇게 되자, 비록 십팔동인을 비롯한 동인관의 기관 장치들이 아무리 오묘한 것이라고는 해도 결국은 수백 년도 더 이전에 고안된 것이니 어느 시점부터는 더 이상 소림 최고 무승들의 통과 관문으로서의 역할을 할 수 없게 되어버린 것은 당연하였지요. 그래서 소림에서는 백여 년 전부터 동인관을 폐쇄해 버리기에 이르렀고, 이후로는 그저 선대의 유물 정도로만 취급하여 그대로 방치해 놓고 있는 실정이지요."

"십팔동인에 관해서는 소림 제자들도 잘 모른다며 자네는 소림 제자도 아니면서 어떻게 그리 자세히 알아?"

"하하하! 사실 따지고 보면 저도 소림과 아주 무관하지는 않습니다."

"응?"

"십 몇 년 전에 우연한 인연으로 소림사의 승(僧)에게 권법을 배운 적이 있거든요."

"이야, 그래? 소림권법을 배웠단 말이야?"

"에이! 고작 서너 달 동안 간단한 몇 수를 배운 것에 불과해서 당시에도 겨우 흉내나 내는 정도였습니다. 더욱이 십 년도 훨씬 더 지난 옛날이라 이제는 아예 생각도 나질 않는걸요. 그래도 그때 소림에 관해서 이런저런 얘기들을 많이 주워들었지요. 그런데 그 물건들, 직접 보면 꽤나 재미있을 것 같지 않습니까?"

"뭐? 그 십팔동인이라는 거?"

"예."

"허허! 재미있을 것 같으면 볼 수는 있고?"

"뭐, 조장님께서 보자고 하신다면 못 보여 드릴 것도 없죠. 제가 동인관이 있는 장소를 알거든요."

"그래서, 거기를 가보자고? 우리 맘대로?"

"가보실 생각은 있습니까? 물론 뒷 말썽 같은 건 전혀 없다고 제가 확실히 보장할 수 있습니다만."

서활이 은근히 부추기는 듯하였으므로 강산이 내심,

'허허! 이 친구가 알고 보니 대게 실없는 구석이 있네? 대체 지가 뭐라고 무림 중에서도 누구나 첫 손가락에 꼽는 소림사에서, 그것도 지금은 몰라도 예전에는 그처럼 중지(重地)였다는 곳을 무슨 지네 집 안마당이나 되는 것처럼 구경을 시켜주겠다고 생색을 내? 그리고 뒷 말썽이 절대 없다고 보장씩이나 해?

하고 같잖다는 생각을 해보지 않을 수 없었다.

그러나 이제껏 재미 삼아서 설렁설렁 실없는 말들을 주고받기는 그 또한 매한가지였으니, 이제 와서 새삼스럽게 정색을 할 필요까지는 없겠다 싶었다. 그래 강산이 슬그머니 웃으며,

"그래, 나중에 시간 되면 그래 보자고."

하고 말았다.

4

소림사의 저녁 예불이 끝나고 나서 유정과 잡조는 대웅보전(大雄寶殿)으로 들어갔다. 유정이 밤늦게까지 대웅전에서 기도를 하겠다고 청을 했고, 소림사에서 그 청을 허락한 덕분이었다.

잡조가 유정과 함께 대웅전에 있게 된 것은 고이강의 심려(深慮) 때문이었다.

소림사 경내에서 굳이 경호를 세운다는 건 자칫 결례일 수 있기에 아쉬운 대로 잡조로 하여금 유정과 함께 있도록 한 것이다. 만약 무슨 일이 있거든 어찌어찌하라고 고이강이 누누이 지시를 하여두었음은 물론이다.

자시가 훌쩍 지나갔다. 그런데도 유정의 기도는 끝날 기색을 안 보이는 것이 아예 밤을 새울 참인 듯했다.

선변이나 윤과 등이 웬만하면 한두 마디쯤 불평을 내뱉을 법도 하였는데, 웬일로 둘은 불당 기둥에 기대앉은 채 졸고 있는 듯이 얌전하였다.

그때 서활이 눈짓을 하며 슬쩍 강산의 소매를 잡아당겼다.

강산이 마침 절반쯤은 졸고 있던 중이라 성가신 마음이 들었으나, 일단은 서활이 이끄는 대로 불당 바깥으로 따라나섰다.

"왜?"

강산이 약간의 짜증을 섞어 묻자 서활은 싱긋 웃는 낯으로 대답했다.

"구경하러 가셔야죠?"

"무슨 구경?"

"동인관 말입니다."

이미 생각 밖으로 두고 있던 말을 다시 들었기에 강산이 흠칫하여,

"뭐?"

하고 묻고 나서,

"지금?"

하고 다시 물었다.

"지금이 딱 적당합니다. 시간이 늦어 경계하는 중들이 드문데다, 마침 유 소저의 기도로 우리가 대웅전 주변에 다니는 것이 별로 이상하지 않게 되었으니 말입니다."

"허! 말하는 걸 보니 정말로 가볼 참이네?"

"하하! 사내가 한번 가보기로 했으면 가는 거지, 일구이언(一口二言)하여 견자(犬子) 소리 들을 일 있습니까?"

서활의 그 소리에 강산이 발을 빼겠다는 소리는 차마 하지 못하고,

"그래도 우리끼리 함부로 나다니다가 괜한 말썽이라도 나면 곤란하지 않을까?"

하고 은근히 걱정하는 체하였다. 그러나 서활은 태연하기만 하였다.

"글쎄, 말썽날 일이 없다니까요."

"허! 글쎄, 그게 자네 말처럼만 된다는 보장이 어디에 있냐고."

"동인관은 이 대웅전의 바로 뒤쪽 죽림에 있습니다. 그러니 설령 누구한테 걸린다고 하더라도 그냥 소피 보러 나왔다가 길이 헷갈렸다고 둘러대면 무슨 크게 탈 잡힐 게 있겠습니까? 그러니 아무 걱정 마시고 그저 저만 따라오십시오."

하고 서활이 아예 앞장을 서서 걸어가는 바람에 강산이 더이상 마다할 방법이 없어 엉거주춤 엉덩이를 뺀 채로 그 뒤를 따라나서고 말았다.

대웅전 뒤쪽의 공간은 그리 넓지 않아서 울창한 대나무 숲과 바로 잇대어 있다시피 하였다.

서활과 강산이 정말로 소피 볼 자리를 찾는 사람들처럼 근처를 어슬렁거리고 있다가 주변에 인적이 없음을 확인하고 나서 얼른 대나무밭 안으로 들어섰다.

대나무밭이 밖에서 보기에는 빽빽하더니 막상 그 안으로 들어서자 조심조심 헤치고 나갈 만은 하였다.

대략 십여 장을 나아가자 조그만 사당 같은 석옥(石屋) 하나가 나타났다. 벽이며 지붕을 이루는 돌이 모두 다 오래된 이끼에 뒤덮여 있고, 한 사람이 겨우 출입할 만한 크기로 달린 대문에는 원래 붉고 푸른 계통의 색이었을 칠이 퇴색하다

못해 죄다 가루로 떨어져 나가 시커멓게 썩은 원래의 나무 바탕이 그대로 드러나 있었다.

그 대문에 자물쇠 하나가 걸렸는데, 시뻘겋게 녹이 슨 것이 손으로 잡아 비틀기만 해도 부스러져 버릴 것만 같아 보였다.

서활이 잠시 자물쇠를 살펴보고 나서 문득 소매 속에서 가느다란 철사 같은 것을 하나 꺼내 들었다. 그에 강산이,

"왜? 열게?"

하고 묻자 서활이 벙싯 웃으며,

"아무리 삭아 문드러지기 직전이라 하더라도 그래도 소림의 물건인데 함부로 부술 수는 없지 않겠습니까?"

하고 짐짓 조심을 기하는 체하였다. 강산이 슬쩍 눈짓으로 서활의 손에 들린 예의 그 철사 같은 물건을 가리키며 또한 짐짓 농인 듯이 말을 받았다.

"그것이 아무래도 말로만 듣던 만능열쇠쯤이나 되어 보이니 아무래도 자네 전력이 궁금해지는군."

"하하하! 염려 마십시오. 조장님과 함께 있는 동안에는 절대로 아무 집 자물쇠나 함부로 열어젖히지는 않을 테니까요."

하며 서활이 조심스럽게 자물쇠를 잡아보고는 이내 피식 웃었다.

"이거 잠기지도 않고 그냥 걸려만 있는데요? 하긴 사용 안 한 지가 백 년이 넘었으니 소림에서도 그냥 방치해 두고 있는

모양입니다."

서활이 가볍게 대문을 밀자,

삐이걱!

세월의 무게인 듯 힘겨운 비명을 토해내며 대문이 열렸는데, 그 안쪽은 곧바로 비스듬히 아래로 내려가는 통로가 이어져 있었다.

사방의 벽면이 모두 다 반듯반듯한 돌로 이루어져 있는 그 지하 통로는 마치 동굴과도 같이 길게 이어지고 있었다.

그런데 강산과 서활이 긴장해 있느라 미처 느끼지 못하였지만, 사방 벽에서는 잘 알아채지 못할 만큼의 아주 희미한 빛이 나고 있어서 통로가 그리 어둡지는 않았다.

그렇게 통로를 따라 대략 십여 장 정도를 걸어가자 마침내 벽으로 가로막힌 곳이 나타났다.

벽면의 한가운데는 아주 잘 짜 맞추어진 작은 석문(石門)이었다.

서활이 주먹으로 석문을 두드려 보았을 때 숫제 커다란 바위덩어리를 두드리는 듯한 느낌이 나는 걸로 보아, 석문이 만만치 않게 두껍다는 것을 짐작해 볼 수 있었다.

서활이 다시 석문 주변을 유심히 살피던 중에 석문의 아래쪽에서 움푹 파인 구멍 하나를 발견하였다. 안으로 손을 넣어 보니 잡히는 고리 같은 것이 있어 잡아당겼더니,

그르르릉!

하는 소리가 울리며 벽면의 한쪽에 사람 하나 들어갈 만큼
의 공간이 열리는 것이었다. 서활이,

"이야!"

하고 짐짓 감탄성을 뱉으며,

"오래되어 기관이 작동을 안 할 수도 있겠다 걱정을 했었
는데 다행히 작동하네."

하며 장한 일이라도 해낸 듯이 어깨를 으쓱해 보이고는,

"조장님, 들어가시죠."

하고 마치 제 집에 손님 초대라도 하는 양 말하였다.

석문 안쪽은 또 새로운 공간이었다.

족히 반경 오 장여는 되어 보이는 그 원형의 석실 사방 벽
에는 중간 중간에 일정 간격으로 제법 큰 구멍이 뚫려 있고,
석실의 한가운데쯤에는 유난히 눈에 띄는 장방형(長方形)의
하얀색 바닥이 있었는데, 그 넓이가 사방 일 장 반 정도가 되
었다.

"조장님, 저기 하얀색 바닥 위로 한번 가보십시오."

하고 서활이 은근히 권하였다.

그러나 강산은 괜히 찜찜한 생각이 들기 시작하는 중이었
다.

동인관의 규모는 생각했던 것보다 훨씬 더 엄청나고도 놀
라웠다. 그러니 자신이 지금 해서는 안 될 짓을 저지르고 있

다는 자책감과 더 이상 일을 벌려서는 안 된다는 불안감이 밀려드는 것이었다. 강산이 한풀 꺾인 소리로,

"이봐, 구경은 이 정도로도 충분히 한 셈이니 이제 그만 나가는 게 좋지 않겠어? 왠지 느낌이 안 좋아서 말이야."

하고 말하는데 서활은 여전히 태연하기만 하였다.

"나 참, 조장님도. 기껏 여기까지 와서 그게 무슨 말씀이십니까? 이런 기회가 평생에 다시 올 것 같습니까? 우리는 지금 일생 최고의 구경을 하고 있다니까요? 그러지 마시고 일단 저 안쪽으로 들어가 보십시오."

"그냥 여기서 보면 되지 왜 자꾸 들어가래?"

"제가 문득 생각나는 게 있어서 그럽니다."

"뭔데?"

"그때 저한테 권법 몇 수를 가르쳐 준 그 승(僧)이 말한 바에 따르면, 저기 가운데의 자리야말로 바로 십팔나한의 재목으로 선택받은 소림의 무승들이 최종적으로 동인관의 관문을 통과하기 위해 서는 자리라는 겁니다. 저 자리에 섬으로써 관문에 도전하겠다는 의사를 밝히는 것이지요. 그러니 저 자리에 한번 서본다는 것이 얼마나 의미가 크겠습니까?"

"난 별로야. 그렇게 의미가 크다면 자네나 해보지그래?"

"하하하! 왜 이러십니까? 조장님께서 그렇게 말씀하시면 기껏 이곳까지 조장님을 모시고 온 제 성의는 뭐가 됩니까? 그리고 저 자리에 누군가 서는 것은 그야말로 백 년 만에 처

음이며, 더군다나 수백 년도 더 이전에, 이곳 동인관이 생긴 이래로 소림사의 승려 아닌 사람으로는 최초로 서는 것인데, 그런 영광을 어떻게 조장님을 제쳐 두고 제가 감히 누릴 수 있단 말입니까? 그건 절대로 안 될 일입니다. 암, 그럼요! 그러니 걱정일랑 조금도 하지 마시고, 그냥 저 위에 잠깐 한번 서보기만 하십시오. 그런 뒤에 우리는 곧바로 돌아가도록 하지요. 그래도 여기까지 왔다는 기념은 남겨야 하지 않겠습니까?"

하고 서활이 등을 떼밀다시피 하는 바람에 강산이 더는 마다하지 못하고서,

"쩝!"

영 마땅찮다는 입맛을 다시며 주춤주춤 석실 가운데를 향해 걸음을 떼었다.

二十九
오관통(五貫通)

1

그는 평상시에 하던 것처럼 오늘도 이곳 동인관의 벽면에 뚫린 구멍 중 한곳에 들어앉아 있던 중이었다. 차갑고 딱딱하지만 튼실하기로는 최고인 동인(銅人)의 다리 한쪽을 베고 누워서.

그러던 중에 난데없는 침입자들을 맞은 것이다.

침입자들이 외부인임은 그자들이 죽림에 발을 들여놓았을 때부터 진작에 알았다. 소림제자들 중에서야 그를 제외하고 나면 누가 감히 함부로 이곳을 들어올 수 있겠는가.

뒤이어 그자들이 주고받는 대화 속에서 그들이 무슨 짓을 하고자 하는지 알았지만, 그는 그냥 모른 체하려고 했다.

어찌 되었든 동인관에 외부인이 들어온 것이 그의 탓도 아니거니와 기왕에 들어온 자들이 그냥 곱게 구경만 하고 나가겠다는 데에야 굳이 성가시게 간섭할 필요까지는 뭐 있으랴 하는 속 편한 생각이었다.

그런데 가만히 두고 보자니 이자들이 노는 짓이 점점 더 가관으로 번지더니, 이윽고는 그중 하나가 기관을 작동시키려 하고 있었다.

동인관의 기관을 작동시키는 데는 무슨 절차가 따로 있는 것이 아니었다. 가운데의 하얀색 바닥 위에 사람이 서면 자동적으로 기관이 작동되는 것이었다. 그리고,

'지난 백 년간이나 방치해 두었으니 기관이 제대로 작동될 리는 없을 것이다.'

하는 따위의 요행(?)을 바라는 것은 부질없는 짓이었다. 근래에 들어 그는 모종의 이유로 꽤나 자주 기관을 작동시켜 본 바가 있고, 그때마다 기관은 아주 멀쩡하게 잘 작동되었으니까.

그가 그자들이 하려는 짓을 그대로 두고 볼 수 없는 첫 번째 이유는 바로 기관이 작동되면 당장에 그가 베고 누운 동인이 벌떡 일어날 것이기 때문이다.

그리고 두 번째의 이유를 들자면, 아무리 멀쩡하게 작동되는 기관이라고 하더라도 역시 수백 년이나 묵은 고물인데다 지난 백여 년간 제대로 관리가 되지 않은 터이니, 기관에 대

해 잘 알고 있는 자신과 같은 사람이 아주 조심조심하여 작동을 시키면 또 모를까, 멋모르는 자들이 이리저리 함부로 작동시켜 대다가 자칫 기관에 심각한 손상이라도 입히는 날에는 소림의 제자로서 역대의 선대 조사들께 얼굴을 들 수 없을 것이기 때문이다.

그리하여 그는 마침내 모든 귀찮음과 성가심과 번거로움을 떨쳐 버리고서 직접 행동에 나서지 않을 수 없었다.

그는 바로 공공 선사(空空禪師)였다.

소림의 전전대 장문인이며 은거하여 강호 잡사에 관여하지 않은 지 오래되는, 그야말로 정파 최고 배분의 고인이었다.

무림의 혹자는 선사를 당세제일무인(當世第一武人)이며 고금제일무인(古今第一武人)으로까지 추앙을 받는 창천무종(蒼天武宗) 염천월(廉天月)과 나란히 비교하기도 하였다.

그것은 그가 칠십여 년 전에 이미 이백 년 내의 소림제일고수로 평가받았을 뿐만 아니라, 그때 이후로 은거에 들어가 소림 최초로 칠십이종절기를 집대성하기 위한 각고의 노력을 기울이고 있다는 소문 덕분이었다.

그러나 은거 후 선사는 세상과 일체의 소통을 끊어버린 터라 소림 내에서도 그의 종적을 명확히 아는 사람이 없었다.

혹간 인근의 말사(末寺)에서 불목하니로 일하는 것을 보았

다는 사람도 있었고, 또 어느 때는 천 리나 떨어진 곳에서 걸
행(乞行)하는 모습을 보았다는 사람도 있었지만, 그 어느 것
도 확실히 믿을 바는 못 되었다.

선사가 원래 작정하기로는 우선 입구 쪽에 있는 놈을 아주
간단히 제압하고, 그다음에 지금 석실 가운데로 걸어가고 있
는 놈을 여유있게 제압할 작정이었다.
물론 입구 쪽에 선 놈이란 서활이고, 석실 가운데로 걸어가
고 있는 놈은 강산이었다.
그러나 일은 뜻밖에도 선사의 생각대로 되지를 않았다.
물론 선사가 얕보아 가볍게 손을 쓴 탓이 크겠지만, 기척도
없이 쏘아진 선사의 탄지신통(彈指神通)을 순간적으로 허리를
뒤틀어 피해낸 서활의 반사적 대응도 참으로 놀라웠다.
그 바람에 선사는 잇달아 박룡수(博龍手) 세 초식을 일진광
풍처럼 휘몰아치고 나서야 겨우 서활의 혼혈을 짚을 수 있었
다.
그런데 그러는 바람에 선사의 계산은 다시 틀어지고 말았
다.
"이런⋯⋯!"
선사의 급한 탄식 속에,
우르르릉!
하고 석실 전체가 은은하게 울리고 있었다. 기관이 이미 작

동되기 시작한 것이다. 바로 이어,

쿵!

쿵!

쿵!

하고 사방 석벽의 구멍으로부터는 동인들이 육중한 몸짓으로 걸어나오고 있었다. 그 숫자가 모두 합쳐 열여덟. 바로 전설의 소림십팔동인(少林十八銅人)이었다.

동인관의 기관이란 것이 일단 작동된 다음에는, 정해진 일련의 과정이 다 이루어지고 나서 저절로 멈출 때를 기다리는 수밖에 없었다. 기관을 다 때려 부수기 전에는 말이다.

그 일련의 과정이 이루어지는 데 걸리는 시간이 일각(一刻:십오 분 정도)이다.

즉, 동인관의 기관이 작동되고 난 다음 사방 일 장 반의 하얀색 장방형의 공간에서 벗어나지 않고 일각 동안을 규정된 정도의 상처를 입지 않고 견디는 것이 바로 소림십팔나한이 되는 조건인 것이다. 물론 백 년 전 과거의 조건이다.

동인관의 기관을 멈추게 하는 두 가지 예외의 조건이 있기는 하였다. 지극히 어려운 조건 하나와 지극히 쉬운 조건 하나.

먼저 지극히 어려운 조건이란 일정 수의 동인을 제압하는 것이다.

동인의 전신 십팔 대혈 중 다섯 곳 이상을 아주 정확히 타격하면 동인이 멈추는데, 그렇게 십팔동인의 절반인 아홉을 멈추게 하면 동인관의 기관 전체가 작동을 멈추게 된다.

지극히 쉬운 조건은 말 그대로 지극히 쉽다.

관문 도전자가 도전을 포기하고 바닥에 납작 엎드리면 촌각 후 동인관의 모든 기관이 멈추도록 되어 있으니까.

그것은 동인관의 원래 취지부터가 사람을 다치게 하기 위한 것이 아닌 만큼, 도전자가 스스로 모자람을 느꼈을 때는 언제든지 물러날 수 있는 여지를 둔 것이었다.

그런데 백 년 전까지 숱한 소림의 기재들이 동인관을 혹은 통과하고 또 혹은 좌절했지만, 그중에서 그 두 가지 예외의 조건에 해당된 자들은 그야말로 다시 예외라고 할 만큼 극소수에 불과하였다.

선사가 돌연 놀란 듯이,

"어허!"

하고 급한 탄식을 토했다. 그때쯤 예의 그 장방형의 하얀색 바닥 위에서는 선사의 예상을 완전히 초월해 버리는 터무니없는 사태가 벌어지고 있었던 것이다.

바로 강산이었다. 그는 지금 십팔동인이 이룬 원형의 진 속에 갇힌 채였는데, 그야말로 속수무책, 무방비로 타격을 당하고 있는 중이었다.

퍽!

퍼퍼퍽!

퍼퍽!

퍼퍼퍼퍽!

동인들의 타격이 마치 세찬 소나기처럼 퍼부어지는 가운데,

"큭!"

"으윽!"

"크으윽!"

하고 고통스럽게 흘리는 강산의 신음 소리가 섞였다.

"엎드려, 이 미련한 중생아! 바닥에 납작 엎드리라고!"

그러나 강산은 여전히 듣지 못한 것처럼 허우적거리고만 있었다.

선사의 외침에 은연중 불문 사자후의 공력이 담겼으니, 못 들었을 리는 없었다. 그리고 죽기를 각오하고 버티어보겠다는 터무니없는 고집일 리도 없었으니, 선사가 생각하기에 그 어리석은 중생이 필경은 아예 얼이 빠져 버린 탓에 숫제 몸이 굳어버린 것임에 틀림없었다. 선사가 더 이상 지체치 못하고,

"어허! 저런 빌어먹을 중생 놈을 봤나? 이 늙은 중에게 송장 치우게 만들 일이라도 있더냐?"

외치며 막 신형을 날리려 하다가는 문득 다시 몸을 바로 세웠다. 그런 선사의 표정 가득히 짙은 흥미로움이 떠올라

있었다.

"가만가만. 어허! 저 미련한 중생 놈 좀 보게? 대체 저놈의 몸뚱이가 무엇으로 만들어졌기에……?"

강산이 지금 맞고 싶어서 맞는 것도 아니고, 일부러 피하지 않는 것도 아니었다.

금강역사와도 같은 거대한 덩치와 무지막지한 힘을 지닌 동인이 자그마치 열여덟이었다. 더구나 강산은 알지 못했지만, 그를 둘러싼 십팔동인의 진세(陣勢)는 바로 무적의 소림 십팔나한진(少林十八羅漢陣)이었다.

그러니 설사 날고 기는 신법을 익혔다고 하더라도 쉽게 피해 나갈 수 있는 상황은 아닐 터인데, 일초무학인 강산의 처지야 오죽할까?

그나마 그가 죽는 소리를 내는 중에도 진작에 쓰러지지 않고 아직까지 용하게 버티고 서 있는 것은 역시나 삼관통의 한층 강화된 무형 방호막이 작동하고 있는 덕분이었다.

동인들의 타격은 정확하기 짝이 없었다. 한 치의 오차도 없이 일정한 시차와 일정한 힘을 실어 정확한 위치를 치는 연환의 타격. 그런 정확성과 규칙성 때문인지, 아니면 삼관통 이후로 더욱 밝아진 오감 능력 때문인지 강산은 어느 순간부터 묵직한 고통 중에도 자신의 몸에 떨어질 충격을 대강 예측할 수가 있었다. 어느 순간에 어디를 얼마만한 힘으로

칠지에 대해.

그리고 다시 어느 순간 강산은 우연히, 정말 우연히도 자신의 내부에서 일어나고 있는 한 가지 기이한 현상을 깨닫게 되었다.

그것은 일종의 분산 작용이었다. 몸에 가해지는 충격에 대해 이미 소통되어 있는 그의 내부 일백팔 개의 관문이 순간적으로 공조하여 그 여파를 분산시켜 버리는 작용.

그런데 그런 기이한 작용은 일시적이거나 혹은 단속적(斷續的)인 것이 아니라, 강산이 그런 작용에 대해 문득 깨달은 그 시점부터 보다 연속적으로, 그리고 보다 기민하게 일어나더니 점차로는 십팔동인으로부터 가해지는 충격력의 상당 부분을 능히 해소해 내는 지경으로까지 발전해 가는 것이었다.

그럼으로써 강산은 처음에 십팔동인의 공격에 대해 겨우겨우 버티어 견디던 것에서, 점차로 당황하지 않고 그런대로 무난히 받아내기에 이르렀다.

물론 그런 강산의 내부 사정에 대해서 조금의 짐작이라도 해볼 길이 없는 공공 선사에게 강산은 여전히 미련하기 짝이 없는 중에, 다만 그 몸뚱이가 무엇으로 만들어졌는지가 심히 흥미로운 중생 놈일 뿐이었다. 그런데 한순간 강산이,

"어엇?"

"어어엇?"

하고 잇달아서 소리를 지르는 것이었다.

그 바람에 선사는 덩달아서 긴장을 하고 말았다. 그런데 이 내 괴이쩍은 생각이 드는 것은 강산의 그 소리가 비명이 아니라 놀란 소리 같기도 하고, 또 어찌 듣자니 지극한 감탄내지는 희열의 소리 같기도 하다는 사실이었다.

사실이었다. 강산의 그 외침은 전혀 생각지 못한 뜻밖의 일을 맞은 데 대한 놀람과 뒤이어 따르는 지극한 희열 때문에 저도 모르게 뱉어낸 탄성이었다.

투두둑!

투두두두둑!

투두두두두둑!

한순간 강산의 내부에서 관문이 터져 나가기 시작하고 있었다. 느닷없는 일이었다. 놀란 데다 다시 경악하지 않을 수 없는 것은 관문들이 돌파되어 나가는 속도가 지금까지 몇 차례 그가 겪어온 경우와는 비교도 안 될 정도로 빨라서 그야말로 파죽지세의 기세라는 점이었다.

그런 중에 또다시 뜻밖이란 것은 지금까지의 전례로 보아 다음 단계의 관문일수록 그것을 돌파하기 위해서는 보다 강력한 외부 충격을 필요로 하였는데, 물론 지금 가해지고 있는 십팔동인의 권격(拳擊)이 강력한 기관의 힘으로 작동하는 것인지라 보통 사람이라면 그 타격 하나마다에 온몸의 뼈마디가 부러져 나갈 만큼 무지막지한 것은 사실이지만, 그렇다고 이미 삼관통을 이룬 강산의 일백여덟 번째 이후부터의 관문을 이처럼 어이없으리만치 우수수 깨부술 만큼의 충격은 아니었기 때문이다.

강산이 어떻게 되어가는 일인지에 대해서는 도무지 영문을 알지 못하였으나, 어쨌거나 그 희열과 감격은 황홀할 정도였다.

그리고 잠시 만에, 그가 몇 개인지 미처 헤아리지도 못하는 사이에 자그마치 서른여섯 개의 관문이 우르르 돌파되고 말았다. 아아! 사관통이었다. 어이없게도!

사관통의 공능이리라 짐작할 만한 느낌은 바로 있었다.

우선은 무형 보호막이 다시 한층 강화되었음에 분명했다. 가장 뚜렷한 것은 바로 그 분산 작용의 확대였다. 이제 그의 내부에는 소통된 관문이 자그마치 일백하고도 마흔네 개나 되니 그 분산 작용의 원활함이란 좀 전에 비할 바가 아니었다.

그뿐이 아니었다. 십팔동인은 그야말로 소림의 전설답게 지치지도 않고 줄기차게 그의 몸을 두들겨 대고 있었는데, 뭐랄까, 강산은 이제 동인들의 타격에서 마치 전신 안마를 받는 듯한 시원함과 함께 아직까지는 다소 막연한 감이 없지 않았지만 무언가 청명하기 이를 데 없는 기이한 활력이 전신으로 충전되고 있는 듯한 개운함과 기이한 쾌감을 느끼고 있었다.

그것은 마치 그의 내부 일백사십사 개의 소통된 관문들이 외부의 충격을 그저 방호하고 분산시키는 데서 그치지 않고 조금씩 조금씩 그 충격력의 일부를 받아들여서 각각의 관문들에 축적시키는 듯한 느낌이었다.

그런데 그런 중에 다시 강산의 내부에서는,

투두둑!

투두두두둑!

투두두두두둑!

다시금 관문들이 속절없이 깨져 나가는 돌연한 사태가 벌어지고 있었다. 그 바람에 강산은 저도 모르게,

"우앗!"

"우아앗!"

하고 다시금 기성(奇聲)을 내지르고 말았는데, 또한 그 바람에 애꿎게도 공공 선사가 또다시 흠칫 놀라고 말았다.

다시 새로운 서른여섯 개의 관문이 돌파되는 기세는 호호탕탕(浩浩蕩蕩)! 그야말로 거칠 것 없는 기세로 느닷없이 이루어졌다.

그럼으로써 강산의 내부에서 소통된 관문의 수는 순식간에 총 일백팔십 개가 되었다. 또한 그럼으로써 믿을 수 없게도 오관통이 이루어진 것이다. 막상 강산 자신은 그러한 사실을 미처 깨닫지 못하고 있었지만, 이전에 그의 몸에다 삼백육십 개의 주문을 각인시켜 주었던 노인이 특별히 의미를 두어 언급했던, 이른바 반극오관통(半極五貫通)을 이룬 것이었다.

한순간 강산은 크게 놀라며,

"아차?"

하고 저도 모르게 낭패한 소리를 지르고 말았다. 돌연,

퍼석!

하는 소리와 함께 십팔동인 중 하나의 구리 팔이 무단히 부서져 버린 때문이었다.

'고물이라고 하더니 이것들, 죄다 삭아버린 거 아냐? 그나저나 물건이 상하면 곤란한데?'

그저 두들겨 맞은 것 외에 그가 특별히 무슨 짓을 한 것은 아니었지만, 어쨌든 멀쩡하던 동인이 외팔이가 되어버린 데 대해 강산은 괜히 죄지은 심정이 되고 말았다.

역시 문제는 아무래도 오관통을 이루었다는 데 있는 것 같았다.

'무형 방호막이 더욱 강화되었고, 그 바람에 애꿎은 동인의 한쪽 팔이 작살이 나고 만 것이다.'

무슨 근거를 가지고 추정해 보는 것은 아니지만, 그 외에는 달리 뚜렷한 이유가 될 만한 것이 없었다.

그리하여 강산은 지금까지와는 전혀 다른 노력을 기울이지 않을 수 없었다. 바로 동인에게 맞지 않으려는 노력.

그것은 그의 무형 방호막이 작동하지 않도록 하려는 힘겨운 노력이었고, 그럼으로써 더 이상 동인이 작살나지 않도록 하기 위해 그가 취할 수 있는 최선이었다.

또한 그것은 탄능(彈能)의 새로운 변용(變用)이었다. 지금까지의 탄능이 외부 충격에 대한 반사적 내지는 반발적 대응

이었다면, 이제부터 강산이 발휘해 내려는 탄능은 오로지 외부의 충격을 완충하려는 용도로만 초점이 맞추어졌으니까.

2

공공 선사가 보기에 그것은 차라리 발버둥이었다. 동인에게 맞지 않으려고 사력을 다해 온몸을 비틀어대는 강산의 몸부림 말이다.

그러나 어이없어하던 선사의 표정은 얼마 지나지 않아 차츰 감탄하는 것으로 바뀌었고, 다시 얼마 후에는 묘한 열기마저 띠는 것 같았다.

강산의 발버둥은 그야말로 원초적인(?) 몸부림에 불과했으나, 기묘하게도 동인들의 타격을 비껴가는 데가 있었다.

물론 아주 완전히 피해 나가는 것은 아니었다. 그러나 대부분의 타격을 비껴 맞고 흘려 맞음으로써 그 충격을 최소화하고 있는 것이었다. 그 임기응변에 대해 선사는 감탄하지 않을 수 없었다.

"아아! 타고난 본능이다."

또한 선사는 감동하지 않을 수 없었다.

"선하고 선한 심성이로다!"

지금까지 십팔동인의 타격에 대해 줄곧 견디고만 있던 강산이 왜 갑자기 몸부림을 치기 시작했는지, 아무리 뛰어난 본능이라도 어떻게 저처럼 무수한 타격 사이를 잘도 빠져 다닐 수 있는지, 또 좀 전에 동인 하나의 팔이 부서진 것은 도대체 어찌 된 영문인지 등등의 속사정에 대해 선사로서는 어떻게 짐작이라도 해볼 도리가 없었다.

그러나 심심상인(心心相印)의 이치랄까?

문득 선사의 마음에 와 닿는 것이 있었으니, 그것은 바로 동인들을 상하지 않게 하려는 강산 나름의 지극한 성의였다.

그런데 놀라며 또 감탄하며 보고 있던 선사는 언뜻 한 가지의 엉뚱한 충동을 느꼈다. 그러더니 그 충동은 이내 참지 못할 욕심으로까지 번져 가는 것이었다.

마음속에 갑자기 치미는 그것이 한낱 삿된 번뇌임에 분명한지라 선사가,

"어허!"

하고 나직한 일갈로 스스로를 꾸짖었다. 그러나 막상 결연히 내치려는 마음은 먹지 않았다. 오히려,

"번뇌도 마음인지라 그저 이끌리는 대로 행해보는 것도 좋으리라. 다만 그러고도 마음에 거리끼는 바가 없다면 그때 번뇌는 번뇌가 아니라 오히려 참마음으로 되는 것이 아니겠는가!"

하고는 빙그레 웃음 짓는 것이었다.

선사의 번뇌란 바로 그가 근래에 들어서야 겨우 그 요체를 깨닫게 된 하나의 신법에 대한 것이었다.

그런데 그 신법이 전인미답(前人未踏)의 오묘함을 내포하고 있는지라—그랬기에 천 년 소림의 천 년 역사에서 그 누구도 실제화시키지를 못한 것이지만—선사가 비록 요체를 깨달았다고는 하지만 실제로 펼쳐 볼 자신까지는 가지지 못하고 있는 형편이었다.

또한 비인부전이라, 말로 풀어 전할 수 없는 종류의 요결이었기에 소림 내에서 전할 만한 이를 찾지도 못하였다.

그러나 선사가 이제 사바세계에서의 인연이 얼마 남지 않았는데, 귀중한 깨달음을 그의 육신과 함께 한 줌의 재로 화하도록 두기란 너무나도 허무한 일이었다.

그런데 강산이 십팔동인의 십팔나한진 속에서 보기 민망한 몸부림이나마 어쨌든 미꾸라지처럼 요리조리 잘도 빠져다니는 것을 보고는 퍼뜩,

'이것도 인연이겠다!'

하는 생각을 떠올린 것이었다.

그랬다. 선사에게 그것은 다분히 즉흥적인 생각이요, 그저 스쳐 지나갈 일시의 번뇌일 뿐이었다.

그의 충동적 행사로 인해 강산이 무엇을 얻든 그렇지 않든, 또한 그 결과로 인해 또 다른 어떤 인과가 생기든 그렇지 않든 그 모든 것은 그저 인연법의 소산일 뿐 자신과는 아무런 상관이 없으며, 나아가 자신으로서는 관여할 수도, 해서도 안 된다는 것이 지금 선사의 생각이었다.

그 신법은 바로 금강부동신법(金剛不動身法)이었다. 일찍이 달마조사가,

"마음이 일어 행하지 못할 것이 없다. 그리하여 금강부동신법 이야말로 무(武)의 궁극이다. 다만 경지에 이르는 길이 명쾌하지 않으니 실로 안타깝기 이를 데 없도다."

라고 하였고, 육조(六祖) 혜능(慧能)이,

"움직이지 않고서 능히 움직이는 것을 제압한다. 이것은 다만 불법에 정진하는 행자가 마음으로 새겨야 할 하나의 화두라고 해야 할 것이다. 그러나 이것이 진정으로 신법의 경지를 말하는 것이라면, 금강부동신법이야말로 신법(身法)의 궁극이리라."

라고 한 바 있는 바로 그 신법이었다.

선사는 직접 나서지 않았다. 다만 십팔동인을 이용했을 뿐 이다. 그러나 그 이용 방법은 결코 간단치 않았다.

만약 누군가 지금 이 자리에 있고, 그에게 절고(絶高)한 무 학을 능히 볼 수 있는 안목이 있다면 공공 선사가 왜 이백 년 내의 소림제일고수로 불리는지, 또한 선사가 왜 당세제일무 인이며 고금제일무인으로까지 추앙을 받는 창천무종(蒼天武宗) 염천월(廉天月)과도 나란히 비교가 되는지 그 이유를 명확

히 알게 되었을 것이다.

선사는 이미 동인관의 기관 작동을 멈추도록 조치하였다. 그럼에도 지금 십팔동인은 여전히 움직이고 있었다. 오히려 더욱 맹렬하고도 쾌속하게.

십팔동인은 지금 십팔나한진을 최고조로 펼치고 있었다. 빠르게 회전하는 동인들은 마치 겹겹이 철벽을 치는 것처럼 공간을 좁혀들고 있었다. 그럼으로써 강산이 움직일 수 있는 모든 공간을 폐쇄시켜 버렸다.

그러나 오직 한 군데 방위만은 그러한 폐쇄에서 제외되었는데, 바로 무중생유(無中生有)의 이치로 도저히 빠져나갈 틈이 없는 중에도 문득 틈이 생기게 되어 있는 것이자, 동시에 금강부동신법의 기본 요체와 상통하는 것이기도 했다.

선사가 바라는 바는 바로, 그 제외된 방위로 강산이 움직여 주는 것이었다.

그러나 그 같은 선사의 바람은 처음부터 가능한 것이 아니었다.

왜냐하면 그 제외된 방위란 것이 기실은 사방을 칠십이 방위로 나눈 중의 다만 한 방위에 불과한데다, 그마저도 고정되어 있는 것이 아니라 찰나의 순간마다 매번 변화해 가는 것이기 때문이다.

물론 선사의 내공은 가히 신화경(神化境)에 달했고, 그것을 운용하는 기법은 감히 예측할 수 없을 만큼 신기지경(神技之

境)에 달한지라 선사가 십팔동인을 조종하는 한편으로 또한 강산을 이리저리 밀고 당겨 금강부동신법의 요체(要諦)대로 움직이게 할 수 있을 것이었다.

그러나 그리하는 것은 강산에게 그저 억지로 한바탕의 뜀박질을 시키는 것일 뿐, 그 외에는 아무런 소용이 없는 짓이 될 터였다.

금강부동신법이 애초에 단순히 행로를 외워서 되는 것이 아닐뿐더러, 무슨 정해진 행로가 따로 있지도 않았다. 다만 움직이고, 또한 움직이지 않는 경계 사이에서 조금의 구애받음도 없는 마음의 움직임에 그 요체가 있는 것이었다.

그런데 원래부터 일이 그렇게 되려고 했던지, 강산이 마침 동인들에 대해 부딪치는 것에 기겁을 하고 있던 중이라 자연적으로 선사의 그 같은 시도에 대해 전심전력으로 움직이게 되었던 것이다.

강산이 동인관에 들어와 난데없이 동인들과 숨 막히는 드잡이를 벌이고 있는 지는 벌써 일각여나 되어가고 있었다.

"이거 도대체 언제까지 계속되는 거야?"

노도광풍처럼 밀어붙이는 동인들 틈새에서 강산이 그렇게 투덜댈 수 있는 것은 그에게 이제는 한결 여유가 생겼기 때문이리라.

그러고 보니 강산의 움직임은 이제 제법 다듬어져 있었다.

그렇다고 해서 대단히 보기 좋고 품격있는 움직임이란 것은 아니었지만, 최소한 처음의 발버둥이나 몸부림을 치는 지경은 한참 면해 있었다.

그러나 막상 강산이 지금 자신의 몸놀림에 금강부동신법의 묘리가 서서히 녹아들고 있다는 사실을 짐작이라도 할 리는 없었다.

그저 악착같이 부딪쳐 오는 동인들을 상하지 않기 위해 죽을힘을 다해 도망을 다니다 보니 어느 순간부터는 그 구리 동상들이 힘이 빠졌는지(?) 아니면 그것들의 움직임에 그가 익숙해졌는지, 어쨌든 도망 다니기가 차츰차츰 수월해지더니 이윽고 지금처럼 여유를 부릴 수 있는 정도까지 되었을 뿐이다.

강산의 어이없는 여유를 보고 공공 선사는 차라리 어이없다는 생각조차 들지 않아 그저,

"허!"

하고 기막힌 듯이 탄식하였다가 다시,

"허허!"

하고 허탈한 듯이 헛웃음만 잇달아서 뱉을 뿐이었다.

그가 주려고 한 것을 강산이 실제로 얼마나 얻어갔는지는 선사로서도 짐작해 볼 도리가 없었다.

다만 지금 강산이 보이는 순간순간의 몸놀림에서는 금강부동신법의 이치가 언뜻언뜻 녹아 있는 것도 같았다.

물론 강산이 신법의 요체에 대해서는 조금도 깨닫지 못한 상태에서 다만 몸으로만 그 이치에 익숙해진 것이니, 지금 이 순간 이후에 그가 다시 지금과 같은 몸놀림을 재현해 낼 수 있으리라는 보장은 조금도 없는 것이었다.

사실은 선사 자신도 애초부터 그런 것까지를 기대(?)하지는 않았다.

만약에 또 만약을 가정해서, 강산이 지금 움직임으로 보여 주고 있는 신법의 이치 중 겨우 일 할, 아니, 일 푼 정도라도 나중에 다시 재현해 낼 수 있다면 그것은 그야말로 기연이라고 할 수 있을 것이다.

그러나 선사가 아무리 고금에 드문 고덕대승(高德大僧)이라고 하더라도 그 또한 모든 이치에 대해 다 꿰뚫어 볼 수는 없지 않겠는가.

비록 신법의 요체에 대해서는 깨달음을 얻었으나, 막상 그것이 사람의 몸에서 실제로 어떻게 펼쳐지는지에 대해서는 선사도 알지 못했다.

이치에 통하는 것만 중히 여겨 그런 응용의 사항에 대해서는 선사 스스로 깊이 생각해 본 바가 없거니와 설혹 선사가 그런 것에 대해 깊이 들어가 보았다고 하더라도 요체를 깨달은 만큼 응용에도 능통해졌을 것이란 보장은 사실 조금도 없는 것이었다.

왜냐하면 금강부동신법이 그 요체를 깨닫는 것과는 별개

로, 그 요체의 실질적인 응용을 위해서는 결국에는 그 요체를 깨닫는 수준이 아니라 아주 본능이다시피 철저히 몸에다 녹여야만 하는 아주 고약한 이치이기 때문이다.

사실 금강부동신법이 원래는 그런 것이었다. 요체만 있을 뿐 그 외에는 정해진 실체가 없는.

또한 누구도 알지 못하는 사실이지만, 소림의 역사가 자그마치 천 년에 달하는데, 어떻게 그중에서 금강부동신법의 요체에 대해 공공 선사 정도의 깨달음에 통한 기승고승(奇僧高僧)이 아주 없기야 했겠는가?

그럼에도 불구하고 막상 신법의 실질적인 응용에까지 나아가 본 이가 정말로 전무한 진정한 까닭은 바로 그런 데에 있는 것이었다.

또 한 가지 선사가 짐작조차 하지 못한 사실이 있으니, 바로 강산의 몸에 각인된 삼백육십 가지의 주문의 존재이다.

그리고 그 주문들이 봉인된 관문 중 절반인 일백팔십 개의 관문이 이미 돌파되어 강산이 지금 반극오관통의 경지에 올라 있으며, 그럼으로써 발휘되는 상상하기 어려운 공능들이 있다는 사실이었다.

하긴 그러한 사실들을 선사가 어찌 꿈에서라도 알 수 있으랴. 그중에서 반극오관통의 경지가 주는 공능들에 대해서는 아직까지 강산조차도 그저 수박 겉 핥기 식으로 짐작만 하고 있는 것을.

각설하고, 강산이 진정 금강부동신법과 인연이 있는 것이라면 언젠가 그것이 필요한 상황이 되었을 때 원래부터 그의 것이었던 양 자연스럽게 그의 몸에 붙어서 풀려 나올 것이다. 천 년 세월의 먼지를 털고서 기지개를 켜듯이.

지금 점차로 그의 몸의 일부로 녹아가고 있는 삼백육십 가지의 주문처럼 말이다.

3

"차아앗!'

혼혈이 풀리자마자 서활은 비명인지 기합인지 모를 고함을 지르며 튕기듯 일어서서 사방을 경계하였다.

그의 외침이 석실 전체를 찌르르 울릴 때, 그의 바로 뒤쪽에서,

"어이, 깜짝이야! 왜 고함은 지르고그래?"

하고 타박하는 소리가 있었다. 서활이 홱 돌아서며,

"조장님!'

하고 부르짖었다. 강산이었다. 강산은 무슨 일이 있었는지 옷이 군데군데 찢어진 데다 먼지투성이라 아주 거지꼴이 되어 있었다. 그러나 그의 얼굴만큼은 아주 태평해 보이는지라 서활이 적이 안도하며,

"무사하십니까?'

하고 물었다. 그에 강산이 곱지 않은 눈길을 하며 시큰둥이 대답했다.

"자네 눈에는 지금 내 꼴이 무사해 보이나?"

"아! 그자는… 그 늙은 중은 어떻게 됐습니까?"

"중? 무슨 중? 중은 그림자도 못 봤고 난데없이 튀어나온 그놈의 무슨 동인인지 뭔지 하는 것들 때문에 아주 돌아가시는 줄 알았네!"

"동인이라고요? 설마 십팔동인이 정말로 나왔다는 겁니까?"

"나오기만 해? 나하고 치고받고 아주 한바탕 난리를 쳤는데?"

하는 강산의 말에 대해 서활이 어디까지 믿어야 하는지를 두고 잠시 고민하는데 강산이,

"일단 나가고 보자고! 지금쯤 우리를 찾느라 난리가 났을지도 모르니까!"

하고 서둘렀다.

사실 그 말은 서활이 하려던 말이었다. 소림이 잠룡복호(潛龍伏虎)의 대지라 그 처처(處處)에 세상에 알려지지 않은 기인고수들이 수없이 숨어 있다고 하더니, 그 늙은 중은 분명 그중의 한 기인일 것이다.

그리고 그 중이 동인관에 몰래 침입한 자신들을 이런 정도로 가볍게 징치(懲置)하는 것에서 그친 것은 굳이 크게는 문

제 삼지는 않을 테니 곱게 물러나라는 경고일 것이다. 그러니 그들은 서둘러서 이곳을 빠져나가야만 했다.

강산과 서활이 대웅전으로 돌아왔을 때, 다행스럽게도 유정은 아직까지 불공을 드리고 있는 중이었다.

그리고 윤파와 노달, 그리고 이강은 좌선이라도 하는 양 제법 그럴듯하게 가부좌까지 틀고 앉은 채 지그시 두 눈을 감고 있는 중인데, 가만히 눈치를 보아하니 졸고 있는 모양이었다.

다만 선변만이 하릴없이 기둥에 기대앉아 있다가 흘깃 궁금한 빛으로 불당으로 들어서는 두 사람을 쳐다보았다.

三十
육관통(六貫通)

1

숭산(嵩山) 소림을 떠난 순행단은 여양(汝陽)과 남소(南召)를 지나고 다시 서협(西峽)을 거쳐 이윽고 호북 땅으로 접어들었다.

순행단이 사천까지 직선로를 이루는 섬서 쪽으로 방향을 잡자 않고 굳이 둘러서 가는 길인 호북으로 길을 잡은 것은 역시 유정 때문이었다.

소림사에서 불공을 드렸던 그녀가 이번에는 다시 무당산으로 가서 기도를 드리겠다고 조부인 총수에게 청을 넣은 것이다.

물론 총수가 그러한 유정의 청을 탐탁해할 리는 없었다. 그러나 역시 예정에 없이 소림을 들르게 되었던 것과 마찬가지의 이유로, 그리고 무당산을 경유하여 가는 길이 조금 둘러가는 격이 되긴 하여도 전체적인 순행 일정에 영향을 줄 만큼 많이 둘러 가는 것은 아니었기에 순순히 손녀의 청을 들어주기로 한 것이었다.

무당산이 손에 잡힐 듯이 가까이에 우뚝 솟아 있었다.

무당산까지는 이제 삼십여 리 남짓. 해는 아직 제법 남았다.

그러나 순행단의 인마가 산 정상 즈음에 자리 잡고 있는 무당파까지 올라가자면 반나절은 족히 걸릴 것이니, 내처 간다면 어둡고 난 다음에야 당도할 각오를 해야만 했다.

더욱이 미리 사람을 보내 통보를 해두었다고는 하지만, 백여 명에 이르는 순행단이 낮도 아닌 어둠 속에서 방문한다는 것은 무당파에 대해 큰 실례이지 않을 수 없었다.

그래서 총수는 노숙을 준비하라 명하고, 무당파에도 다시 사람을 보내 순행단이 이곳에서 밤을 보내고 내일 오전 중에 산에 오르겠다는 전갈을 하게 하였다.

순행단이 항주를 떠난 후 처음으로 하게 되는 노숙이었다.

그러나 준비는 처음부터 되어 있던 것이기에 문제가 되거나 무리가 될 일은 없었다.

경호조에서 주변을 수색하여 적당한 장소를 물색하였고,

이어 각각 자리를 배정받아 모두들 여장을 풀었다.

잡조는 작은 것 하나, 큰 것 하나 해서 천막 두 개를 배정받았다. 물론 작은 것 하나는 유정을 위한 것이다.

모르는 것 없는 선변은 천막 치는 법에 대해서도 막히는 데가 없었다. 선변의 지휘하에 잡조의 모두가 달라붙어 어렵사리 두 동의 천막을 치고 보니 주변 곳곳에서는 아직까지 제대로 선 천막이 없었고, 무너뜨렸다가 다시 세우는 천막도 서너 채 있었다.

잡조원 중에서 남의 일에까지 소매를 걷어붙이고 나서는 선량(善良)은 없기에 밖이 훤한 중에도 다들 천막 안에 들어앉아 어영부영 저녁밥 먹을 때만 기다리고 있었다.

그런 중에 윤파는 무료한 듯 양손에 각기 한 자루씩의 목검을 잡고 이리저리 가볍게 움직여 보고 있었다.

윤파가 쌍 목검을 가지고 논(?) 지 며칠 지났을 때였다.

어느 날 느닷없이 등에다 쌍 목검을 메더니, 이후로 시간이 날 때마다 수시로 가지고 노는데, 쓰다듬고 만지작거리는 것이 대부분이요, 또 겨우 특별히 하는 짓이 하릴없이 뽑았다 꽂았다만 하는 것이고, 아주 가끔씩은 양손에 들고 가볍게 휘둘러도 보는데 손에 익지 않아서 그럴 것이지만 아이들 장난질 치듯이 영 엉성해 보였다.

그런 걸 보면 그냥 사람들에게 좀 특별해 보이고 싶어서 한

번 해보는 짓인가 싶기도 하였다.

다만 그런 중에도 윤파가 아주 심심풀이 장난으로만 하는 짓은 아니지 싶은 것은, 그 한 자루의 새 목검이 기존의 목검과 똑같은 모양을 가진 것이어서, 윤파가 적어도 대충 급조하여 만든 것은 아니라는 것을 짐작해 볼 수 있기 때문이었다.

또한 그런 중에 조금 특이하다 싶은 것을 굳이 하나 더 들어본다면, 오른손잡이인 윤파가 막상 쌍 목검을 잡자 오른손의 목검보다는 왼손의 목검을 놀리는 게 상대적으로 더 자연스러워 보인다는 점 정도일 것이다.

윤파의 엉뚱한 짓에 대해 강산은 별로 간섭할 생각이 없었다.

사실 윤파가 무슨 짓을 하든 다른 사람들에게 피해만 주지 않는다면 관심을 둘 마음이 아예 없었다. 잡조의 다른 사람들이 대개는 강산과 비슷한 생각들인 것 같았다.

다만 노달이 이따금씩 윤파에게 물끄러미 눈길을 둘 때가 있었고, 선변은 처음 하루 이틀 사이에 몇 번 윤파의 엉뚱한 짓을 놀려먹었다.

그러나 윤파가 이전 같았으면 무어라고 반갑지는 않은 반응이 있어야 했는데, 이번에는 웬일로 대꾸조차 않고 묵묵히 제 하는 짓에만 열중하였다. 마치 남들이 뭐라 하든 간에 제게는 지금 하는 그 엉뚱한 짓이 가장 중요하다는 듯이.

어제만 해도 그랬다. 순행단이 잠시 휴식 시간을 가지는 틈에 남궁세옥 등이 별다른 일도 없이 잠조가 쉬는 곳엘 왔었다.

제갈중이 안 그래도 윤파에게는 감정이 있는 터였다. 그가 이전에 황보세가에서 윤파와 일촉즉발의 순간까지 갔을 때, 윤파가 발산한 폭발적인 기세에 잠깐이나마 눌렸던 적이 있었는데, 비록 남들은 알지 못할 일이었으되 제갈중 스스로에게는 치욕스럽기 짝이 없는 기억이었던 것이다. 그런데 마침 윤파의 엉뚱한 짓을 보았으니, 생각을 다듬을 여가도 없이 조롱의 의미를 담은 말이 곧바로 튀어나왔다.

"자고로 백일도 천일창 만일검(百日刀 千日槍 萬日劍)이라고 했소. 무슨 소리인고 하니, 도는 백 일간 연마해야 쓸 수 있고, 창은 천 일간 연마해야 쓸 수 있으며, 검은 만 일간을 연마해야 쓸 만하단 얘기요. 다시 말해, 검이란 것은 전심전력으로 오랜 세월을 단련하여도 그만큼 경지에 오르기가 힘들다는 뜻이오. 그래서 검을 두고 만병지왕(萬兵之王)이라고 하는 것이 아니겠소? 흠! 그런데 쌍검이라니… 가히 이만병지왕(二萬兵之王)이라고 해야 할까 보오? 하하하!"

쌍 목검에 대한 혹평이었고, 곧 윤파에 대한 조롱이었다.

선변이 윤파가 불같은 성격이 걱정되지 않을 수 없는지라 얼른 보니, 아니나 다를까, 윤파의 얼굴에는 벌써 한 가닥의 붉은 기운이 솟아 있었다. 하여 선변이 얼른 선수를 쳐서,

"나 참! 하도 먹물 맛이 진하게 배어서 뭔 말인지 당최 알아

들을 수가 없네. 누가 명문가 출신 아니랄까 봐 티를 내는 건지, 원!"

하고 혼잣말처럼 슬쩍 제갈중에게 핀잔 겸 눈치를 주었다. 그때 제갈중이 또한 윤파의 기색을 보았던지,

"본 공자가 어려서부터 상승 경지에 달한 검사들을 많이 봐왔으나 그중 쌍검을 쓰는 이는 한 번도 보지를 못하였소. 그것은 곧 쌍검이 정도가 아니라는 의미가 아니겠소? 한번 길을 잘못 들면 돌아 나오기 힘든 것이 바로 검로(劍路)이니 잘못된 길은 처음부터 가지 않는 것이 최선이오. 이는 본 공자 또한 가전의 검법을 익히고 있는 입장에서 노형을 위한 호의에서 하는 말이오."

하며 슬그머니 얼굴에서 웃음기를 거두었다.

그런데 제갈중이 매끄럽게 말재간을 부린 중에도 여전히 윤파를 방문이나 좌도로 몰아붙이려는 의도를 남겨두는 듯했기에 선변의 눈이 다시금 샐쭉하니 가로로 찢어지는데, 그때 윤파가 제갈중을 보고,

"제갈가의 검법은 능히 무림의 일절로 불리는 터! 그 가문의 후예가 호의에서 하는 충고라니 고맙게 받아들이겠소. 다만 나중에 기회가 닿는다면 말로만이 아니라 실초(實招)로 지도를 청할까 하니 그때에도 거절치 말고 다시 한 번 호의를 베풀어주길 미리 부탁해 두겠소."

하고는 가볍게 포권을 취해 보인 다음 선뜻 몸을 돌려 자리

를 피해 버리는 것이었다.

그런 윤파의 언행에서는 지금까지와는 사뭇 다르게도 언뜻 품격 같은 것이 보이는 듯해서 선변을 포함해 지켜보던 잡조의 조원들이 모두 일시 묘한 얼굴빛이 되었다.

제갈중과 오대세가의 다른 두 공자는 머쓱해졌던지 유정에게 가벼운 목례를 해 보이고는 다른 곳으로 가버렸다.

그때 강산은 선변 등 다른 조원들이 느끼고 있을 법한 감흥과는 전혀 무관하게, 그저 귀찮은 일이 생기지 않은 것에 대해 적이 안도하였다.

'윤파 저 친구, 그래도 아주 앞뒤 못 가리는 막가파는 아닌 모양이네? 하긴, 아주 꼭지가 돌아버리는 경우라면 어쩔 수가 없다 해도, 안 그런 경우라면 최소한 발 뻗을 데는 보고 나서 성질을 부려도 부려야 하는 것이 맞지.'

강산의 그런 생각은 이즈음 그들 오대세가의 세 공자가 순행단의 일원이라기보다는 사실은 손님 대접을 받고 있는 중이기 때문이었다. 그리고 그런 데는 총수가 은근히 남궁세옥을 총애하는 눈치를 보이는 탓이 컸다.

2

저녁을 먹고 난 후, 강산은 고이강의 부름을 받았다.

고이강은 경호조와 함께 한 동의 큰 천막을 쓰고 있었는데,

강산이 천막 안으로 들어갔을 때 고이강은 천막 가운데의 탁자에 홀로 앉아 있었다.

"어서 오게."

"부르셨다고……."

강산이 부른 까닭을 묻자 고이강은 선뜻 일어서며,

"앉게."

하고 강산에게 자리를 권했다. 아니, 권했다고 하기에는 그 어조가 무거웠기에 강산은 엉거주춤 자리에 엉덩이를 걸칠 수밖에 없었다. 그때 고이강이 다시,

"무례를 범하지 않도록 유념하게."

하고 진중한 얼굴로 당부하더니 그대로 몸을 돌려 천막을 나가 버리는 것이었다. 강산이 어리둥절하여 따라 일어서다가는 다시 자리에 엉덩이를 붙이고 말았다.

고이강이 나가면서 천막 안으로 바람이 들어왔는지 탁자 위에 달린 등불이 흔들렸다. 일렁이는 불빛을 보며 강산은 공연히 가슴이 뛰기 시작했다.

그를 보자고 한 사람이 고이강이 아님은 분명했다. 그리고 고이강이 아무런 언급을 하지 않고 천막을 나가 버렸지만, 이제 곧 누가 천막 안으로 들어올지는 짐작이 되었다. 고이강이 그런 정도의 주의를 당부하고 자신의 자리를 비워줄 대상은 단 한 사람뿐이었으므로. 바로 총수일 것이다.

급하게 증폭되는 흥분과 긴장과 불안 속에서 강산의 뇌리

로는 갖가지의 추측이 불뚝거리며 솟아오르고 있었다.

한 사람이 천막 안으로 들어서고 있었다. 조용한 걸음걸이
였다. 그러나 강산은 그를 발견하는 즉시 벌떡 자리에서 일어
섰다.

정결하게 다듬어진 백염, 단정하게 틀어 올린 반백의 머리,
평범한 인상에 불그레한 혈색 좋은 얼굴. 그러나 온화한 가운
데 어딘지 모르게 근엄함과 은은한 예리함이 숨어 있는 깊숙
한 눈빛. 바로 총수였다.

강산은 전에 한 번 가까이에서 본 적은 있었으나, 이제 또
이렇게 단둘이 만나게 되자 그 느낌은 또 달랐다.

총수는 말없이 강산을 응시했다. 매서운 빛 중에 찬찬히 살
피는 눈빛이었다. 다만 동시에 그 눈빛은 너무 노골적이고도
거침이 없어 강산은 괜스레 기가 죽어 몸이 움츠러들었다.

"앉게."

"괜… 괜찮습니다."

"그냥 편히 앉아."

두 번째의 권(勸)이었다. 그러나 말처럼 편하게 여겨지는
것이 아닌 명령이었다.

다시 잠시의 침묵이 지나간 후 여전히 선 채 총수는 느닷없
이,

"젊은 사람이 어째 기백이 없이 왜 그 모양인가?"

하고 질책하듯이 물었다. 강산이 당황하여,

"예?"

하고 생각없는 반문을 뱉고는 이내 고개를 숙였다. 총수의 눈빛으로 지나가는 노골적인 실망 내지는 무시의 기색을 보았기 때문이다.

총수가 잠시 아무 말이 없기에 강산이 다시 슬그머니 고개를 들었을 때, 총수의 시선은 그를 향하고 있지 않았다. 그러나 강산은 총수가 지금 화를 내고 있다는 느낌을 받았다. 바로 자신에 대해.

문득 강산은 천천히 배를 당겨 넣고 허리와 어깨를 쭉 폈다. 왜 그래야 하는지 판단하기도 전에 저절로 그렇게 된 일이었다.

그때 총수가 마침 강산의 그런 모습을 보았는지,

"쯧."

하고 가볍게 혀를 차고는 다시,

"자네, 꽤나 오랫동안 상단에서 일을 했더군."

하고 말문을 열었다.

"예."

"그래, 그만하면 세상 돌아가는 이치는 능히 알 만하겠군. 안 그런가?"

"예? 아, 예……."

"사람에게는 저마다 알맞은 분수가 있다는 것은 알고 있나?"

"예!"

"흠! 그렇다면 쓸데없는 기대나 욕심이 자신뿐만 아니라 주변 사람들에게까지 피해를 끼친다는 사실도 잘 알고 있겠군?"

"예!"

그렇게 자신의 질문에 대해 강산이 짧게 '예!' 라는 대답으로만 일관하는 동안에, 총수는 처음의 무겁던 기색에서 이제는 약간이나마 만족스러워하는 기색이 되어 있었다. 총수가 언뜻 엷은 웃음기를 떠올리며,

"자네의 나이가 그리 적지는 않던데?"

하고 묻기에 강산이 언뜻 기어들어 가는 목소리가 되어 겨우 대답했다.

"서른… 셋입니다."

"그래, 그렇다고 들었네. 허허허! 노부가 요즘 들어 느끼는 것인데, 젊은이들은 역시 젊은이들과 어울릴 때 가장 보기가 좋더구먼. 자네는 그렇게 생각하지 않나?"

총수의 그 말에 대해 강산은 선뜻 대답을 할 엄두를 내지 못하였다. 총수가 군이 강조하여 말한 '젊은이들' 이란 말이 그를 한껏 움츠러들게 만들었기 때문이다.

총수가 말하고자 하는 바가 무엇인지는 이제 대강 분명해지고 있었다. 그때 총수가 자리에서 일어서며,

"자네가 성실하게 일해왔다는 얘기를 들었네. 음! 나는 자

네가 앞으로도 주어진 위치와 본분에 충실해 잘해줄 것이라 믿겠네."

하고는 뒤돌아서더니 곧장 천막의 입구를 걸어가는 것이었다.

그것을 보면서도 강산은 미처 자리에서 일어서지 못하였다. 잘 가시라는 인사는 아예 생각조차 하지 못하였다.

머리는 망치로 얻어맞은 듯이 멍하였고, 온몸에서는 힘이 빠져 버티고 앉아 있는 것만도 힘에 겨웠다.

천막을 벗어나면서 총수는 쓰게 입맛을 다셨다. 굳이 이렇게 할 것까지는 아니었는데 하는 생각이 들지 않는 건 아니었다.

총수가 그동안 유정의 동태를 유심히 관찰한 결과 유정이 필요 이상으로 잡조의 인물들과 유착되는 경향이 있어 보였고, 그런 중에 다시 조장인 강산과는 결코 바람직하지 않은 공감대를 쌓아가는 기미조차 엿보였다.

그렇지 않아도 만의 하나의 가능성이라도 그러한 일이 생길까 저어하여 일전에는 차도살인의 계(計)까지 시도했던 총수이다.

물론 다시금 그같이 저열(低劣)한 수를 쓸 마음까지는 없었지만, 그래도 확실히 일을 다잡아두기는 해야겠다는 생각이었던 것이다. 강산이란 인물이 만약에라도 감히 딴마음을 품지 못하도록 확실한 방법으로.

그때 저만치에서 미리 대기하고 있던 고이강과 경호조원들이 재빨리 다가와서 총수를 호위했다.

3

강산은 한동안이나 미동도 없이 그대로 앉아 있었다. 총수가 그에게 전하려고 한 의미는,

"젊은이들은 역시 젊은이들과 어울릴 때 가장 보기가 좋더구면."

"나는 자네가 앞으로도 주어진 위치와 본분에 충실해 잘해줄 것이라 믿겠네."

하는 말들에서 이미 분명해졌다. 단적으로 유정에게 관심을 가지지 말라는 것이 아니겠는가.

사실은 굳이 총수의 일깨움과 경고가 아니더라도 강산은 자신이 유정에게 어울린다고는 언감생심 상상도 해볼 용기가 없었다. 강산의 어깨가 축 처졌다. 지금 이 순간 그는 다시금 무력한 서른셋의 노총각, 막장으로 몰린 만년 말단의 처지로 돌아가 있었다.

강산이 겨우 정신을 차린 것은 다시 한참이나 지난 후였다.

그런데 그가 막 자리에서 일어서려 할 때였다. 탁자의 맞은편에 한 사람이 우두커니 서서 그를 내려다보고 있었다.

그가 언제부터 그렇게 서 있었는지 강산은 알 수 없었다. 그렇다고 강산이 놀라거나 한 것은 아니었다. 체념과 자기 비하. 지금 그의 심정은 그만한 일 정도에 놀랄 만큼 태평스럽지는 못했다.

무덤덤한 인상에 특징없는 모습의 노인. 그는 바로 총수의 특별호법이었다.

그동안에도 그는 사람들에게 두드러지는 법이 없었다. 그저 있는 듯이 없는 듯이 총수의 곁에 머물러만 있었다.

그의 정체가 무엇인지는 고이강이나 도순학은 물론이고 유정까지도 알지 못하는 듯하였다.

다만 언젠가 선변이 무슨 말끝에 아는 체하며 강산에게 말하기를, 총수의 경호를 위해 특별히 임명된, 말 그대로 특별호법이니 아마도 정체를 숨긴 무림의 절정고수일 것이라고 한 적은 있었다.

어쨌든 총수가 특별호법을 남기고 간 것은 그를 통해서 강산에게 볼일이 남았다는 의미일 것이다.

볼일? 강산은 문득 그것이 아마도 자신에 대한 총수의 보다 격한 형태의 경고, 혹은 징계(?)일 것이라는 막연한 생각을 떠올렸다. 동시에 강산은 총수의 심정이 어떠하리라는 것에 대해 새삼 공감할 수 있을 듯하였다.

총수가 어디까지 알게 되었는지는 모르겠으되, 만약에 유정과 강산 자신 사이의 숨겨진 사정들에 대해 모두 다를 알게 되었다면 차라리 그를 찢어 죽이고 싶지 않겠는가?

그러나 사실 총수가 그런 사정을 알 리 없다는 것은 누구보다도 강산 자신이 잘 알았다.

그렇지 않은가? 그 숨겨진 사정의 한쪽 당사자인 유정조차도 알지 못하는 사실을 총수가 어떻게 알 수 있겠는가 말이다.

유정이 바로 그때의 그 여인이라는 사실을 강산이 알게 된 것도 그녀와 함께 흑사방주를 만날 당시 흑사방 형당 소속이라는 자에게 만신창이로 당했을 때 그녀가 쓰러지는 그의 몸을 부축하면서 서로의 몸이 닿지 않았더라면 결코 가능하지 않았을 일이다.

그에게 그런 갑작스런 능력이 생겼다는 것에 대해서는 강산도 그때 처음으로 알았다. 참으로 이상한 능력이었다.

언젠가 서활에게도 농담처럼 얘기한 적이 있었지만, 원래 그는 두어 번이나 보았던 사람의 얼굴도 잘 못 알아보는 소위 '얼굴치'였다. 그런데 그때 그녀와 몸이 닿은 순간에 직감적으로 그녀가 누구인지, 언제 어디서 어떻게 만났는지, 그녀와 무슨 일이 있었는지가 너무도 생생하게 떠오른 것이었다. 그것은 참으로 기이한 일종의 직감 같은 것이었다. 직감치고는 너무도 생생하고도 분명한 직감.

그러나 그것이 아무리 놀라운 능력이라고 해도 강산에게 결코 반갑지만은 않은 능력이었다. 그 능력이 바로 그 빌어먹을 번개와 지옥의 고통, 삼백육십 가지의 주문을 몸에다 각인한 그 일련의 사건들 이후에 생겼으니, 역시 그것들 중 어느 한 가지의 부작용, 혹은 복합적인 부작용에 의해 생겼을 것이기 때문이다.

그러나 어쨌거나 총수가 무엇을 얼마만큼이나 알고 있거나, 혹은 모르거나 하는 것에 관계없이 강산이 총수에게 미안한 마음이 되는 것은 어쩔 수가 없었다. 총수가 그녀의 친조부이며 유일한 혈족이라는 사실만으로도.

또한 그래서 총수를 대신한 특별호법이 이제 그에게 그 어떤 징계(?)를 가한다 하더라도 결코 피하지 않고 그저 순순히 받아들일 생각을 하는 것이다.

특별호법은 묵묵히 강산을 바라보고만 있었다. 강산 또한 뭐라고 먼저 말할 입장은 못 되었으니, 막 일어서려던 자세 그대로 의자에서 반쯤이나 엉덩이를 떼고 엉거주춤하니 서 있는 중이었다.

한순간 강산은 돌연히,

"헉!"

하고 가쁜 호흡을 내뱉었다. 무언지 모를 거대한 무형의 기세 같은 것이 불시에 그를 짓누른 때문이었다.

불안과 두려움이 일시에 확 엄습해 들었다. 그러나 그 무형의 기세는 다만 정신적으로만 그를 핍박하는 것은 아니었다.

그것은 눈에 보이지는 않되 정말로 실존하는 어떤 거대한 힘이었다.

그 거대한 힘은 지금 강산의 어깨를 사정없이 짓눌러서 강산은 허리를 구부정하게 버틴 채 겨우 숨을 쉬고 있는 형편이었다.

더구나 그 거대한 힘은 위에서만 작용하는 것이 아니었다. 전후, 좌우, 상하, 육합의 모든 방위에서 그의 전신을 조여들고 있었다. 마치 눈에 보이지 않는 거대한 철벽이 온 사방에서 그를 조여오고 있는 듯했다.

강산으로서는 지금 실제로 당하고 있으면서도 도저히 현실을 믿을 수도, 이해할 수도 없었다.

불가항력이었다. 지금 강산이 해볼 수 있는 일은 아무것도 없었다. 손가락 하나 꼼짝하기는커녕 숨조차도 제대로 쉴 수 없는 처지였다.

다급했다. 이대로라면 금방 죽을 것만 같았다. 숨이 막히든지 아니면 전신이 으스러지든지.

심장이 격렬하게 뛰기 시작했다. 온몸에 열이 나기 시작하더니 이내 불이 붙은 듯 뜨거워졌다. 이윽고는 정신까지 혼미해지는 것이었다. 강산은 이를 악물고 내심 욕을 뱉었다.

'니미!'

비록 정도의 차이가 많이 나지만, 그리고 이미 어느 정도

극복하였다고 여기고 있었지만, 강산이 이전에도 몇 차례 겪어본 바가 있는 현상이었다. 그렇다면 다음으로 그에게 나타날 현상이 무엇인지는 짐작이 가능하였다.

공포다. 극단의 한계를 넘어선 절대의 공포가 무서운 속도로 확대되고 또 확대되어서 마침내 그의 머릿속에 '그때의 지옥'을 재현해 내고 말 것이다.

순간 강산은 외쳤다.

'안 돼!'

그 외침은 입 밖으로 나오지는 못했다. 사방을 메운 기세의 철벽은 강산에게 입을 벌리는 것조차 허용하지 않았으니까.

강산은 몸부림쳤다. 자신의 머릿속에 '그때의 지옥'이 재현되는 것을 막기 위해. 만약 스스로의 의지로 그것을 막지 못한다면, 그는 다시 처음의 상태로 되돌아가고 말지 몰랐다. 무기력과 자조, 그리고 상실과 체념과 자포자기의 상태로.

그럼으로써 그가 그동안에 다져 왔던 모든 각오와 다짐들, 품어왔던 모든 기대와 희망들, 그리고 그가 해왔던 그 모든 힘겨운 노력들, 또 그리고 그가 이루어왔던 모든 성과들은 일순간에 아무 의미도 없는 물거품이 되고 말 것이다. 그가 그토록 감격해하고 희열에 떨었던 오관통(五貫通)까지의 의미조차도.

그의 머릿속이 '그때의 지옥'을 극복하지 못하고 그 망령

에 다시 지배당하는 그 순간, 그의 정신은 다시는 소생하지
못하도록 완전히 죽어버릴 테니까.

'X발!'

내심으로 외치는 그 한마디 욕에 강산의 모든 의지가 다 담
겼다. 처절하게. 그리고,

쾅!

하고 소리없는 폭발 하나가 있었다. 바로 강산의 머릿속에
서.

그러나 변한 것은 없었다. 아무것도. 모든 것이 여전했다.
사방에서 압박해 드는 무형의 거대한 힘도, 심장의 격렬한 박
동도, 몸의 뜨거운 열기도.

다만 강산의 머릿속에는 문득 한 가닥의 담담함이 찾아들
었다. 그리고 급속하게 확산하며 마침내 탄탄하게 자리를 잡
았다. 거짓말처럼.

강산은 일어서려고 했다. 용을 쓰든 지랄발광을 하든 지금
할 수 있는 것이 있다면 그것이 무슨 짓이든 다 해봐야만 했
다.

단순한 저항이 아니었다. 그가 사는 길이었다. 단순히 그
의 목숨이 산다는 것을 넘어 그의 정신이 온전히 사는 길인
것이다.

그럼으로써 그에게 지금 앉은 자리에서 일어서는 일은 최
소한 지금 이 순간에서의 절대 목표이자 지상 목표가 되는 것

이다.

그러나 죽어라 죽어라 발버둥을 쳤지만, 몸이 천근만근의 거대한 바위에 짓눌린 듯 강산은 꼼짝도 할 수가 없었다.

모르는 사이에 온몸은 끈끈한 땀으로 흠뻑 젖어 있었다. 막상 시간은 얼마 지나지 않았지만, 이 잠깐의 시간은 강산에게 마치 영겁과도 같았다. 그러던 어느 순간 강산은 내심의 탄성을 토해냈다.

'아아!'

변화가 생기고 있었다. 아주 미미하게, 그의 내부로부터 생겨난 변화였다. 바로 관문들이었다. 그의 내부 일백팔십의 소통된 관문 말이다.

지금까지 그것들이 소통되는 데 작용하였던 외부 충격의 형태와는 전혀 다른, 전공간(全空間) 형태의 압박에 대해서도 관문들이 반응을 보이기 시작한 것은 강산이 전혀 기대하지 못한 일이었다. 반응이란 바로 활성화였다.

그리고 강산은 그 끔찍한 무형 철벽의 압박하에서도 자신의 몸이 아주 미미하게나마 움직이기 시작한다는 사실을 깨달았다. 비록 겨우겨우 벌레처럼 꿈틀대 보는 정도에 불과했지만, 그것은 절망의 암흑으로부터 힘겹게 솟아오르는 한줄기 빛이었다.

'좋아!'

강산은 스스로 격려했다. 관문들은 조금씩 조금씩 활기를 더해갔다. 그 요지부동의 거대한 기세에 대해 각각의 관문들은 비틀고, 퉁기고, 흡수하고, 분산하고, 축적하기 시작하였다. 오관통까지의 모든 공능이 이 순간에 모조리 동원되고 있었다.

그리고 다시 잠시의 시간이 흘렀을 때 강산은 문득 속으로 터져라 외쳤다.

'흡능(吸能)이다!'

그랬다. 바로 흡능이었다. 강산이 그때 소림사의 동인관에서 십팔동인의 타격을 받는 중에 느꼈던 현상에 대해 이후에 나름대로 붙여본 이름이었다.

마치 전신 안마를 받는 듯한 시원함과 함께 무언가 청명하기 이를 데 없는 기이한 활력이 전신으로 충전되는 듯한 개운한 쾌감, 그리고 그때의 외부 충격이 대개는 무형 방호막에 의해 막히고 또 분산되었지만, 그런 중에 다시 그 충격력의 아주 미세한 여파들이 그의 내부의 소통된 관문들 각각에 축적되는 듯하던 현상 말이다.

비록 그때 이후로 다시 그런 느낌을 받아본 일은 없었지만, 그 흥미로웠던 느낌과 현상에 대해 강산은 일단 흡능(吸能)이라는 이름으로 명명을 해놓은 것이었다. 역시 이전에 그가 직접 명명한 바 있던 탄능(彈能)에 대비된다는 의미에서였다.

그런데 지금 그 흡능의 현상이 재현되고 있었다. 아니, 그저 재현이 아니라 진화(進化)가 이루어지고 있었다.

그리 말하는 것은 충격이 아닌 압박, 그래서 탄능으로는 마땅히 방비하기가 어려운 그 거대한 무형의 힘에 대해서 그의 무형 방호막은 지금 전례없이 그 압박 자체를, 아니, 그 압박을 이루는 보이지 않는 힘 자체에 대해 직접적인 분산과 흡수를 시도하고 있기 때문이다.

보다 정확하게는 그의 내부 일백팔십 개의 소통된 관문들의 미묘하기 짝이 없는 작용이었다. 그 관문들 각각은 지금 강산의 전신을 압박하고 있는 힘에 대해 퉁기고 밀어내기보다는 차라리 안으로 이끌어 들인 다음 다시 찰나적으로 분산시키고 있었다. 그런 중에 파생되는 나머지의 여력은 각각의 관문에 흡수되어 축적되었다.

그러한 일련의 과정은 강산에게 완전히 새롭고도 획기적이었으나, 강산은 또 금방 익숙해질 수 있었다.

아니, 익숙해져야만 했다. 바로 직전까지만 해도 살기 위해 발버둥쳐야만 했던 절박한 상황이 아니던가.

강산은 그를 압박하는 무형의 거대한 힘에 대해 이제 적극적으로 부딪쳐 갔다. 온몸으로.

그리고 그런 중에 그의 내부 일백팔십 개의 소통된 관문은 서로 간의 균형을 맞추어가며 끌어들이고, 분산시키고, 흡수하는 그 일련의 과정을 무수히 반복해 나갔다.

"아아!"

한순간 강산의 입에서 한 가닥 희열에 가득 찬 탄성이 흘러 나왔다. 그 무형의 거대한 힘에 갇힌 이후 처음으로 소리를 내보는 것이었다.

그때 강산의 내부에서는 이제는 그에게 익숙해진, 그러나 매번 새롭게 벅찬 희열을 느끼지 않을 수 없는 현상이 벌어지고 있었다.

툭!

투둑!

바로 새로운 관문들이 돌파되고 있는 것이었다.

투두둑!

투두두둑!

한번 시작된 돌파는 휘몰아치듯이 서른여섯 개의 관문을 일시에 관통해 버렸다.

아아! 육관통(六貫通)이었다. 육관통이 또 그렇게 생각지도 못한 상황에서, 또한 상상하지 못한 방법으로 이루어진 것이다.

그리고 어느 순간부터 강산을 짓누르던 요지부동의 철벽은 아주 끈끈한 찰흙 정도의 압박으로 완화되었으므로, 이윽고 강산은 조금씩, 아주 조금씩 몸을 일으켰다. 그 항거불능의 압박을 천천히, 아주 천천히 밀어 올리면서.

그러나 강산은 자신이 지금 밀어 올리고 있는 그 무형의 거대한 힘이 바로 절고(絶高)의 무공 경지인 무형강기라는 사실에 대해서는 조금도 알지 못했다. 하긴 만약에 지금 누군가 곁에 있어 그것이 무형강기라고 말을 해준다고 해도 무형강기가 무엇인지 자체를 그는 알지 못했을 테지만.

4

그의 이름은 모걸(牟杰)이었다. 그러나 그의 이름을 아는 사람은 이 넓은 천하에서 오직 한 사람, 바로 그 자신뿐이었다.

그러나 그는 강호에서 가장 유명한 사람 중의 하나였다. 현존하는 무림인 중에서 가장 강하다는 신주십삼존(神州十三尊) 중의 한 사람인 독행괴마(獨行怪魔)가 바로 그였으니까.

별호에다 마 자(魔字)를 달았으나, 강호 사람들은 그를 마인(魔人)이라고 말하기보다는 차라리 괴인(怪人)이라고 말한다.

그가 신주십삼존 중 유일하게 그 어떤 조직이나 문파에도 소속되어 있지 않고, 그의 별호처럼 그야말로 독행으로 제멋대로의 기행을 일삼는다고 알려졌으니까.

또한 그러기에 그야말로 진정한 강자라는 주장도 있다. 그는 공수박투(空手拍鬪)에서 각종 병기에 이르기까지 제반 종류의 무공에 두루 능했다.

특히 변용에도 능해서 강호에서 그의 진실한 얼굴을 아는 자가 없었다. 용모와 관련하여 그에게는 한 가지 특이한 집착이 있다고 하였는데, 그것은 그가 일단 한 가지의 일을 시작하면 그 일이 끝날 때까지는 절대 용모를 바꾸지 않는다는 것이었다.

모걸은 지금 사해상단 총수의 특별호법이었다. 그러기까지에는 복잡한 사연이 있었으나 굳이 설명하기는 구구하다.

모걸은 지금 한 가지의 이상한 상황을 맞아 은근히 놀라고 있었다.

무공도 없는 일개 범부가 기묘한 형태로 그의 무형강기에 대해 저항하고 있었다. 그런데 그 저항이 조금씩 커지더니 이제는 제법 그의 무형강기를 흔들려 하고 있는 것이다.

사실상 그것은 어림도 없는 일이었다. 일개 범부의 용트림으로 흔들린다면 그것이 어찌 무형강기이겠는가. 상당한 경지의 내공을 지닌 고수 급이라도 쉽지는 않은 일이니, 범부의 힘으로는 결코 가능한 일이 아니었다.

그럼에도 그가 지금 놀라고 있는 것은, 갑작스러운 내력의 소모 때문이었다. 물론 강기란 것이 본래 상당한 내력의 소모를 수반하는 것이었다. 그러기에 내공이 절정에 이르지 못한 경우에는 그 요체를 깨달았다 해도 함부로 시전하지 못하는 것이 바로 강기류의 무공이었다.

물론 그의 내공은 이미 화경의 경지에 접어들어 있었으므로 지금 정도의 내력 소모는 하등의 문제가 될 게 없는, 그저 미미한 정도일 뿐이었다.

다만 그가 약간이나마 당황하게 된 것은, 지금의 내력 소모 속도가 이전에 없이 급하다는 점 때문이었다. 더욱이 그럴 만한 이유가 도무지 없으니 아무래도 석연치 않고 뭔가 찜찜한 기분이 되는 것이었다.

모걸은 이쯤에서 일을 마무리 짓기로 했다. 사실 총수가 그에게 특별히 부탁한 일은 강산에게 확실하게(?) 경고를 해두라는 정도였다. 그러니 강산이 그처럼 극단의 공포에 질려 발버둥을 치도록 만든 것만으로도 이미 충분하다고 할 수 있었다.

"갈!"

모걸이 일을 마무리 짓는 것은 다만 그 한마디의 짧은 일갈로 충분했다. 그리고 그는 그대로 한줄기 바람 같은 신법으로 천막을 빠져나갔다.

5

강산은 문득 잠에서 깼다. 그의 몸에서 벌어지고 있는 난리(?) 때문이었다.

이백열여섯! 육관통으로 소통된 관문의 총 숫자다. 놈들(?)은 지금 한바탕 난리를 치고 있었다.

그것은 뭐랄까, 상호 교류랄까? 하여튼 놈들은 서로 간에 무언가를 열심히 주거니 받거니 하고 있었다.

그 무언가는 강산으로서도 정의할 수 없는 미묘한 것이었다. 어떤 힘이라고 하기에는 애매하고, 그저 일종의 활력이랄까? 산삼이라도 한 뿌리 먹은 듯이 왠지 모르게 온몸이 뿌듯해지는 듯한 그런 느낌 말이다.

강산이 잠을 깨게 된 직접적 원인은 바로 그 활력 때문이었다. 물론 활력이 생겨서 기분이 나쁠 리는 없었다.

다만 놈들(?)이 난리를 치는 중에 그 활력이 조금씩 증가되더니 나중에는 온몸 전체가 뻐근해지는데, 마치 좀이 쑤시는 것처럼 가만히 누워서 배기기가 힘이 들 지경이 되고 만 것이 문제였다.

결국 강산은 누운 자리에서 일어나 앉고야 말았다. 몸속의 난리가 그의 의지와는 전혀 무관하게 일어난다는 것인데다, 더욱이 쉽게 멈출 기미가 보이지 않으니 어차피 잠을 자기는 그른 노릇이었다. 차라리 바깥에 나가 바람이나 쐬고 팔다리라도 좀 휘두르다 오는 게 나을 듯싶었다.

희뿌연 어둠 속에 주위를 둘러보니 다들 곤히 자는 모습들이었다. 강산이 괜히 잘 자다가 달밤에 체조하러 나가는 격이라 제풀에 머쓱해서 나직이,

"에이! 노인네도 참! 괜히 사람을 이상하게 만들어놓아서는……!"

하고 엉뚱한 사람 탓을 하면서 자리에서 일어섰다. 엉뚱한 사람이란 바로 그의 몸에다 그 요상한 삼백육십 가지의 주문을 각인시킨, 성도 이름도 모르는 그 노인을 이르는 것이었다.

사실은 탓이 아니라 그리움이었다. 그가 그 처절한 좌절을 딛고 지금 다시 새로운 인생을 살고 있는 건 다 그 노인 덕분이었다.

그 노인이 아니었다면, 그래서 그의 몸에 삼백육십 개의 주문이 각인되지 않았다면 아마도 그는 움츠리고 또 움츠리다가 마침내는 더 이상 움츠러들 데가 없어서 그만 스스로의 인생을 포기하고 말았을지도 모른다. 이미 벌써 전에 말이다.

오늘따라 달빛은 무척이나 차가웠다. 시각은 벌써 인시(寅時:새벽 3시부터 5시 까지) 무렵이나 된 듯이 먼 곳에서 희끗희끗한 모양들이 조금씩 비치고 있었다.

강산이 무심하게 중천의 달을 올려다보고 있을 때였다. 문득 그의 뒤에서,

"죄송해요."

하는 맑고도 고운 목소리가 들렸다.

그 목소리가 바로 유정이라는 것을 알았기에, 그리고 옆 천막에서 그녀가 나오는 기척을 이미 알고 있었기에 강산은 놀라지 않았다. 다만 괜한 면구스러움에,

"뭐가 말이오? 유 소저가 나 같은 처지의 사람에게 죄송할 일이 뭐가 있겠소?"

하고 자못 심드렁하게 말을 뱉었다.

"저녁에 할아버지를 만나셨다는 걸 나중에야 들었어요."

"아!"

하고 강산이 흠칫 당황하다가 다시,

"그건 뭐… 뭐… 별일 아니었소. 그러니 그 일 때문이라면 죄송하고 말고 할 것이 없소."

하고 잘라 말하였다. 그런데 유정이 잠시 강산을 바라보다가는 문득,

"훗."

하고 작게 소리 내어 웃는 것이었다. 아름다웠다. 강산이 잠시 멍하니 넋을 빼놓고 바라보지 않을 수 없을 만치.

그러나 강산은 짐짓 기분 상한 듯이 물었다.

"왜 웃소? 난 지금 별로 웃을 기분 아닌데."

"아, 죄송해요."

"허참, 뭐가 자꾸만 죄송하다는 거요?"

강산이 정말로 언짢은 듯이 말하자 유정이,

"아니에요. 이제 안 그럴게요."

하면서도 섬섬옥수로 살짝 입을 가리며 배시시 웃었다. 아아! 그 아찔한 자태라니!

강산은 다시 잠시간 아무 말도 하지 못하였다. 뭔가 싸하고

도 먹먹한 것이 가슴 한가운데에 콱 틀어박힌 것만 같았다.

잠시 후, 강산은 돌연 크게 당황하고 말았다. 자신이 지금 마치 잡아먹을 듯이 유정을 뚫어져라 바라보고 있다는 것을 문득 깨달았기 때문이다.

강산이 당황함과 어색함을 모면하기 위해 급히 뭐라도 말을 꺼낸다는 것이,

"내가 한참 인생 선배로서 사람 보는 눈이 좀 있는데 말이오, 흠, 예를 들어, 지금 소저 가까이에 있는 사람들을 비교하여 말을 해본다면… 남궁세옥이나 제갈중 같은 종류의 사람보다는 아무래도 황보소추 같은 사람이 훨씬 더 훌륭하다고 할 수 있을 것이오."

하고 말았다. 말끝에 강산이 스스로 더욱 당황하고 만 것은 물론이다. 실로 엉뚱하고도 주제넘기 짝이 없는 소리를 지껄이고 만 셈이 아닌가?

순간 유정의 표정이 착 가라앉았는데, 그것을 보며 강산은 가슴이 아릿하였다. 그러나 유정은 이내 다시금 배시시 웃음을 떠올렸다.

"저와 가까이에 있다니요? 그들은 벌써부터 장차 천하 영웅들로 손꼽히는 소위 기재들인데, 제가 어디를 봐서 그런 천하기재들에게 어울리기라도 하나요?"

그 말에 대해 강산은 미처 새길 틈도 없이 언뜻 반발부터 하고 말았다.

"그게 무슨 소리요? 소저는 사해상단의 후계자이고, 또 남해 보타암의 제자이며, 또……."

유정이 여전히 웃는 얼굴로 말을 가로채며 물었다.

"또요?"

강산이 멈칫했다가 다시,

"여하튼 내가 삼십 몇 년간 세상을 살아오는 동안 소저만 한 여인은 아직까지 보지를 못했으니 그것만으로도 소저는 충분히 대단하다고 할 수 있소. 천하기재가 아니라 천하기재의 할아비라도 그게 다 무슨 말라비틀어진 개뼈다귀란 말이오?"

하고 사뭇 흥분하는 투로 되고 마는데, 그런 강산의 모습에 유정이 이윽고는 짜랑 하니 교소를 터뜨리고 말았다.

"호호호!"

강산이 그제야 머쓱한 얼굴이 되어서는,

"왜 웃소?"

하고 떨떠름히 물었다. 유정이 방그레 웃으며 대답했다.

"세상 남자들 중에는 자기 얼굴에 금칠하기를 좋아하는 사람이 적지 않다고 하더니, 조장님이 바로 그런 사람들 중의 하나인 모양이네요?"

"뭐요?"

"그렇지 않나요? 조장님께 그토록 대단하다고 칭찬을 받았는데, 저의 지금 처지가 어쨌든 잡조의 한낱 조원일 뿐이니

그럼 저 같은 조원을 아래로 둔 조장님은 얼마나 대단한 사람
이 되는 건가요?"

유정의 또박또박한 말에 강산이 문득 겸연쩍게 웃으며,

"허허! 그런 억지가……."

하다가는 문득 입을 다물고 말았다. 유정이 돌연히 얼굴에
다 슬픈 빛을 띠었기 때문이다.

"이번 일이 마무리되는 대로 저는 보타암으로 돌아갈 거예
요. 불존(佛尊)께 귀의(歸依)할 것이고, 다시는 세상에 나오지
않을 작정이에요."

강산이 놀란 마음에 두 눈을 부릅뜨고 마는데, 유정은 천천
히 몸을 돌려서 천막 쪽으로 걸어갔다. 그녀의 뒷모습이 몹시
도 쓸쓸해 보였지만 강산은 굳은 채로 안타까이 그 자리에 서
있을 수밖에 없었다.

三十一
정세(情勢)

1

　무림의 호사가란 자들은 본래 말 많은 자들이고, 또한 세상 사람들이 궁금해할 만한 것들에 대해서는 꼭 추측이라도 하여서 그 답을 내고야 마는 자들이다.

　그러니 그들이 당금 강호의 최강자들인 신주십삼존의 서열을 매기지 않고서 어찌 배겼을 것인가.

　물론 그들이 나름으로는 객관적, 혹은 주관적인 잣대를 가지고 매긴 서열이라고는 하나, 그것을 어김없는 사실로 믿기는 어려울 것이다.

　무엇보다도 본래 무공의 우열이란 것이 상대적인 측면을 도외시할 수는 없는 법이지 않던가. 이를테면 객관적으로는

분명한 우위인데, 막상 실전에서는 유독 상극이 되는 상대가
존재하는 것 같은 경우도 종종 있는 것처럼.

여하튼 그렇게 매겨진 서열이란 것은 이렇다.

일(一), 창천무종(蒼天武宗)

이(二), 무황(武皇)

삼(三), 공공 선사(空空禪師)

사(四), 무광 진인(憮廣眞人)

오(五), 마제(魔帝)

육(六), 혈마존(血魔尊)

칠(七), 청련 신니(淸蓮神尼)

팔(八), 독행괴마(獨行怪魔)

구(九), 독중독존(毒中毒尊)

십(十), 신극(神極)

십일(十一), 천극(天極)

십이(十二), 지극(地極)

십삼(十三), 인극(人極)

당금 강호에서 가장 힘있는 사람을 꼽으라면 단연 무황(武
皇) 염운백(廉雲佰)일 것이다.

무의 황제라는 별호가 단적으로 말해주듯이 그는 신주십
삼존 중 당당 서열 이위에 올라 있다.

그뿐이겠는가. 사실은 신주십삼존의 서열 일위이자 당금 제일을 넘어 고금제일로 추앙받는 창천무종 염천월(廉天月)이 다름 아닌 그의 부친이었으니, 그리고 창천무종이 이미 은거에 들어간 지 반백년이니 그는 실질적으로 당금 천하의 제일인인 것이다.

또한 그는 강북의 패자이자 무림맹을 넘어 강호제일세로 평가받는 무벌(武閥)의 당대 벌주(閥主)이다.

당장에 신주십삼존에 드는 인물들의 면면에서도 무황이 지니는 위세는 여실히 드러난다.

창천무종과 무황 본인 외에 육위의 혈마존과 십위의 신극, 십일위의 천극, 십이위의 지극, 그리고 십삼위의 인극이 곧 무벌의 오대전주(五大殿主)임에야 더 말할 필요가 없었다.

그러니 당금 강호에서 무황보다 더 힘있다고 할 자가 또 있겠는가?

2

무황 염운백은 한동안 게을리 한 탓으로 잔뜩 쌓인 보고서를 건성으로 훑어보던 중에 문득 미간을 찡그렸다.

벌(閥)의 기밀당(機密堂)에서 한 달에 한 번 천하 각지의 첩보를 요약, 정리하여 보고하는 정세보고서(情勢報告書)였는데, 마침 강남 지역에 관한 내용 중 눈에 걸리는 대목이 있었기 때문이다.

그 내용인즉슨,

강남 항주의 흑사방이라는 소규모 흑도 방파에서 만금전장으로 전표 추적을 의뢰했음. 그런데 그 전표가 대략 육 개월 전에 본 벌에서 발행한 것이기에 전장의 정보원이 보고를 해왔음.

가볍게 보아 넘길 수도 있는 사안이었다. 그런데 문득 눈에 거슬리는 부분은 바로 그 전표의 액수가 벌의 고위 간부급이 아니면 쓰기 어려운 것이었고, 또한 왜 그 전표가 누군가에게 추적을 당했느냐 하는 가벼운 의혹이 언뜻 들었기 때문이다.

"육 개월 전에 본 벌에서 발행한 전표에 대해 항주의 작은 흑도 방파에서 추적을 한다?"

비록 작은 지역 흑도 방파라 하지만 전표를 역추적했다는 것은 그 전표와 관련하여 무슨 사단이 있었다는 얘기이다.

그 사단이 가볍고 무겁고 하는 건 나중의 일이었다. 일단 의심쩍다 싶은 일은 사소한 것이라도 뒤로 미루어두는 법이 없는 염운백이었기에 곧바로 기밀당주에게 사람을 보내 해당 첩보에 대한 상세한 내용을 보고하라고 명했다.

염운백은 관척(關陟)을 불러들였다.

"관척!"

"예, 벌주님!"

"본좌가 왜 자네를 불렀는지 알고 있겠지?"

"예! 기밀당주로부터 들었습니다."

"하면 어찌 된 일인지 상세히 말해보라. 소천(逍天) 그놈이 이번에는 또 무슨 짓거리를 벌인 것이냐?"

염운백의 다그침에 관척이 흠칫하여 머뭇거리자 염운백은 한 가닥 노기를 떠올렸다.

"내가 자네를 소천 그 아이의 곁에 둔 이유를 모른다고는 하지 않겠지?"

"소인이 어찌 벌주님의 심려하시는 바를 촌각이라도 감히 잊었을 리 있겠습니까?"

"음! 일단 듣고 나서 다시 말하도록 하지."

관척이 이미 둘러댈 수 없는 지경임을 알고 그날 항주에서 있었던 일에 대해 상세히 털어놓았다.

소벌주가 여인 하나에 흥미가 동한 일, 주루의 점소이를 매수하여 차에 춘약을 타게 한 일, 이후 소벌주가 춘약에 취해 주루를 나온 여인을 따라가 범했는데, 막상 자신이 처음 지목했던 여인이 아님을 알고 심사가 틀려 살해한 일, 그 후 다시 주루의 점소이를 불러내어 추궁한 결과 일이 엉뚱하게 꼬이느라 비슷한 행색의 두 여인이 동시에 춘약을 탄 차를 마셨다는 것을 알게 된 일, 그리하여 점소이를 살해하여 흔적을 지웠는데, 소벌주가 갑자기 고집을 부려 처음의 여인을 기필코

취하여야겠다고 한 일, 소벌주의 고집을 꺾을 길이 없어 할
수 없이 현지의 만만해 보이는 흑도 무리를 끌어들여 항주의
구석구석을 뒤진 일, 항주 외곽의 허름한 판잣집에서 겨우 여
인의 자취를 찾았으나 이미 때가 늦어 웬 삼십대의 범부(凡
夫)에게만 좋은 일을 시키고 여인은 더 이상 찾을 길이 없게
된 일, 그 범부에게 소벌주가 화풀이로 칠절마벽(七絶魔壁)을
베풀고 떠나온 일 등등.

지그시 두 눈을 감고서 듣고 있던 염운백이 문득,

"미친놈! 칠절마벽을 감히 그런 데다 써?"

하고 노기 가득한 목소리를 뱉고는 다시,

"그러나 어쨌거나 그 범부가 화근이 되지 않은 것은 분명
하군."

하고 덧붙였다. 그런 염운백에게서는 언뜻 칠절마벽이라는
것에 대한 확고한 믿음과 무한한 자부심 같은 것이 번졌다.

관척이 다시 몇 마디를 더 보태는 것으로 얘기를 마치자 염
운백은,

"아아! 못난 놈! 그 못된 버릇을 기어코 버리지 못하고!"

하고 깊게 탄식하다가 다시,

"그래, 죽은 여인이 누구던가?"

하고 물었다. 관척이 잔뜩 움츠린 채로 대답했다.

"그때의 주변 여건이 그리 여유가 없었던지라 소인은 다만
공자와 함께 일단 그곳에서 벗어나는 데만 급급하였습니다.

하여 미처 그런 데까지는……."

"이런, 이런! 기왕에 일이 벌어졌으면 탈이 없도록 뒤처리를 확실하게 했어야 할 것이 아닌가? 그게 자네 소임 아닌가 말이야!"

"죄송합니다."

"그리고 그 흑사방인가 뭔가 하는 자들도 그래. 애초에 그런 자들을 왜 끌어들인 것이며, 또 어쩔 수 없이 끌어들였으면 역시 뒤를 확실히 끊었어야지. 아니, 그전에 그놈이 그 못된 버릇을 행사하려는 기미를 보였을 때 무슨 수를 써서라도 못하게 말렸어야지! 에이! 이런 답답할 데가 있나? 그래, 이제 어떻게 해야 한단 말인가? 동티가 일어 이 일의 전말이 천하에 알려지기라도 한다면, 그 아이의 전도(前途)는 어찌 되고 또 본 벌의 체면은 뭐가 돼?"

관척이 이윽고 무릎을 꿇었다.

"모든 것이 공자를 제대로 보필하지 못한 소인의 잘못이오니 부디 엄하게 벌하여 주십시오!"

염운백은 잔뜩 얼굴을 일그러뜨렸다. 그것이 어찌 관척의 잘못이겠는가? 자식 놈이 관척에게 비록 어릴 때의 스승이었던 대접은 해주는 듯하나 결국은 그 목숨까지 간단히 좌지우지하는 수하일 뿐이지 않는가. 하니 자식 놈이 군이 하고자 하는 일에 대해 관척이 끝내 막을 수 있는 방도는 없을 것이다. 제 목숨까지를 건다고 해도 말이다.

그리고 이제 와 잘잘못을 따지는 것 자체가 어리석은 짓일 뿐이었다. 그보다는 문제가 어디까지 번지고 진전되었는지를 가능한한 빠르고 정확하게 파악하여 적절한 대책을 세우는 일이 시급했다.

　"가라! 기밀당주에게 명해놓을 것이니 자네가 직접 따라가서 처음 일이 발단되었던 곳부터 시작하여 그날의 행적을 단 일 푼도 빼놓지 말고 되짚어 상세히 조사해 오라! 소천에게는 알릴 필요 없이 지금 즉시 출발하라!"

　염운백의 위엄이 삼엄하였으므로 관척이 감히 조금도 태만하지 못하고,

　"존명!"

　복명하고는 뒷걸음질로 벌주의 집무실을 물러났다.

　그로부터 보름여 후. 염운백은 관척과 기밀당주가 전서구 편으로 보낸 보고서를 받아볼 수 있었다.

　보고서의 내지(內紙) 첫 장에는 간단히,

　죽은 여인은 보타암의 수제자(首弟子)인 정혜(淨慧)임. 또 다른 여인은 사해상단 총수 유직(柳織)의 손녀이자 유일한 혈육인 유정(柳靜)임.

　라고 적혀 있고, 그 뒷장에 특기 사항 몇 가지가 따로 기록

되어 있었다.

일(一). 유직은 백여 명의 순행단을 이끌고 사해상단의 이대 지단을 순행 중임. 하북 지단을 거쳐 현재는 호북의 경계 즈음을 지나고 있음.

이(二). 유직의 손녀 유정이 동행 중임.

삼(三). 오대세가 중 남궁세가와 제갈세가, 그리고 황보세가의 후기지수들이 동행 중이며, 그전 순행단이 산동(山東)의 제남(齊南) 황보세가에서 하룻밤을 묵었으며, 또한 그때에 남궁장천(南宮長天)과 제갈순(諸葛恂) 등이 황보세가를 방문하였던 것으로 보아 아마도 사해상단과 오대세가 간에는 모종의 협약이 체결된 것으로 보임.

사(四). 그들은 중도에 소림을 방문하여 일박하였음. 소림이 사천 지단으로 이동하는 경로에서 다소간 벗어나 있음에도 굳이 방문을 한 데는 어떤 목적이 있겠으나, 그 내용에 대해서는 현재 조사 중임.

오(五). 그들이 지금 다시 호북으로 방향을 잡고 있는 것은, 일전에 소림을 들렀던 것과 마찬가지로 이번에는 무당을 들르기 위함일 수도 있다는 관측임. 그렇다면 유직과 무림맹주 무광 진인(憮廣眞人)과의 사이에 모종의 논의가 예정되어 있을 수 있다는 추측도 가능함.

"아무래도 심상치 않군."

무겁게 중얼거리는 염운백의 미간에 깊이 내 천(川) 자가 그려졌다.

3

무광 진인은 감고 있던 눈을 천천히 떴다. 정지한 듯 있던 촛불이 미미하게 흔들렸다. 그는 지금 간만의 장고에 들어가 있는 중이었다.

무당파의 당대 장문인이자 구파일방으로 결성된 무림맹의 당대 맹주라는 당금 무림에서 가장 무겁다 할 수 있는 중책을 맡고 있는 그이기에 이처럼 긴 장고를 요하는 일이 때때로 없을 수는 없었다. 이번의 장고는 최근 사해상단과 관련하여 벌어지고 있는 일련의 상황 때문이었다.

그는 이미 개방의 정보망을 통해 사해상단의 총수 유직이 이끄는 순행단에 관한 사항을 보고받고 있었다. 그런데 어제는 그 사해상단 측으로부터 오늘내일 중으로 무당을 방문하겠다는 연락이 있더니, 다시 개방으로부터도 첩보가 보고되었다. 상단의 순행단이 무당까지 오는 경로 주변으로 정체를 알 수 없는 낭인들의 움직임이 활발해지고 있다는 것이다.

사실 강호를 횡행하는 낭인의 무리이야 부지기수로 많은 터이고, 또 그들의 속성이 대개는 굶주린 늑대들과 같아서 천하 어디라도 가지 못하는 곳이 없으니, 비록 무당산의 근처라고 하더라도 잠시 지나가는 정도야 무슨 대단한 관심거리가 될 일은 아니었다.

그런데 문제는 그다음에 도래된 상황들이었다. 먼저 상단으로부터 연락이 왔는데, 날이 늦어 삼십 리 지점에서 노숙한 후 내일 아침에 무당산을 오르겠다는 전갈이었다. 그리고 뒤이어 개방의 첩보가 오기를, 낭인들이 집결하고 있는데 그 형태가 심상치 않다는 것이었다. 소규모로 산개한 듯하나 자세히 보면 무리 간에 은근한 질서가 있고, 더욱이 그 숫자가 빠르게 늘고 있어서 그 수가 근 이백여에 달하고 있다는 것이다.

"역시 그들이 개입되었을 가능성을 고려해야만 하는가?"

무광 진인은 혼잣말로 가만히 중얼거렸다.

이 일과 관련하여 개방에서 극비 급의 분석 보고를 따로 올린 것이 있었다. 바로 이번 사해상단의 순행단 주변으로 몇 가지 은밀한 움직임들이 관측되었는데, 그것이 뜻밖에도 무벌의 기밀당과 무관하지 않아 보인다는 것이다. 그리고 그간의 첩보를 종합하여 그 연장선으로 추정하여 보건대 지금 사해상단의 전도에 집결하고 있는 낭인들의 움직임 역시 무벌과 어떤 형태의 연관이 있는 것으로 추정해 볼 수도 있다는 것이었다.

물론 그러한 분석은 지금으로서는 아무런 근거도 없는, 또 아직까지 그럴 이유란 전혀 없어 보이는, 다만 말 그대로의 추정일 뿐이었다.

그러나 만에 하나의 가능성이라도 무벌과 사해상단 간에 어떤 이유로 인해 모종의 갈등이 빚어지고 있는 것이라면, 그 것은 무림맹의 입장에서 손해가 날 이유가 조금도 없는 일이었다. 어쩌면 나날이 위축되어만 가고 있는 무림맹의 위상을 획기적으로 반전시킬 수 있는 절호의 계기가 될 수도 있는 일이었다.

이윽고 무광 진인은 가만히 고개를 끄덕였다.

"일단 만일에 대비한 준비를 해두어서 나쁠 일은 없겠지."

「잡조행」 2권 끝

비뢰도 飛雷刀
100만 부 돌파 기념 이벤트

올 겨울 달콤한 핏빛으로 물들어라!
무협 소설의 신화 「비뢰도」의 흥행 돌풍은 아직 끝나지 않았다.
비뢰도와 함께 시작된 무협 소설의 신화는 계속된다.

꿈의 기적! 100만 부 돌파의 성공 신화!
무협 소설 분야에서의 전례 없는 100만 부 돌파 기록!
그 달콤한 흥행의 비뢰도는 끝까지 계속된다!

무협 소설의 스테디 셀러!
비뢰도 100만 부 돌파 기념 이벤트
비뢰도의 흥행 돌풍은 아직 끝나지 않았다.

이벤트 상품 (상품 이미지는 실제와 다를 수 있습니다)

[1등] 황금열쇠 1명
(순금 10돈)

[2등] PSP 게임기 3명

[3등] 10만 원권 백화점
상품권 10명

이벤트 기간
2009년 1월 5일 ~ 2009년 3월 6일

당첨자 발표
2009년 3월 20일

공모전 분야
비뢰도 관련 UCC, 카툰, 일러스트 중 택1

이벤트 참여 방법
http://www.novelcore.net 홈페이지에 방문하신 후 '비뢰도 이벤트' 메뉴 또는 '비뢰도 이벤트 광고 배너'를 통해 UCC, 카툰, 일러스트 중 원하시는 분야를 선택하여 독자님께서 제작하신 결과물을 해당 게시판에 등록해 주시면 되겠습니다.

은하의 계곡

무천향
武天鄉

허담 新무협 판타지 소설

뿌리를 찾아가는 목동 파소의 여행.
그 여정의 끝에서
검 든 자들의 고향 대무천향 (大武天鄉)을 만난다.

검객 단보, 그는 노래했다.

…모든 검 든 자들의 고향 무천향.
한 초식의 검에 잠든 용이 깨어나고, 또 한 초식의 검에 잠든 바다가 일어나네.
검의 흐름을 따라가다 보면 어느새, 세월도 잊어버리고, 사랑도 잊어버리고,
무공도 잊어버려…….
결국에는 자신조차 잊어버리는…….

은하의 가장 밝은 빛이 되어버린다는
그 무성(武星)들의 대지(大地).

아, 대무천향(大武天鄉)이여!

유랭이 아닌 자유추구 -
WWW.chungeoram.com
Book Publishing CHUNGEORAM

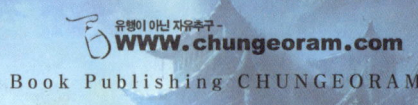

유행이 아닌 자유추구 -
WWW.chungeoram.com

Book Publishing CHUNGEORAM

별도 新무협 판타지 소설

살내음 나는 이야기에 여러분은 가슴 졸인 적이 있는가?
남들이 볼까 두려워하며 책을 가리면서 읽었던 구절을 몇 번이나 반복하며
읽은 적이 없는가?

구무협의 향수를 그리워하던 별도가 결국은
〈무협의 르네상스〉를 부르짖으며 직접 자판 앞에 앉았다.

"제가 무협을 쓰기 시작한 이유는 더 이상 읽을 책이 없었기 때문입니다."

모든 일은 4년 전부터 시작되었다.
살인사건을 배경으로 펼쳐지는 음모와 배신, 사랑과 역공작,
그리고 정사!

우리 시대의 이야기꾼, 별도의 새로운 글, 〈낭왕狼王〉!
〈천하무식 유아독존〉, 〈그림자무사〉, 〈검은여우春心狐狸〉에
이은 그의 또 하나의 역작!

화공도담

畵工道談

촌부 新무협 판타지 소설

예(禮)와 법(法)을 익힘에 있어
느리디 느린 둔재(鈍才).
법식(法式)에 얽매이기보다 마음을 다하며,
술(術)을 익히는 데는 느리지만
누구보다 빨리 도(道)에 이를 기재(奇才).

큰 지혜는 도리어 어리석게 보이는 법[大智若愚]!

화폭(畵幅)에 천지간(天地間)의 흐름을 담고
일획(一劃)에 그리움을 다하여라!

형식과 필법을 익히는 데는 둔하나
참다운 아름다움을 그릴 수 있게 된
화공(畵工) 진자명(陳自明)의 강호유람기!

유행이 아닌 자유추구 -
WWW.chungeoram.com
Book Publishing CHUNGEORAM

狂龍記
광룡기

장담 新무협 장편 소설

미친 바람이 동해에서 불기 시작했다!
둥지를 떠난 광룡(狂龍)이 강호에 나타났다!

내가 가고 싶은 때로 간다.
내가 하고 싶은 때로 한다.
누구도 내 앞을 막지 마라!

한겨울, 마침내 광룡의 전설이 시작되고,
천하가 광룡과 빙심에 뒤집어졌다!

유행이 아닌 자유추구 -
WWW.chungeoram.com

Book Publishing CHUNGEORAM